FANTASY FRONTIER SPIRIT

Letenia Saga

Letenia Saga 4

ak.jin 판타지 장편 소설

초판 1쇄 찍은 날 § 2004년 6월 25일
초판 1쇄 펴낸 날 § 2004년 7월 5일

지은이 § ak.jin
펴낸이 § 서경석

편집장 § 문혜영
편집 책임 § 권민정
편집 § 장상수 · 최하나
마케팅 § 정필 · 강양원 · 이선구 · 김규진 · 홍현경

펴낸곳 § 도서출판 청어람
등록번호 § 제1081-1-89호
등록일자 § 1999. 5. 31
어람번호 § 제1-0504호

주소 § 경기도 부천시 원미구 심곡1동 350-1 남성B/D 3F (우) 420-011
전화 § 032-656-4452 팩스 § 032-656-4453
http://www.chungeoram.com
E-mail § eoram99@chollian.net

ISBN 89-5831-157-6 04810
ISBN 89-5831-004-9 (SET)

FANTASY FRONTIER SPIRIT

ak. jin 판타지 장편 소설

4

The Alliance

Letenia Saga

레트니아 사가

도서출판
청어람

CONTENTS

The Labynieth

아침 일찍 빌레펠트 요새를 출발한 사절단 일행은, 쉬지 않고 달린 끝에 저녁나절에 국경을 넘어 라비니어스의 관문 요새인 알 사담에 도착했다. 요새 입구에 도착하자 라비니어스에서 입는 일반적인 의상과는 다른 복색을 한 사절단을 위병이 가로막았다.

"잠시 멈춰주십시오, 무슨 일로 오셨습니까?"

평소 상상하던 야만인의 이미지와는 전혀 다른, 이방인의 눈으로 보기에도 꽤 멋들어진 제복에 검과 창으로 무장하고 있는 위병을 본 로엔과 카렌은 누가 먼저라 할 것도 없이 서로를 바라보았다. 그때, 체시아가 앞으로 나서며 위병에게 말을 건넸다.

"토라 제국에서 온 사절단입니다. 알 사담을 통과해 수도로 가려는 중입니다만."

"사절단……?"

"여기 제국에서 발급된 증명서가 있습니다만."

위병이 미심쩍은 눈으로 바라보자, 체시아는 품에서 한 장의 문서를 꺼내 위병에게 건넸다. 문서를 유심히 살펴본 위병은 거짓은 아니라 생각한 듯 자세를 바로 했다.

"잠시 기다려 주십시오. 일단 위에 보고를 올리겠습니다."

그러고는 다른 위병에게 입구를 맡기고 절도있는 자세로 문 안으로 뛰어들어 갔다. 그 모습을 본 로엔과 카렌은, 다시 고개를 갸웃거리며 서로를 바라보았다.

"이거, 생각하던 이미지하곤 영 다른데?"

"그러게?"

라비니어스에 대해서는 말로만 들었을 뿐, 직접 와보는 것은 이번이 처음인 로엔의 말에, 역시 로엔과 마찬가지인 카렌이 고개를 끄덕였다. 그러자 체시아가 한심하다는 듯 둘을 바라보며 입을 열었다.

"아무리 변방의 호전적인 민족이라지만, 너희들이 생각하는 만큼 문화가 뒤떨어져 있진 않아. 오히려 이곳만의 특색있는 문화를 발전시켜 왔지. 아, 그리고 한 가지 미리 말해 두는데, 이곳에서 야만인이니 뭐니 하는 소리는 절대로 꺼내지 마. 말 한마디 잘못 나온 것으로도 결투가 다반사로 일어나는 곳이니까."

유창하게 지식을 늘어놓는 체시아의 말에, 로엔과 카렌은 꿀 먹은 벙어리가 되어 고개를 끄덕였다. 그러다가 무언가 의문이 생겼는지, 카렌이 고개를 갸웃하다가 체시아에게 물었다.

"그런데 체시아는 어떻게 그렇게 잘 알고 있는 거지?"

"훗훗."

소박한 카렌의 질문에 체시아는 고개를 살짝 치켜들고 거만하게 웃었다.

"물론 이 몸께서는 정보부의 일로 자주 이곳을 드나들었거든. 이 정도야 기본이라고."

"잘도 늘어놓기에 대단한 줄 알았는데, 그냥 자주 왔다 갔다 한 것뿐이잖아?"

"뭐야!?"

심드렁한 로엔의 대꾸에 체시아가 발끈해서 소리치려는데, 아까 입구로 사라졌던 위병이 같은 옷에 장식이 좀 더 달린 남자와 함께 돌아왔다. 호전성 강한 민족의 전사다운 탄탄하면서도 균형 잡힌 몸이 옷을 입은 상태에서도 드러나 보이는 그는 예의 바른 태도로 고개를 숙이며 말했다.

"라 알 레디움 토라. 저희 라비니어스에 오신 것을 진심으로 환영합니다, 사절단 여러분."

토라 본국에서도 자주 듣기 힘든 경구가 그에게서 흘러나오자, 로엔과 카렌은 다시금 서로를 돌아보았다. 그때 그 둘보다는 이런 상황에 익숙한 아라엘이 말에서 내리며 대꾸했다.

"뇌신의 축복이 함께하기를. 분에 넘치는 환영에 감사드립니다. 부디 이곳, 알 사담에서 하루를 묵어 가는 친절을 베풀어주시겠습니까?"

그는 아라엘의 공손한 어투가 마음에 들었는지, 다부진 얼굴에 후덕한 미소를 지었다. 그는 다시금 고개를 살짝 숙이며 자신을 소개했다.

"친절이랄 것도 없이, 당연히 그리해 드려야지요. 저는 이곳 알 사담의 치안 담당관 무아딥이라 합니다.”

“호의에 감사드립니다. 전 사절단의 호위를 맡고 있는 아라엘 시엘 홀린스입니다. 저쪽 반대편에 있는 분은 체시아 폰 리테아스, 역시 사절단의 호위를 맡고 있습니다.”

아라엘이 답례로 자신과 체시아를 소개했다. 마부석의 로엔과 카렌은 굳이 소개할 필요가 없다고 여긴 모양이었다. 본의 아니게 무시당한 꼴이 된 로엔은 화가 치밀어 오르는 것을 느꼈으나 아라엘에게도 무언가 생각이 있으리라 여기며 그것을 눌러 참았다.

“토라에는 여성 분들이 남자들의 힘든 일에 종사하고 있는 경우가 많다고 들었는데, 그것이 사실인 모양이군요. 그런데 사절단치고는 호위 분들도 그렇고 규모가 너무 작은 듯합니다만……?”

적당히 인사치레를 마친 후, 고작 이두마차 한 대와 호위 두 명, 마부 둘이란 사절단의 구성에 의아한 듯 무아딥이 문서를 아라엘에게 되돌려주며 물었다. 그러자 이번에는 체시아가 그 물음에 답했다.

“비공식 사절단이라 그렇습니다. 본국에서는 이 사절단이 파견된 것이 외부에 알려지는 것을 꺼리고 있는 상태거든요.”

무아딥은 납득한 듯 고개를 끄덕였다.

“아, 무슨 말씀이신지 이해했습니다. 그나저나 중요한 손님들이신데 너무 오래 밖에 세워둔 것 같군요. 귀빈용 숙소로 안내하겠습니다.”

무아딥의 안내에 따라 숙소에 들어온 로엔 일행은, 저마다 받은 라비니어스의 첫인상에 대해 늘어놓았다.

“들어오던 것과는 확실히 다르군요. 오늘, 좋은 경험을 했습니다.”

"그러게요. 전 라비니어스라고 하면 삽화에서나 보던 대머리의 바바리안을 생각했었는데."

아라엘의 감상에 카렌이 박수를 치며 대답했다. 로엔은 별로 거기에 동조하고 싶은 생각이 없는 듯 턱을 쓰다듬으며 생각에 잠겼다가 이내 아라엘에게로 시선을 돌리며 물었다.

"시엘홀린스 양, 하나 묻고 싶은 것이 있습니다만."

"무슨……?"

의아한 표정으로 아라엘이 고개를 로엔에게로 돌리자, 로엔은 다시 턱을 천천히 쓰다듬으며 그녀에게 질문을 던졌다.

"아까 전에 저와 카렌의 소개를 하지 않았던 것은 이쪽의 전력을 전부 노출시키지 않으려는 의도에서입니까?"

날카로운 로엔의 질문에 아라엘은 고개를 끄덕였다.

"판단이 빠르시군요. 비공식 사절단이라 해도 주위의 시선에서 우리를 완전히 차단하기는 힘든 법이니, 저쪽이 확실한 전력을 파악할 수 없도록 일부러 리스나르트님과 미하이언님의 소개를 하지 않은 것입니다."

로엔은 납득했다는 표정으로 고개를 끄덕인 후, 다시 무언가를 생각하는 듯 창밖을 바라보기 시작했다. 그때, 문을 두드리는 소리와 함께 미성의 여자 목소리가 들려왔다.

"식사 준비가 다 되었으니 내려오시라는 무아딥님의 전언입니다."

"알겠습니다. 곧 내려가도록 하죠."

체시아가 황급히 대답하고는 자리에서 일어났다. 아라엘과 카렌 역시 그녀를 따라 일어났지만 한 사람, 로엔만은 자리에 앉아 무표정하게 카렌들을 바라보고 있었다.

"밥 안 먹어?"

카렌이 의아한 표정으로 묻자 로엔은 고개를 가볍게 가로저으며 대답했다.

"더워서 그런지 식욕이 없네. 뭐, 식욕없는 김에 저쪽을 더 확실하게 속여줄까 하는 마음도 있지만."

"속이다니 뭘?"

계속되는 카렌의 물음에, 로엔은 건틀릿을 벗어 탁자에 올려놓으며 대답했다.

"방금 말했잖아, 전력을 전부 노출시키지 않기 위한 속임수라고. 아, 기왕 하기로 한 김에 너도 오늘 저녁은 그냥 굶어라. 너랑 나는 저들에게 마부 정도로 인식돼 있을 테니."

"하지만 배고픈데."

카렌이 손가락을 입에 대며 중얼거리자 로엔의 인상이 살짝 찌푸려졌다.

"네가 애냐? 그리고 한 끼쯤 굶는다고 죽지는 않아. 일단 비상용 육포가 조금 있으니 그걸로 허기 정도는 달랠 수 있을 거야. 그러니까─"

거기까지 말하고 로엔은 체시아와 아라엘을 돌아보았다.

"부탁드리겠습니다."

"그러죠."

아라엘은 간단히 대답하고는 체시아와 함께 방을 빠져나갔다.

아라엘과 체시아가 아래층 식당에 도착했을 때, 이미 루세츠와 프란이 나와서 나머지 사람들을 기다리고 있는 중이었다. 둘만 내려오는 것이 의아했는지 프란이 고개를 갸웃하며 체시아에게 물었다.

"리테아스 양, 로엔과 카렌은……?"

"식욕이 별로 없어서 먹지 않겠답니다."

"그런가."

프란은 별 생각 없이 고개를 끄덕였다. 아라엘과 체시아가 각기 빈 자리에 앉은 후 모두들 준비된 식사를 먹고 있는데, 무아딥이 하늘색 옷을 입은 풍채 좋은 남자와 함께 식당으로 들어왔다.

"아, 아직 식사 중이시군요. 방해해서 죄송합니다."

무아딥의 사과에 루세츠가 괜찮다는 듯 웃으며 손사래를 쳤다.

"아니, 괜찮습니다. 그런데 무슨 일로……?"

그의 물음에 무아딥은 자신의 옆에 서 있는 분을 가리키며 대답했다.

"이분, 저희 요새 사령관께서 사절단의 여러분을 만나고 싶다고 하셔서 말입니다. 시간이 늦으면 그것도 실례가 되지 않을까 싶어 모시고 왔습니다."

"저희야 언제든지 괜찮습니다만 사령관께서 몸소 오시게 하다니 큰 결례를 범했군요. 저희가 먼저 찾아뵈었어야 하는데……."

무아딥의 요새 사령관이란 말에, 그곳에 있던 모두가 자리에서 일어나 그를 맞았다. 루세츠가 대표로 인사를 하자 그는 껄껄 웃으며 거기에 답했다.

"아닙니다. 귀하신 분들을 모시는데 이쪽에서 찾아뵙는 것이 당연하죠. 저는 이 요새를 총괄적으로 책임지고 있는 쟈셈 룸야드라고 합니다.”

“루세츠 폰 엔트레아 백작입니다. 미력하나마 중임을 맡아 이곳, 라비니어스까지 오게 되었습니다.”

쟈셈의 소개에 루세츠가 황급히 답례했다. 그러자 쟈셈은 긴 테이블 한쪽에 있는 의자를 꺼내 앉으며 모두에게 말했다.

“자, 자. 그렇게 서 계시지 말고 다들 앉으시지요. 식사는 마저 하셔야 하지 않겠습니까?”

“아, 네.”

프란이 그에 대답하면서 자리에 앉는 것을 시작으로 다들 자리에 앉았다. 하지만 이 도시의 최고 책임자가 와 있는 앞에서 경망스럽게 식사를 계속할 사람은 이 자리에는 아무도 없었다.

어느 정도 분위기가 무르익었다고 생각되었는지, 느긋한 미소를 입가에 띠며 쟈셈이 루세츠를 바라보았다.

“제가 짐작하건대 엔트레아 백작께서는 지난 전쟁과 관련된 일로 이곳에 파견되었으리라 생각됩니다만, 어떠신지요?”

분위기를 누그러뜨려 놓은 후 단도직입적으로 치고 들어오는 쟈셈의 말에 루세츠는 정신이 번쩍 드는 것을 느꼈다. 자신의 눈앞에 있는 사람이 만만한 상대가 결코 아니라는 것을 깨달은 루세츠는 속으로 정신을 단단히 재무장하며 물음에 답했다.

“하하, 비슷합니다. 사실 저희 군이 지난 전쟁을 치르면서 많은 피해를 입지 않았겠습니까. 그래서 서로서로 부족한 부분을 메우며 돕자는 취지에서 이렇게 파견되었습니다.”

상대의 자존심을 세워주는 선에서 적당히 대답하면서 정작 중요한 부분은 대답하지 않는 화법이었다. 쟈셈 역시 루세츠가 만만치 않은 상대라 여겼는지 헛기침을 두어 번 한 후 다시 상대에게 물었다.

"엇흠, 흠. 그러시군요. 저는 저희 군의 힘을 빌려 세이레인을 치기 위해 오셨으리라 생각하고 있었습니다만……."

자신은 이 대화에서 잃을 것이 없으니 못 먹어도 찔러나 보자라는 식의 직설적인 말이었다. 루세츠는 적당히 잘라야 할 필요성을 느끼며 입가에 부드러운 미소를 띠었다.

"이거, 이거, 그렇게 말씀하시니 말씀드리지 않을 수가 없군요. 그 말 그대로입니다. 저희 토라의 군세만으로는 세이레인을 격파하기 힘들다는 것이 중론이죠. 하지만 라비니어스의 날래고 용맹한 군사들과 힘을 합친다면 한번 해볼 만하기에 제가 중임을 맡고 파견된 것이죠."

루세츠는 거기까지 말하면서 속으로 선을 그었다. 내가 말할 수 있는 것은 여기까지다. 상대방이 더 알려고 든다면 결례를 하더라도 자르는 수밖에 없다. 그렇게 생각하며 쟈셈을 바라보고 있는데, 예상외로 쟈셈은 더 이상 별다른 질문을 던지지 않았다.

"그러셨군요. 한참 식사 중이셨는데 시간을 빼앗아 죄송합니다. 자, 자. 다들 식사를 마저 하시지요?"

그 모습은 마치 어딘가의 후덕한 영주와 크게 다를 바가 없어 그 자리의 모두를 안심시켰다.

깊은 밤. 여행의 피로를 풀기 위해 잠에 빠져 있던 로엔은 덜컹— 하는 무언가가 바닥에 부딪치는 소리에 잠이 깼다. 소리가 더 들려오지는 않았지만, 그것이 그리 멀지 않은 곳에서 들려왔다는 것을 깨달은 로엔은 미심쩍은 기분에 재빨리 무장을 갖추고 문 옆으로 살며시 붙어 섰다.

로엔이 조용히 검을 뽑아 들고 문 옆에 서서 속으로 열을 셀 즈음, 소리도 없이 문이 천천히 열리면서 칠흑같이 검은 옷을 입은 괴한이 들어왔다. 그는 문 옆에 붙어 있는 로엔을 미처 발견하지 못했는지 로엔에게 등을 보인 채로 조심조심 카렌에게 다가갔다. 괴한이 자고 있는 카렌의 손에 길다란 무언가를 묶으려는 순간, 로엔의 검이 어둠 속에 회백색 잔광을 남기며 괴한의 목으로 날아갔다.

"……!!"

불의의 상황에 대비해 철저하게 훈련받은 요원인 듯 그는 차가운 검날이 목에 들이대어졌음에도 소리를 내지 않았다. 로엔은 비릿한 미소를 흘리며 낮은 목소리로 그에게 물었다.

"세이레인의 앞잡이인가?"

"……."

로엔의 물음에 그는 침묵으로 대답을 대신했다. 그 모습에 로엔은 가볍게 한숨을 내쉬고는 검을 휘둘러 그의 목을 그었다.

"으응… 뭐야?"

괴한의 목에서 흘러나온 뜨뜻미지근한 피가 대량으로 튀면서 카렌의 잠을 깨우기라도 했는지, 카렌이 눈을 가늘게 뜨며 괴한 쪽을 바라보았다. 그러다가 눈을 부릅뜬 시체가 눈앞에 있는 것을 보고는 정신이 번쩍 들었는지, 입을 크게 벌린 채 로엔을 바라보았다.

"어, 어… 읍!"

상황를 파악한 로엔이 재빨리 카렌의 입을 틀어막은 덕분에 카렌의 비명은 터져 나오지 못했다. 발버둥 치려는 카렌의 몸을 꽉 붙잡으며 로엔이 냉정한 목소리로 카렌의 귀에 속삭였다.

"침입자가 있었다. 침착해, 그렇지 않으면 죽게 될 거야."

갑작스런 상황에 놀랐던 카렌은 로엔의 목소리가 귀에 들어오자 어느 정도 진정이 되었는지, 로엔의 말에 천천히 고개를 끄덕였다. 그러자 로엔은 카렌의 입을 막았던 손을 놓아주면서 다시 낮은 목소리로 이야기했다.

"아마도 이곳의 고위층이 세이레인과 결탁해 우리 쪽에서의 접촉을 원천에서부터 차단하기로 한 것 같아."

"뭐?"

"쉿!"

카렌이 놀란 표정으로 되묻자 로엔은 황급히 검지를 입에 가져다 댔다. 카렌이 다시 놀라 자신의 입을 틀어막는 동안 로엔은 자신이 추측한 내용을 계속 이야기했다.

"저들이 작정하고 이 일을 벌였다면 저녁 식사에 약을 섞었을 가능성도 배제할 수 없어. 필시 루세츠님과 프란 형, 체시아와 아라엘은 제압되었을 거다. 너와 나 외에 믿을 수 있는 전력은 아무도 없다는 거지."

카렌은 납득한 듯 고개를 끄덕였다. 로엔은 카렌의 몸을 붙잡고 있던 손을 떼고 검을 쥐고 자리에서 일어났다.

"그럼 구출 작전을 시작해야겠지? 아버지에게 욕을 먹는 것만큼은 사양이니까."

로엔의 얼굴에는 다른 사람들을 무사히 구해낼 수 있다는, 그런 자신감이 흐르고 있었다.

　로엔과 카렌이 슬며시 빠져나와 체시아와 아라엘이 쉬고 있었을 방으로 들어가 보니, 그녀들은 이미 끌려갔는지 그 방에는 아무도 남아 있지 않았다. 로엔은 인상을 살짝 찌푸리고는 다시 밖을 살피며 중얼거렸다.

　"아까 전에 들린 소리가 그녀들을 끌고 갈 때 나온 소리였던 모양이군. 저들이 합류해서 한 명이 돌아오지 않은 것을 알아차리면 일이 힘들어지는데……."

　"일단 루세츠님이 있는 저쪽 방에도 가봐야 할까?"

　"그래야겠지."

　로엔은 고개를 끄덕이고는 옆방으로 조심스럽게 걸음을 옮겼다. 로엔이 닫혀 있는 문을 조심스럽게 여는데, 미처 손쓸 틈조차 두지 않고 단검 하나가 로엔의 옆구리로 날아왔다.

　"큭―!"

　대비할 사이도 없이 입은 충격에 로엔이 인상을 찌푸렸다. 그때, 로엔의 뒤에서 카렌이 주문을 외쳤다.

　"아스트랄 · 아크 플래시(Astral · Arch Flash)!"

　카렌의 외침에 강렬한 섬광이 방 안에서 터졌다. 문 앞에 있어 그나마 빛에 의한 충격을 덜 받은 로엔이 안으로 뛰어드니, 두 명의 괴한이 갑작스런 섬광에 눈을 감싸 쥐고 괴로워하며 도망치려는 것이 보였다.

　"어딜!"

　로엔이 호통을 내지르며 한 괴한의 목을 붙잡아 바닥에 내팽개쳤다.

하지만 다른 한 명의 괴한은 별다른 제지 없이 그대로 창문 밖으로 달아났다.

"카렌, 라이트 부탁해."

"응."

카렌이 빛 계열 마법인 라이트를 시전해 방을 밝히자 로엔은 바닥에 쓰러진 암살자의 목에 검을 들이대면서 방 안을 잠시 둘러보았다. 프란과 루세츠의 짐이 어지러이 파헤쳐진 것이, 아마도 이들은 루세츠와 프란을 납치한 후 정보를 찾아내기 위해 남아 있었던 듯했다.

"무슨 속셈으로 이런 짓을 하는 거지? 세이레인과 손을 잡은 것이냐?"

"…죽여라."

괴한이 이를 악물며 대꾸했다. 그러자 로엔은 한심하다는 표정을 짓고는 검끝으로 괴한의 복면을 벗겨내며 투덜거렸다.

"거, 살아온 날보다 앞으로 살아갈 날이 더 많은 사람들이 왜 그렇게 죽고 싶어 안달이 나 있는지 모르겠네. 이봐, 침입자 씨. 그렇게 오기를 부리면 내가 못 죽일 것처럼 생각하는 모양인데……."

순간 로엔의 검이 잔광을 흩뿌렸다. 죽음에 대한 두려움에선지 눈을 꼭 감고 로엔의 검이 자신의 숨통을 끊기를 기다리던 그는 몸에 아무런 고통도 없자 조심스럽게 눈을 떴다.

로엔의 검은 괴한의 목 오른쪽 1㎝도 떨어지지 않은 곳에 박혀 있었다. 괴한의 얼굴에서 시선을 잠시도 떼지 않고 있던 로엔이 비웃음 가득한 얼굴로 이야기를 계속했다.

"죽는 건 한순간이 아니야. 내가 줄 수 있는 최고의 고통을 모두 다

선사하면서 마음껏 괴로워하다 죽게 만들 수도 있지. 우선, 손가락에 하나하나 칼집을 내면서 손톱을 뽑아내는 것부터 시작해서 말이지…….”

“그만, 그만!”

듣는 것만으로도 소름 끼치는 로엔의 목소리에 괴한이 비명을 질렀다. 로엔이 말을 멈추자, 괴한은 질린 듯한 표정으로 로엔에게 외쳤다.

“너, 넌 대체 누구냐!? 너에 대한 정보는 단순히 마부라는 것 외에는 아무것도 없었는데!?”

그 말에 로엔은 코웃음을 치며 비웃었다.

“단순한 마부? 너희 지휘관도 눈이 썩었군. 요즘에는 한낱 마부도 검을 패용하고 다니는 모양이지? 하긴, 세상이 좀 흉흉해졌으니 그럴지도 모르겠군.”

“그렇다면 설마!?”

로엔의 말에 괴한은 눈을 크게 뜨며 외쳤다. 로엔은 그의 투정을 더 받아주고 싶은 생각이 없어졌는지, 살기 어린 미소를 띠며 말했다.

“너무 시간을 지체했군. 원래는 배후를 캐내려 했는데 더 놀아줄 수 없게 되었다. 먼저 간 네 동료와 지옥에서 실컷 놀아라.”

“크악—!”

다시 로엔의 검이 잔광을 흩뿌렸다. 심장에 검이 박힌 괴한은 그 자리에서 절명했고, 로엔은 잔인한 장면에 속이 메슥거리는 듯한 표정을 짓고 있는 카렌을 돌아보며 말했다.

“어차피 한 놈이 탈출한 이상 남은 것은 정면 돌파뿐이군. 유스, 에바!”

[네에~!]

[지금 나갑니다!]

애교 섞인 멘트를 날리며 유스와 에바가 나타나자, 로엔은 방에 흩어진 루세츠와 프란의 물건들을 가리키며 명령했다.

"여기 있는 물건들을 정리한 다음 식당에서 오래 보관해서 먹을 수 있는 것들을 물과 함께 마차에 실어 남쪽 입구에다 놔. 명령의 실행을 위해서라면 무슨 수를 써도 좋다."

[라져!]

[맡~겨두시라고요!]

그녀들은 외치고는 웃으며 방을 빠져나갔다. 그 모습을 지켜보던 로엔은 카렌을 돌아보며 빙긋 웃었다.

"자, 퇴로는 확보되었으니 우리도 슬슬 이동해 볼까?"

알 사담 요새의 내부는 전시 상황을 방불케 하고 있었다. 요새 사령관 쟈셈 룸야드의 계엄령이 발동된 후 알 사담의 귀빈 접대용 숙소는 요새 방위병들에 의해 물샐틈없이 포위되었다. 건물 안에서 잠시 그 모습을 바라보던 로엔은 정면 돌파로 뚫기엔 무리라고 생각했는지 고개를 가로저었다.

"안 되겠어. 역시 유스와 에바가 한바탕 난리 쳐주기를 바랄 수밖에."

호랑이도 제 말 하면 온다고 했던가. 로엔이 중얼거린 순간 포위망 오른쪽에서 거대한 폭발이 일어났다.

"으아악—!"

[이얏호! 1번 유스트레스 아스트랄러 준비되었습니다!]

"제기랄, 마법사다! 전 병력은 저쪽을 집중적으로 포위하라!"

뒤이어 비명 소리와 함께 유스가 유쾌하게 외치는 목소리, 말 우는 소리, 무아딥이 고함을 지르는 소리가 교차했다. 그 상황을 바라보던 로엔은 주먹을 불끈 쥐며 외쳤다.

"나이스 타이밍, 유스! 카렌, 왼쪽이야! 양동 작전인 척하면서 유스를 따라 돌파하자!"

"오케이! 파이어 · 익스플로젼(Fire · Explosion)!"

카렌이 외치며 두 손을 하늘 높이 치켜들자 포위망 왼쪽에서 아까보다는 훨씬 약한 폭발이 일어났다. 그 폭발을 본 무아딥은 로엔의 생각에 보기 좋게 걸려들었다.

"설마 그 둘 외에도 숨겨둔 인원이 있었단 말인가! 양동 작전이다! 적은 서쪽의 혼란을 틈타 동쪽으로 돌파할 생각이다! 동쪽을 막아라!"

"지금이다!"

로엔은 그렇게 외치며 검을 뽑아 들고 카렌과 함께 달려나갔다. 눈앞의 적과 대장의 명령 사이에서 우왕좌왕하다 내지른 병사의 창을 피하면서 그의 가슴을 베어버린 로엔은, 황급히 몸을 틀어 다시 찔러오는 두 개의 창을 피하면서 외쳤다.

"카렌!"

"준비됐어! 선더 · 레인 오브 라이트닝!"

"아아악!"

순간 수십 개의 벼락이 로엔을 중심으로 떨어져 내렸다. 로엔의 주변에 있던 병사들은 피할 공간도 주지 않고 쏟아져 내리는 벼락의 비에 비명을 지르며 바닥에 거꾸러졌고, 미스릴 망토를 몸 전체에 휘감아 벼락을 받아낸 로엔은 뇌전의 기운이 스며들어 저려오는 팔을 주물렀다.

"좋아, 이대로 돌파다!"

한편, 익스플로전이 터진 곳으로 달려갔던 무아딥은 양동 작전이라고 생각했던 곳에서 천둥과 함께 비명이 들리자 검을 힘껏 움켜쥐었다.

"양동인 척하면서 사실은 일점 돌파라니… 쥐새끼들이 머리 좀 썼군. 전군, 이곳의 포위를 풀고 반대쪽을 추격한다! 절대로 놓치지—!"

"으아악—!"

무아딥이 외침을 다 끝내기도 전에, 처음 일어났던 폭발보다 더욱 거대한 폭발이 요새 방위병 사이에서 일어났다.

"이, 이게 무슨!?"

갑작스런 폭발에 무아딥이 당황한 얼굴로 폭발의 중심을 돌아보았다. 폭발의 여파로 일어난 흙먼지가 걷히며 검은 머리의 여성이 매력적인 미소를 지은 채 서 있는 것이 무아딥의 시선에 들어왔다.

[저를 두고 어딜 가시려고요? 아잉, 그러면 섭하죠♡]

흑발의 미녀, 에버네스 새도우키퍼가 무아딥에게 찡긋— 윙크를 건네며 웃었다.

유스와 에바의 시기 적절한 난동으로 포위망을 손쉽게 돌파한 로엔과 카렌은 유스가 마차를 남쪽으로 몰아가 위병들의 시선이 그쪽으로 몰린 사이 좁은 골목으로 숨어들었다. 밤의 어둠을 방패 삼아 거칠어진 숨을 진정시키며, 카렌이 로엔에게 물었다.

"이제 어떻게 할 거야?"

로엔 역시 거칠어진 호흡을 진정시킨 후 하늘을 올려다보며 카렌의 물음에 답했다.

"아무래도 오늘 밤 사이에는 해결을 봐서 이곳을 빠져나가야겠지. 일단 순찰을 도는 위병을 붙잡아 사령부의 위치를 알아내서 침입하는 수밖에."

"일단 남문으로 보낸 유스와 에바의 지원은 기대하지 말라는 이야기군. 뭐, 어떻게든 되겠지."

카렌은 그렇게 대답하고는 골목 밖으로 슬쩍 고개를 내밀었다. 큰길 이쪽저쪽을 살펴본 카렌은 아직 레인 오브 라이트닝의 여파가 가시지 않았는지 검을 쥔 팔목을 주무르고 있는 로엔을 바라보았다.

"저기 둘 온다. 내가 사일런스 주문으로 비명이 새어 나가는 것을 막을 테니 제압해 줘. 내가 버틸 수 있는 시간은 아마도 1분, 할 수 있겠지?"

"물론. 맡겨만 둬."

로엔은 자신있는 표정으로 대답했다. 카렌은 고개를 끄덕이고는 위병들이 거의 접근했을 때쯤 호흡을 크게 들이쉬고 밖으로 튀어 나가며 외쳤다.

"윈드 · 사일런스(Wind · Silence)!"

공기의 흐름을 강제로 막아 소리를 차단하는 주문이 발동되는 순간, 아무것도 모르고 걸어오던 경비병 둘은 갑자기 숨이 턱 막혀오는 것을 느꼈다. 숨이 쉬어지지 않는 것에 당황하며 주위를 둘러보려던 그들은 카렌의 뒤를 따라 튀어나온 로엔의 검집에 뒤통수를 얻어맞고 쓰러졌다.

"하아, 하아……."

로엔이 엄지손가락을 치켜들자 마법을 해제한 카렌이 거칠게 숨을 내쉬었다. 마법사인 그로서는 아무래도 체력이 약할 수밖에 없었다. 아무튼 그 옆에서 비정하게 한 명의 심장에 검을 꽂아 절명시킨 로엔은 나머지 한 명의 뺨을 때려 그를 깨웠다.

"하나 물을 것이 있다. 이곳, 알 사담의 감옥은 어디에 있지?"

"히, 히익!"

눈앞에 들이대어진 검을 본 병사는 기겁하면서 자신이 아는 것을 횡설수설 늘어놓기 시작했다.

"그, 그게 저… 요새 가운데에 있는 첨탑 지하에… 커억!"

"고맙다."

로엔은 필요한 정보를 모두 들은 즉시 그의 목에 검을 찔러 넣어 즉사시켰다. 그 모습을 바라보던 카렌이, 검을 크게 휘둘러 묻은 피를 떨어내는 로엔에게 인상을 찡그리며 물었다.

"꼭 그렇게 다 죽여야 하는 거야?"

"적에게 동정심을 갖다간 죽는 건 오히려 이쪽이야. 감상주의에 빠지지 마."

냉정하게 잘라 말하는 로엔에게 카렌은 못마땅한 표정을 지었지만, 틀린 말은 아니었기에 반론하지 않았다. 고개를 들어 요새 가운데 높이 솟은 첨탑을 바라본 로엔은 가슴을 젖혀 뻐근해진 몸을 풀며 말했다.

"오늘, 리스나르트 가를 건드리면 어떻게 되는가를 확실히 알게 해주겠다, 라비니어스!"

쟈셈 룸야드는 초조한 표정으로 자신의 집무실 안을 왔다 갔다 하고 있었다. 집무실 문이 벌컥 열리자, 쟈셈은 기다렸다는 듯 황급히 입구로 고개를 돌렸다.

"그래, 왔는가……?"

쟈셈은 들어온 사람을 보고 말꼬리를 흐렸다. 무아딥이 자신의 완곡도에 의지한 채 힘겹게 집무실로 들어왔기 때문이었다.

"자네, 그 모습은 대체……?"

쟈셈의 질문에 무아딥은 비참한 모습으로 힘겹게 입을 열었다.

"경… 비를 위한 병력을 제외한 병력… 중… 절반을 잃었습니다… 큭!"

거기까지 말한 무아딥은 체력의 한계를 느낀 듯 그 자리에 무릎을 꿇었다. 자신이 가장 신용하는 무사 중 한 명인 무아딥이 처참하게 당한 모습을 믿을 수 없다는 듯 바라보던 쟈셈은 더듬거리며 다시 그에게 물었다.

"그, 그 마부들… 그들이 그렇게 강했단 말인가!?"

"아닙… 니다. 거의 모든… 병력의 손실은… 쿨럭, 쿨럭!"

"그들이 아니라면, 그 외에 누가 있어 그대를 이렇게 만들 수 있단 말인가!?"

피를 토하며 기침하는 무아딥을 바라보며 쟈셈이 믿을 수 없다는 듯 외쳤다. 무아딥은 힘겹게 고개를 들어 쟈셈을 바라보았다. 그 눈에 담긴 것은 순수한 공포, 그 이상도 이하도 아니었다.

"한… 명의 여자… 그건… 사람이 아… 니라… 괴물… 커헉!"

"무아딥! 무아딥!"

체력의 한계를 견디지 못한 무아딥은 결국 다시 피를 토하며 실신했다. 쟈셈은 불신 가득한 얼굴로 아끼는 무사가 쓰러진 모습을 바라보다가 곧 크게 소리쳐 위병을 불렀다.

"위병! 밖에 아무도 없는가!?"

"네!"

위병 하나가 쟈셈의 부름에 황급히 뛰어들어 왔다.

"밖의 상황이 어떻게 되어가고 있는가 아는 것이 있으면 모두 말해 보아라!"

"네? 네!"

위병은 잠시 의아한 표정을 지었다가 곧 대답한 후 주눅 든 얼굴로 자신이 아는 것을 모두 늘어놓기 시작했다.

"귀빈 숙소를 포위하고 있던 병력은 모두 전멸당했습니다. 상대는 검은 머리를 치렁하게 늘어뜨린 한 명의 여자로, 무아딥님도 그녀에게 당하셨습니다."

"단 한 명에게? 대체 그녀가 무엇이기에?"

어떻게 들어도 허황된 소리로 치부될 법한 이야기에 쟈셈이 다시 묻자, 위병은 떠올리는 것만도 두려운 듯 공포가 가득 담긴 얼굴로 대답했다.

"그것… 그것은 사람이 아니라 악귀였습니다. 잔혹한 미소를 지으며, 믿을 수 없는 속도로 이동해 다니며 병사들을 잡아 찢었습니다. 그러다가 가만히 서서 손끝을 한 번 까딱하면 어김없이 거대한 폭발을 일으켰죠. 저는 먼 곳의 경계를 맡고 있었기에 다행이지, 그렇지 않았다면 저도 그곳에서 싸늘한 시체가 되어 있었을 것입니다.”

온몸을 사시나무 떨 듯 떨며 대답하는 위병의 말에 쟈셈은 어이없는 표정을 지었다. 대체 어떤 초현실적인 존재가 대륙 최강의 정병이라 일컬어지는 라비니어스의 병사들을, 그것도 수백 대 일로 전멸시킬 수 있단 말인가. 문득 온몸에 오한이 드는 것을 느낀 쟈셈은 그 악귀가 남문 방향으로 내려갔다는 보고를 듣는 것을 마지막으로 위병을 시켜 무아딥을 치료실로 옮기게 했다.

“대체 그녀가 무엇이기에… 위병! 위병들은 어디 있는가!”

풍성한 턱을 쓰다듬으며 잠시 생각에 잠겨 있던 그는 위병들을 소리쳐 부르며 집무실을 빠져나갔다.

순찰을 돌고 있는 위병들의 눈을 피해 첨탑 가까이 도착한 로엔과 카렌은 십여 명의 병력이 왔다 갔다 하고 있는 첨탑의 입구를 바라보았다.

“일곱, 여덟… 정면으로 돌파하려다간 다른 곳의 병력까지 끌어들이게 될 텐데…….”

로엔이 낮게 신음하며 중얼거렸다. 마찬가지로 고개를 숙이고 잠시 고민을 하던 카렌이 고개를 들며 물었다.

“아크 플래시로 시야를 흩뜨려 끌어낸 다음 침투한다면?”

“곤란해. 저들을 제압해야 지원 병력이 오는 시간을 조금이라도 늦출 수 있어. 좋은 방법 없으려나.”

이미 에바에 의해 많은 수의 병사가 몰살당했다는 것을 모르는 로엔이 난색을 표하며 다시 생각에 잠겼다. 하지만 그렇다고 별 뾰족한 수가 떠오르는 것은 아니어서, 로엔과 카렌은 이러지도 저러지도 못하고 초조하게 시간을 보내고 있었다.

"어?"

그때, 첨탑 쪽을 바라보던 카렌이 고개를 갸웃하며 소리를 냈다.

"무슨 일이야?"

"저기 봐, 저기."

로엔이 고개를 내밀고 카렌이 가리키는 쪽을 바라보니 꽤 고급스런 복색을 한 풍채 좋은 남자가 병사들 삼십여 명을 이끌고 첨탑 안으로 들어가는 것이 보였다. 그 모습에 로엔은 입술을 깨물며 중얼거렸다.

"산 넘어 산이군."

"그러게. 어떻게 하지?"

카렌의 물음에 로엔은 다시 고민에 빠졌다. 결국 이렇게 시간만 죽일 수도 없다고 판단한 로엔은 카렌의 어깨를 붙잡으며 말을 건넸다.

"카렌, 아무래도 네가 말한 대로 혼란시켜 적병을 끌어낸 후 침투하는 수밖에 없겠다."

"어떻게?"

로엔은 고개를 돌려 흘낏 첨탑 쪽을 바라본 후 아쉬운 듯 입맛을 다셨다.

"사일런스가 객체 지향 마법(To—Objective Magic)이었다면 좋았을 텐데. 아무튼 일루전 마법, 사용할 수 있지?"

카렌은 고개를 끄덕였다.

"시야가 미치는 부분까지만이라는 전제가 붙긴 하지만, 어쨌든 쓸 수는 있어."

"좋아, 그럼 내가 뛰어나갈 테니 입구에 익스플로젼을 한 방 터뜨려 줘. 그리고 내가 첨탑 안에 있는 병력들까지 끌어내면, 일루젼(Illusion)으로 나와 똑같은 모습의 환영을 하나만 만들어서 최대한 멀리까지 도망치게 만들어줘."

카렌은 로엔의 의도를 파악하지 못했는지 고개를 갸웃하며 물었다.

"하지만 일루젼은 허상이란 것을 깨닫는 순간 바로 깨어져 버리는데……."

"네가 일루젼으로 환영을 만들어내자마자, 난 인비지빌리티(Invisibility)로 숨어들 거야. 적이 잔상이라 생각할 수는 있어도 설마 마법이라고 생각하진 못할 거다."

"하지만 너 지금 마력 연결이……."

카렌의 말에 로엔은 고개를 저었다.

"이대로 날이 밝을 때까지 서 있을 수는 없잖아. 되든 안 되든 일단은 해봐야지."

단호한 어조에 카렌은 길게 한숨을 내쉬고는 고개를 끄덕였다.

"알았어. 하지만 무리는 하지 마."

"당연하지."

로엔은 씨익 웃는 걸로 카렌의 당부에 답하고는, 다시 표정을 진지하게 바꾸며 말했다.

"셋을 세면 시작하자. 하나, 둘, 셋!"

외치는 순간 로엔은 자신이 낼 수 있는 최고의 속도로 앞으로 뛰쳐나갔다. 그 뒤에서 카렌이 두 손을 겹쳐 위로 치켜 올리며 외쳤다.

"파이어·익스플로젼!"

"으아악—!"

오늘 두 번째의 익스플로젼이 굉음을 일으키며 화려하게 터져 올랐다. 두 명의 병사가 그 폭발에 휩쓸려 나가떨어졌고, 병사들은 카렌에게 시선이 미치지 않을 만한 곳에서 자신만만하게 마법을 사용한 것처럼 손을 내뻗고 있는 로엔을 가리키며 큰 소리로 외쳤다.

"적이다! 적이 나타났다!"

로엔은 첨탑의 입구로 달려가, 가슴을 노리고 찔러오는 적병의 창을 상체를 살짝 뒤틀면서 잡아챘다. 그 서슬에 균형이 흐트러진 병사의 복부에 검을 찔러 넣은 로엔은 잡아챈 창을 뒤집지도 않고 그대로 크게 휘둘렀다.

타앙—!

대기가 찢어지는 소음을 일으키며 휘둘러진 창이 다른 적병이 얼떨결에 내지른 창의 자루와 충돌했다. 강렬한 기세에 비틀거리며 적병이 한 걸음 물러나자 로엔은 왼쪽으로 크게 뛰어 물러나며 오른쪽 앞에서 찔러 들어오는 창을 피해냈다.

아직 첨탑 안의 병력은 나오지 않고 있었다. 로엔이 두 명째의 적병의 목을 스치듯 베어내는 모습을 초조한 표정으로 바라보던 카렌의 눈에 첨탑 입구에서 십여 명의 병사가 몰려나오는 것이 보였다. 지금이라고 생각한 카렌은 황급히 손을 휘저으며 마법을 구동하기 시작했다.

"아스트랄·일루젼(Astral·Illusion)!"

순간 로엔의 바로 옆에 똑같은 모습의 환영이 나타났고, 로엔은 기다리고 있었다는 듯 씨익 웃으며 낮은 목소리로 주문을 외웠다.

"아스트랄·인비지빌리티(Astral·Invisibility)."

주문이 발동되고, 로엔의 몸이 급속하게 허공에 녹아들어 갔다. 그 모습에 병사들은 당황한 듯 멈칫했다. 하지만 로엔의 모습을 한 일루전이 몸을 돌려 달아나기 시작하자 병사들은 고함을 지르며 그 뒤를 쫓기 시작했다.

"달아난다! 적이 저기 있다! 잡아라!"

"절대로 놓치지 마라!"

병사들이 첨탑의 경계를 풀고 일루전을 쫓아 뛰어가자, 카렌은 주변에 아무도 없다는 것을 확인한 뒤 앞으로 달려나왔다.

"로엔!"

하지만 로엔은 대답하지 않았다. 로엔이 인비지빌리티를 사용한 곳으로 다가가자, 쓰러진 채 비틀거리며 몸을 일으키는 로엔의 모습이 나타나기 시작했다.

"으윽… 마법의 반동이 장난 아니군, 제기랄."

"괜찮냐?"

카렌이 황급히 부축하며 묻자 로엔은 고개를 끄덕였다.

"역작용이 좀 남아 있지만 버틸 만해. 계속 싸울 수 있으니 걱정하지 마."

"다행이다."

카렌이 길게 한숨을 내쉬자, 로엔은 카렌에게 의지하던 팔을 풀어내고 첨탑의 계단으로 걸음을 옮겼다.

"시간이 없어. 어서 내려가자!"

루세츠는 차가운 바닥의 감촉에 정신이 드는 것을 느끼며 눈을 떴
다. 자신이 분명 무아딥이 마련해 준 숙소에서 잠이 들었다는 것을 상
기한 루세츠는 황급히 자리에서 일어나 주위를 돌아보았다.

"여긴… 에션트 군! 시엘홀린스 양! 리테아스 양!"

"백작님, 무슨……."

루세츠가 거칠게 그들을 흔들어 깨우자 프란과 체시아, 아라엘은 깨
질 것 같은 머리를 부여잡으며 자리에서 일어났다. 억지로 잠에서 깨
워져 피곤한 표정으로 일어나던 그들은, 현재 그들의 환경이 잠이 들
때와는 판이하게 다르며 팔과 다리에는 족쇄가 채워진 것을 깨닫고는
정신이 번쩍 드는 것을 느꼈다.

"이, 이건 대체……."

"감옥이군. 당했나……."

그중에서 가장 먼저 상황 판단을 마친 프란이 체시아의 중얼거림에
답했다. 그 말에 대답이라도 하듯 감옥 입구의 쇠창살 밖에서 느끼한
버터 크림 같은 목소리가 들려왔다.

"우리 알 사담의 지하 감옥에 온 것을 환영하네."

"네놈……."

목소리가 들려온 쪽으로 시선이 집중되었다. 쟈셈 룸야드, 스스로를
알 사담의 총책임자라 소개한 자가 그곳에 서 있었다. 프란이 낮게 신
음을 흘리며 부르자, 그는 어깨를 으쓱하며 느긋한 웃음을 흘렸다.

"그렇게 노려보지 말게. 무섭지 않은가."

"대체 무슨 속셈이냐?"

더 이상 외교적인 수사 같은 것은 사용할 생각이 없는 루세츠가 눈

매를 날카롭게 바꾸며 질문을 던졌다. 쟈셈은 팔짱을 낀 채 루세츠를 내려다보았다.

"세이레인을 치고 싶어서 우리의 힘을 빌리려고 했던 모양이지? 안 됐지만, 그럴 수는 없어."

"네놈……! 세이레인과 한통속이었구나!"

프란의 외침에 쟈셈은 다시 한 번 어깨를 으쓱했다.

"이런, 이런. 한통속이라니, 그런 실례되는 말을. 단지 난 어떻게 하는 것이 라비니어스의 국익에 더욱 도움이 될까를 팅겨본 것뿐이라고. 현재 수도에 와 있는 세이레인의 사절단 앞에 너희들을 팽개친다면, 우리는 분명히 더 많은 것을 얻어낼 수 있겠지."

"이쪽의 조건은 들어볼 생각도 않고 말이냐."

"조건?"

루세츠가 이를 악물며 흘리는 말에 쟈셈은 코웃음을 쳤다.

"조건이라는 것은, 분명 너희가 승전했을 때 줄 수 있는 것을 말하겠지? 하지만 아쉽게도 너희는 이길 수 없어. 그것은 분명해."

"우리는 북부 전선과 남부 전선에서 승리했다! 검장 이스카를 격파하고, 일곱 별을 거꾸러뜨렸다! 무슨 근거로 우리가 패전할 거라 생각하는 것이냐!"

분노한 프란의 외침에 쟈셈의 표정이 굳었다. 그리고는 프란이 주춤 뒤로 물러날 정도의 무시무시한 기세로, 쟈셈은 앞으로 한 걸음 나오며 말했다.

"고작 이스카가 이끄는 보병 쪼가리를 깨뜨린 것으로 잘난 척하지 마라. 적어도 세이레인의 기병단을, 그 빌어먹을 길리언이 이끄는 기병단의 공포를 모르면서 그 딴 소리는 지껄이지 말란 말이다!"

"그들이 그렇게 무서운가?"

의외로 담담한 어조로 루세츠가 물었다. 그 물음에 쟈셈은 표정을 조금 부드럽게 바꾸며 대답했다.

"사신(死神). 그 이상도 이하도 아닌 딱 사신이었지. 날래고 용맹하기로 이름 높은 우리 정예병은 그저 낙엽 쓸리듯 휩쓸릴 수밖에 없었으니까."

"그렇단 말이지."

루세츠는 느긋한 표정으로 대답했다. 그 여유만만한 태도에 쟈셈은 비웃음 가득한 얼굴로 그를 바라보았다.

"그 태도, 마음에 안 드는군. 우리의 포위망을 빠져나간 그 마부 둘을 믿고 있는 모양인데, 고작 둘이서 무엇을 할 수 있겠는가? 곧 싸늘한 시체가 되어 너희 앞에 던져질 것이다."

쟈셈의 으름장에 루세츠는 짐짓 놀라는 표정을 지었다.

"그래? 너희 병사들이 그렇게 유능하다니, 그간 내가 가지고 있던 라비니어스의 평가를 전면 수정해야겠군. 안 그런가, 에션트 군?"

"그러게 말입니다. 로엔을 시체로 만들 수 있다고 생각하다니, 그거야말로 우스운 소리군요."

프란이 맞장구치며 웃었다. 도저히 포로라고 볼 수 없는 그 태도에 쟈셈은 얼굴을 무섭게 일그러뜨리며 내뱉었다.

"그 자신감이 어디까지 갈 수 있나, 어디 두고 보자!"

하지만 으름장을 놓으면서도 쟈셈은 마음 한구석에 꺼림칙한 기분이 드는 것을 감출 수는 없었다. 무아딥을 만신창이로 만들고 기지 방위군의 절반을 몰살시킨 그 미지의 존재가 자꾸 쟈셈을 불안하게 만들고 있었다.

"흥!"

그 존재와 사절단과의 연결 고리가 있을지도 모른다는 것을 애써 부정하면서, 쟈셈은 출구로 몸을 돌렸다. 그 순간 출구에서 한 명의 병사가 가슴에서 피를 뿜어내며 계단으로 굴러 떨어졌다.

"으아악!"

"이게 무슨―!?"

쟈셈은 당황한 표정으로 단말마의 고통에 몸을 뒤트는 병사를 바라보았다. 그때, 전신에 피 칠을 한 로엔이 카렌과 함께 출구에 나타났다. 고개를 이리저리 돌리다 쟈셈을 찾아낸 로엔은 잔인한 미소를 뿌리며 그를 바라보았다.

"드디어 찾았다. 네놈이 이곳의 책임자냐?"

"리스나르트 군!"

로엔의 목소리에 루세츠가 반가운 표정으로 외쳤다. 그 목소리로 루세츠가 아직 살아 있다는 것을 알게 된 로엔은 검을 한 번 휘둘러 검날에 묻은 핏방울을 떨어내며 말했다.

"잠시만 기다려 주십시오. 곧 상황을 종료하고 꺼내 드리겠습니다."

"이… 이……."

마치 악귀 같은 로엔을 당황한 표정으로 바라보던 쟈셈은 황급히 로엔을 가리키며 명령했다.

"뭐, 뭣들 하느냐! 어서 침입자를 제압하라!"

그 외침에 쟈셈의 뒤에 있던 두 명의 병사가 검을 뽑아 들고 앞으로 뛰어나왔다. 하지만 그 둘만으로는 로엔의 적수가 되질 못했다.

"으랴압—!"

한 병사가 기합을 내지르며 휘두르는 검을 가볍게 쳐낸 로엔은, 그 병사의 가슴을 비스듬히 아래로 베어내며 망토를 휘둘러 나머지 한 명의 공격을 무력화시켰다. 일단 뒤로 한 걸음 물러나 간격을 만든 로엔은, 검을 몇 번 주고받은 끝에 나머지 한 명의 심장에 검을 찔러 넣고는 쟈셈을 노려보았다.

"이, 이럴 수가… 단순한 마부가 아니었단 말인가."

"하하하하하!"

믿을 수 없다는 듯 쟈셈이 내뱉은 말에 루세츠가 큰 소리로 웃었다. 느닷없는 웃음소리에 쟈셈이 고개를 돌려 그를 노려보자, 루세츠는 비웃음 가득한 얼굴로 그에게 말했다.

"리스나르트 군을 단순한 마부로 보았다니, 그대도 눈이 어떻게 된 모양이군."

"리스나르트……?"

어디서 들어본 적이 있는 것 같은 단어를 곱씹어보던 쟈셈은 이내 그것이 무엇을 말하는지 깨달은 듯 경악해 외쳤다.

"설마 대륙 최강의 기사, 나이트 길드 마스터 제디스틴 리스나르트!?"

"빙고."

이번에는 프란이 비웃듯 답했다.

"뭐, 제딘님 본인은 아니고 그 아들이지만, 리스나르트인 것은 변함없지."

그 말에 쟈셈은 절망한 듯 몸을 부들부들 떨었다. 하지만 그것도 잠시, 쟈셈은 남아 있는 두 명의 병사에게 큰 소리로 외쳤다.

"창살 사이로 저들의 목을 겨눠라!"

그 명령에 재빠르게 움직인 병사들의 창이 루세츠의 목을 겨눴다. 배짱 좋은 루세츠도 목에 창날이 들어온 상황에서는 긴장이 되는 듯 날카로운 창날을 바라보며 마른침을 꿀꺽 삼켰다.

"자, 이러면 어떻게 할 테냐, 리스나르트! 한 걸음만이라도 움직인다면 즉시 사절의 목을 찔러 버리겠다!"

득의양양한 표정으로 쟈셈이 외치자 로엔은 길게 한숨을 쉬었다.

"세상에는 왜 이렇게 바보들이 많은 건지… 카렌, 귀 막아."

"뭐?"

카렌이 얼빠진 소리로 반문하는 것을 무시하면서 로엔은 홀스터의 핸드건을 뽑아 그대로 한 방을 쏘았다.

타앙—!

"아악!"

거대한 총성이 지하 감옥을 진동하는 순간, 병사 중 한 명이 배에서 피를 흩뿌리며 뒤로 튕겨 나갔다. 나머지 한 명도 갑작스럽게 울려 퍼진 총성에 놀란 나머지 창을 놓친 채 멍한 표정으로 이쪽을 바라보고 있었다.

"이, 이건 대체……."

울려오는 고막을 틀어막으며 쟈셈이 짜내듯 내뱉었다. 로엔은 앞으로 걸어나와, 마찬가지로 양쪽 귀를 틀어막고 있는 나머지 병사 한 명의 가슴을 걷어찼다.

“컥—!”

“로엔 군, 죽여선 안 되네.”

루세츠의 당부에 로엔이 고개를 끄덕였다. 바닥에 주저앉은 채 절망적인 표정으로 올려다보는 쟈셈을 향해 로엔이 여유로운 어조로 입을 열었다.

“…가훈.”

“……?”

난데없는 소리에 쟈셈의 표정이 기묘하게 변했다. 그 순간, 로엔이 벼락같이 외치며 쟈셈의 턱을 걷어찼다.

“망치로 받으면 워 해머로 돌려줘라!”

“크캭!”

강렬한 킥이 여과없이 그대로 턱에 꽂힌 쟈셈은 기괴한 비명을 지르며 뒤로 나가떨어졌다. 그 한 방에 실신했는지 가늘게 경련을 일으키는 쟈셈을 향해 침을 탁 뱉으며 로엔이 중얼거렸다.

“이걸로 끝난 건가. 뭐야, 의외로 싱겁잖아?”

로엔이 바닥에 주저앉아 카렌이 마법으로 만들어놓은 물로 여기저기 묻은 피를 대충 씻어내는 동안, 카렌은 벽에 걸려 있는 열쇠를 찾아 감옥의 문을 열고 모두에게 채워진 족쇄를 풀었다. 십년감수했다는 표정으로 감옥에서 빠져나오면서, 루세츠가 카렌의 어깨를 두드렸다.

“수고했네. 이 일은 잊지 않고 사례하도록 하겠네.”

“뭘요, 당연히 해야 할 일을 한 건데요.”

카렌이 어깨를 으쓱하며 답하자 루세츠가 흐뭇한 듯 웃었다. 그때, 대충 눈에 보이는 곳에 묻은 피를 닦아낸 로엔이 일어나며 루세츠를 바라보았다.

"일단 백작님이 있던 방에 있던 서류 따위는 모두 챙겨두었습니다. 하지만 경황이 없어 다른 사람들의 무기는 챙기지 못했습니다."

"그런가. 더 시간을 끄는 것도 좋지 않으니, 무기는 어쩔 수 없지."

그때 프란이 바닥에 떨어져 있던 경비병의 곡도를 집어 들어 살펴보더니, 시체에게서 칼집까지 풀어내 허리에 차며 말했다.

"뭐, 난 이걸로 됐어."

"정말로 괜찮겠어요?"

미심쩍다는 듯 로엔이 반문하자 프란은 어깨를 으쓱하며 대꾸했다.

"그럼 어쩌겠냐. 제딘님께 직접 받은 검이라 죽을 정도로 아깝지만 하는 수 없잖아? 그렇다고 기사 체면에 검도 차지 않고 다닌다는 것도 자존심 상하고."

"하긴, 그것도 그러네요. 그런데 그쪽은?"

로엔이 체시아와 아라엘을 돌아보자, 그 둘 역시 라비니어스에서 주로 사용되는 완만하게 굽은 곡도를 집어 들어 살피고 있었다. 하지만 그 둘은 칼이 손에 맞지 않는 듯 고개를 가로저으며 그것들을 바닥에 팽개쳤다.

"역시 안 되겠어. 무게가 맞지 않아."

"저도… 아무래도 다른 곳에서 검을 하나 구해야 할 것 같네요."

로엔은 고개를 끄덕이고는 다시 루세츠를 돌아보았다.

"마차는 유스와 에바를 시켜 남문에 세워두었습니다."

"그런가. 서둘러 출발하세."

루세츠는 고개를 끄덕이며 출구 쪽으로 걸음을 옮겼다. 그리고 프란이 그 뒤를 따라 걸음을 옮기려는데 로엔이 그의 팔을 붙잡으며 빙긋 웃었다.

"왜? 또 무슨 일이야?"

불안한 기분을 감추질 못하며 프란이 조급히 묻자, 로엔은 검끝으로 뻗어 있는 쟈셈을 가리켰다.

"저것, 인질로 써야죠. 전방은 제가 맡을 테니, 저 비곗덩어리를 옮기는 걸 부탁드릴게요."

빙글빙글 웃는 얼굴로 압박하는 로엔과 쓰러진 쟈셈을 번갈아 바라보던 프란은 결국 길게 한숨을 내쉬며 고개를 끄덕였다.

"내가 뭔 힘이 있겠냐. 하라면 해야지……."

푸념 아닌 푸념을 내뱉으며 프란이 쟈셈을 들쳐 업는 것을 본 로엔은 이미 계단을 올라가기 시작한 루세츠를 지나쳐 일행의 제일 앞에 섰다. 제일 앞에 로엔과 카렌, 그 뒤에 루세츠와 프란, 그리고 맨 뒤에 아라엘과 체시아가 늘어선 구도로 계단을 올라간 그들은 첨탑 입구에 백여 명이 넘는 병력이 그들에게 창을 겨누고 있는 것을 보고 그 자리에 멈춰 섰다.

"이거… 뚫고 가기는 힘들겠는데요?"

로엔이 루세츠를 흘낏 보며 중얼거리자, 루세츠는 낮게 신음하며 고개를 끄덕였다. 입구를 반원형으로 둘러싼 병사들 가운데에서 검으로 힘겹게 몸을 지탱한 채 서 있던 무아딥은 프란의 등에 축 늘어져 있는 쟈셈을 보고는 눈을 크게 뜨며 외쳤다.

"사령관님? 네놈들이 감히!"

그때 루세츠가 프란의 허리춤에서 검을 뽑아 쟈셈의 목에 들이댔다.

한 걸음 앞으로 나오던 무아딥은 그 모습에 주춤하며 멈춰 섰고, 루세츠는 날카로운 눈매로 무아딥을 노려보았다.

"너희 사령관을 죽이고 싶지 않다면 물러서라."

"비겁한 놈!"

"물러서!"

루세츠가 쟈셈의 목에 들이댄 칼에 힘을 주었다. 쟈셈의 목에 얇은 상처가 생기며 피가 검날에 배이기 시작했고, 그것을 본 무아딥은 입술을 깨물며 뒤로 한 걸음 물러났다. 루세츠는 쟈셈의 피부에 상처를 냈던 검을 약간 빼내며 다시 무아딥에게 요구했다.

"우리가 갈 수 있게 길만 내어준다면 이자는 무사히 돌려주겠다. 길을 터라."

무아딥은 고민하듯 쟈셈과 루세츠의 얼굴을 번갈아 바라보았다. 지금 공격을 가한다면 확실히 저들을 처리할 수 있다. 하지만 사령관은 죽게 된다. 그렇다고 놓아 보내줄 수도 없다. 무아딥이 이러지도 저러지도 못한 상태에서 초조한 심정으로 고민하고 있는데, 로엔이 차갑게 웃으며 날린 한마디가 그의 결정을 굳히게 만들었다.

"순순히 길을 트는 것이 좋을걸? 이쪽은 아직 모든 카드를 다 꺼내지 않았어."

"설마……."

무아딥은 그 말에 몇 시간 전, 자신을 만신창이로 만들고 수백의 병사들을 단신으로 몰살시킨 흑발의 악마, 에바를 떠올리곤 스며드는 오한에 몸을 부르르 떨었다.

"그런 괴물이 설마 어디에서 솟아났을 리는 없을 거라 생각하고 있었지만, 설마 저들과 동행이었던 것인가."

무아딥은 침음했다. 그녀가 로엔들의 편이라는 심증을 굳힌 무아딥은 결국 고개를 휙 돌리며 악을 쓰듯 외쳤다.

"길을 터라!"

무아딥의 명령에 병사들이 썰물 빠지듯 물러나며 길을 열었다. 혹시나 모를 기습에 견제하며 그 사이를 빠져나간 루세츠는 이를 갈며 로엔 일행을 바라보는 무아딥을 향해 큰 소리로 외쳤다.

"사령관은 남문을 통해서 빠져나간 후 요새에서 안전하게 떨어졌다 생각될 때 놓아주도록 하겠다! 행여나 추격해 온다면 뜨거운 맛을 보여줄 테니, 그러지 않는 것이 너희에게 이로울 것이다."

무아딥은 고개를 끄덕였다. 사실 알 사담 요새는 이번 일로 너무 많은 병력을 잃었다. 로엔 일행을 추격함으로써 추가로 입을 손실을 생각하면 추격할 생각이 들 리가 없었다. 게다가 뒷수습에 투입될 인력을 생각한다면 추격하고 싶다 해도 그럴 여력은 남아 있지 않았다.

포위망을 빠져나간 로엔 일행이 바삐 남문으로 걸음을 재촉하니 그곳에서는 유스와 에바가 마차를 대기시켜 놓은 채 느긋한 표정으로 손을 흔들고 있었다.

[왜 이렇게 늦었어요오~!]

[기다리는 게 지겨웠다고요~!]

쟈셈을 마차에 던져 넣은 일행은 황급히 마차에 올랐다. 마부석에서 말고삐를 붙잡은 로엔은 무아딥이 연락을 했는지 요새의 도개교가 내려가는 것을 보고는 마차를 출발시켰다.

"이랴, 가자!"

마차를 끄는 두 마리 말이 힘차게 투레질을 하며 달려나갔다. 완전히 내려간 도개교를 넘어 알 사담 요새를 빠져나간 마차는 끝없이 펼쳐진 라비니어스의 평원을 달려갔다.

라비니어스는 열사의 나라다. 여름이 지나 비록 그 강함이 덜해졌다고는 해도, 겨울의 가장 기온이 낮은 날조차 얼음이 얼지 않는 이곳 라비니어스의 초가을은 토라나 세이레인의 한여름을 방불케 할 정도로 더웠다.

그 더위 속을 쉼없이 달려와 지쳐 버린 말들에게 물을 먹이며 로엔이 걱정스러운 표정으로 마차를, 정확하게 말해 마차 위에 실려 있는 짐 더미를 돌아보았다.

"이거, 아무래도 중간에 어딘가 들러 보급을 해야 할 것 같은데."

"그래?"

말고삐를 쥐고 말의 상태를 살피던 카렌의 물음에 로엔은 고개를 끄덕였다. 유스와 에바가 어느 정도 먹을 것을 챙겨왔다고는 하지만 사람이 6명이나 되다 보니 벌써 반 정도의 식량을 먹어치운 상태였다. 덤으로, 쟈셈 룸야드는 알 사담에서 가장 가까운 곳에 위치한 요새인 아부 자비 근처에서 풀어주었다.

"으음……."

잠시 생각에 잠겨 있던 카렌은 고개를 갸웃하며 로엔에게 물었다.

"인비지빌리티로 몸을 숨겨 침투하는 건?"

"그걸 써서 들어가려면 일단 마차가 요새 근처로 접근해야 하잖아. 기각."

로엔이 고개를 가로젓자 다시 생각에 잠겨 있던 카렌은 결국 별 뾰족한 수가 생각나지 않는 듯 뒤통수를 긁으며 답했다.

"요새 외부의 마을을 찾아내든가, 사냥이라도 하지 않는 한은 별수가 없겠다."

"흐음……."

별다른 수가 없을까 곰곰이 생각해 보던 로엔 역시 카렌과 마찬가지인 듯 자신이 쥐고 있던 말고삐를 카렌에게 넘겨주고는 마차로 향했다.

"백작님."

"리스나르트 군? 무슨 일인가?"

루세츠가 마차 밖으로 고개를 내밀며 묻자, 로엔은 고개를 꾸벅 숙이고는 현재의 상황에 대해 이야기하기 시작했다.

"아무래도 식량이 부족할 듯합니다."

단도직입적인 로엔의 말에 루세츠는 고개를 갸웃하더니 반문했다.

"그렇다면 조금 서둘러 이동하면 될 것이 아닌가?"

루세츠의 말에 로엔은 곤혹스러운 표정을 지었다.

"그게, 말의 피로도와 중간 기점의 요새를 피해 가는 최단거리를 감안하여 계산해도 약 이틀치 정도는 부족할 듯싶습니다. 이 정도라면 하루 식사를 두 끼로 줄이고, 양의 조절을 해본다면 어떻게든 가능할 것 같긴 합니다만."

"신분을 감추고 중간에 있는 요새나 마을에 들어가는 것은 어떻겠나?"

로엔은 루세츠의 제안에 고개를 가로저었다.

"부정적입니다. 이미 알 사담에서의 일이 다른 요새로 퍼졌을 가능성이 높습니다. 알 사담에서와 같은 일이 다른 요새에서 벌어지지 않는다는 보장이 없는 이상, 라비니어스의 수도 엘 자하르에 도착하기 전에 다른 요새를 방문하는 것은 위험합니다. 마을이나 촌락이라면 어떻게든 가능할지도 모르지만 우리가 가진 지도에는 요새의 위치만 나와 있어 마을, 혹은 부락을 찾아낼 수 있을 가능성은 낮습니다."

로엔의 의견에 루세츠는 납득한 듯 고개를 끄덕였다.

"그런가, 그렇다면 어쩔 수 없지. 리스나르트 군이 판단해서 가장 좋은 쪽으로 하게나."

"그렇게 하겠습니다."

로엔은 다시 고개를 숙이고는 출발하기 위해 말을 세워둔 곳으로 돌아갔다.

그날 저녁부터 로엔은 모두의 식사량을 철저하게 제한했다. 약간의 건조 식량으로도 많은 양을 만들 수 있는 수프는 언제나처럼 넉넉히 배급했지만, 이미 말라서 굳은 빵이나 육포의 경우는 간신히 허기만 달랠 수 있을 정도로 적게 나눠주었다.

"이거 먹고 어떻게 견디란 말야?"

육포 다섯 조각에 수프 한 그릇을 받아 든 체시아가 어이가 없다는 듯 투덜댔지만 돌아오는 로엔의 반응은 냉담할 뿐이었다.

"그럼 많이 먹고 나중에 굶던가."

이렇게 나오는 데야 체시아로서도 더 할 말이 없었다. 식량이 부족한 것은 명확한 사실이었고, 조금이라도 더 오래 견디기 위해서는 하루 식사량을 제한하는 것밖에 길이 없었기 때문이다.

언제나처럼 넉넉히 먹지 못해 허기진 배를 움켜쥐고 달려간 후로 5일째 되는 날인 세이레인력 1441년 9월 23일, 루세츠를 대표로 하는 신생 토라 제국 사절단은 라비니어스의 수도 엘 자하르에 입성했다.

Battlefields

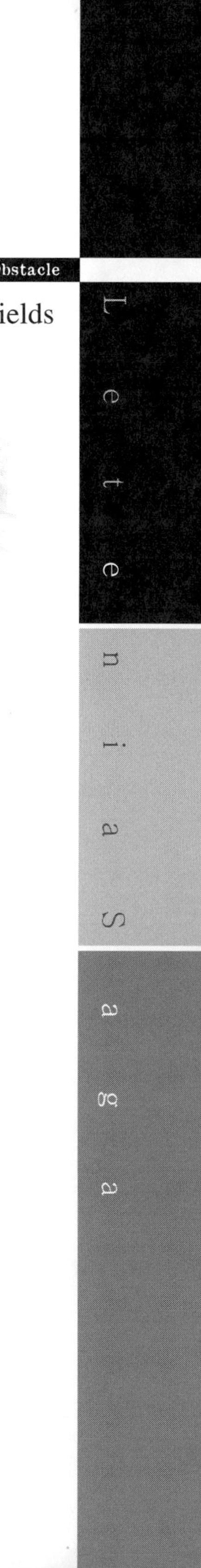

세이레인력 1441년 9월 24일. 라비니어스의 국왕을 알현하기 위해 분주하게 움직이고 있던 루세츠 일행은 예정에 없던 방문객을 맞게 되었다. 라비니어스 특유의 품이 넓은 옷을 입은 그는, 늦은 아침을 먹고 있는 로엔에게 다가와 물었다.

"토라에서 오신 사절단 분들을 찾아왔습니다."

"무슨 용건이신지?"

로엔이 갑작스런 방문자를 경계하며 물었다. 알 사담에서 겪은 일, 그것은 이국에서 접근하는 사람들을 믿지 못하게 하는 데에 충분한 위력을 발휘하고 있었다.

"이런, 이런. 그렇게 경계하실 필요는 없습니다."

그는 로엔이 미심쩍은 눈초리로 바라보자 크게 웃으며 대꾸했다. 그

때, 숙소 2층 건물에서 성장을 한 루세츠가 프란과 함께 내려오며 로엔에게 물었다.

"리스나르트 군, 무슨 일인가?"

"아, 그게……."

로엔이 자리에서 일어나 대답하려 하는데, 그 남자가 불쑥 앞으로 나서며 말을 끊었다.

"혹시, 토라 사절단의 루세츠 폰 엔트레아 백작님이십니까?"

"그렇소만."

로엔과 마찬가지로 갑작스러운 방문객을 경계하며 루세츠가 답하자, 그는 정중히 고개를 숙이며 인사를 건넸다.

"안녕하십니까. 전 모하메드 하타리라고 합니다. 라 알 레디움 토라, 율법의 가호가 함께하기를."

"뇌신의 축복을 그대에게… 그런데, 하타리라면 혹시 하렘의……?"

황급히 마주 인사를 한 루세츠가 무언가 떠오르는 게 있는 듯 묻자, 모하메드는 쓴웃음을 지으며 고개를 끄덕였다.

"네. 하렘의 스물세 번째 아들입니다. 뭐, 하렘의 아들이라 해도 전 아무런 힘도 없는, 그저 평범할 뿐인 존재지만요."

"하렘의 자손들의 빼어남은 토라에서도 익히 들어오고 있습니다. 평범한 존재라니, 그 무슨 당치 않은 말씀을……."

그렇게 상대를 추켜준 루세츠는 자신이 하렘에 가야 한다는 것을 상기했는지 의아한 표정으로 모하메드에게 물었다.

"그런데 무슨 일로 이곳까지 오셨는지?"

"뭐, 공식적으로는 백작님을 하렘까지 모셔갈 사자라는 것으로 되어 있습니다."

사람 좋게 웃으며 모하메드가 대답했다. 하지만 그 안에 들어 있는 의미를 파악하지 못할 만큼 루세츠는 바보가 아니었다. 빙긋 웃고 있는 모하메드를 바라보던 루세츠는 결국 길게 한숨을 내쉬며 그를 바라보았다.

"일단은 가면서 듣도록 하지요."

크게 뚫려 있는 대로를 한 대의 마차와 두 대의 말이 그리 빠르지 않은 속도로 달려갔다. 그 마차 안에서, 하렘의 스물세 번째 아들 모하메드 하타리가 루세츠에게 말을 건넸다.

"뭐, 알 사담에서 겪었으니 현재 상황을 대충은 파악하고 계실 것이라 생각하고 있습니다. 부끄러운 일이지만, 얼마 전의 전투에서 저희 군대는 철혈황제 길리언이 이끄는 기병단의 말발굽에 철저하게 짓밟혔습니다. 상대의 능력이 압도적이라면 아무래도 적개심보다는 공포와 경외를 갖게 되는 것이 사람인지라, 백작님보다 한발 앞서 찾아온 세이레인의 사절이 제안한 내용, 즉 동맹을 맺자는 쪽의 주장이 넓게 받아들여지고 있습니다."

"그렇습니까."

알 사담에서의 일을 떠올리며 루세츠가 고개를 끄덕였다.

"하지만 저나 몇몇 하렘의 아들의 생각은 다릅니다. 비록 워프 게이트가 중간에 파괴당하긴 했지만, 토라를 완전히 점령한 상태에서 다시 현재에 이르기까지 세이레인은 토라에게 연전연패했습니다. 오딘을 수호하는 일곱 별들마저 모두 떨어지고 말았죠."

거기까지 말하고 모하메드는 잠시 말을 멈추고 숨을 골랐다. 진중한 표정으로 루세츠와 프란이 그를 바라보자, 그는 목소리를 가다듬고는 다시 말을 이었다.

"게다가 친 세이레인을 주장하는 자들이 하나 간과하고 있는 것이 있습니다."

"어떤 것을……?"

프란이 의아한 표정으로 물었다. 그러자 모하메드는 상체를 약간 앞으로 내밀며 대답했다.

"토라의 중심에는 그들이 있습니다. 저 듀크 오브 소드 마스터 이스카 폰 블릭스에 필적한다는 최고의 기사 제디스틴 리스나르트를 중심으로 모인 엘리트 집단, 나이트 길드가……."

그 말에 프란은 자신도 모르게 얼굴이 붉어지는 것을 느꼈다. 비록 제딘의 후광에 가려져 크게 빛을 보진 못했지만, 그래도 제딘이 은퇴한 후로 나이트 길드의 수장을 맡고 있었던 사람이 바로 프란이었다. 모하메드가 프란이 누구인지 파악한 상태에서 그런 말을 하는지는 알 수 없었지만, 눈앞에서 자신이 이끌던 집단에 대한 칭찬을 늘어놓는 데야 얼굴 가죽이 그다지 두껍지 않은 프란으로서는 조금이나마 부끄러워지지 않을 수 없었던 것이다.

아무튼 루세츠는 모하메드의 말이 그럴듯하게 들렸는지 고개를 끄덕였다. 그러고는 턱을 쓰다듬으며 상황을 정리하기 시작했다.

"그러니까 현재 라비니어스의 국론은 세이레인 쪽에 좀 더 기울어져 있다는 것이로군요. 이거 일이 꽤나 힘들어지겠는데……."

그렇게 중얼거린 루세츠는 무언가 생각난 게 있는 듯, 다시 모하메드에게 말을 걸었다.

"그렇다면 하나만 묻겠습니다. 세이레인이 동맹을 요청하면서 라비니어스에 무언가 조건으로 내건 것이 있습니까?"

"조건… 말입니까?"

모하메드는 고개를 갸웃하고는 잠시 생각에 잠겼다. 하지만 특별히 떠오르는 것은 없는 듯, 이내 고개를 가로저으며 대답했다.

"글쎄요. 제가 직접 협상에 참가한 것은 아니지만, 처음부터 세이레인 쪽에서 무언가를 내건 것은 없었던 것으로 알고 있습니다."

"그렇습니까."

루세츠는 다시 고개를 끄덕였다. 그 뒤를 이어 이번에는 프란이 모하메드에게 물었다.

"그거 이상한데요. 제가 알기로는 국가 간의 외교에 있어서 기브 앤 테이크는 기본으로……."

"그건 두 국가가 동등한 위치에 있다는 전제 하에서의 이야기라네. 현재의 세이레인과 라비니어스의 관계라면, 세이레인은 단순한 요구만으로도 원하는 것을 얻어낼 수 있겠지."

루세츠가 우울한 어조로 대꾸했다. 현재 토라는 협상 테이블에서 제시할 조건이 있다는 것만을 제외하면 세이레인보다 유리한 입장에 서 있는 부분은 아무것도 없었다. 그것을 눈치 챈 듯, 모하메드는 허리를 펴며 루세츠를 바라보았다.

"잘될 겁니다. 일단 하렘의 자손의 절반 정도는 토라를 지지하고 있으니까요."

"말씀대로 잘된다면야 더 바랄 것이 없겠습니다만……."

루세츠가 걱정 어린 표정으로 답하는데, 덜컹거리는 소리를 내며 마차가 멈춰 섰다. 말들이 투레질을 하는 소리에 섞여 로엔의 정중한 목소리가 들려왔다.

"백작님, 도착했습니다."

"알겠네."

루세츠는 로엔에게 대답해 준 후 문을 열기 위해 손을 뻗었다. 하지만 그보다 한발 앞서 모하메드의 손이 문의 손잡이를 잡았다. 루세츠가 의아한 표정으로 모하메드를 바라보자, 그는 빙긋 미소를 지었다.

"백작님은 저희의 귀빈이십니다. 제가 모실 테니 루세츠님은 뒤에서 절 따라오십시오. 그것으로 충분합니다."

그리고는 루세츠가 대답할 틈도 주지 않고 모하메드는 마차의 문을 열고 내렸다. 그 뒤를 따라, 길쭉한 나무 상자를 든 프란과 루세츠가 조심스럽게 마차에서 내렸다.

라비니어스의 하렘은 왕궁답게 웅장함과 화려함이 조화된 걸작이었다. 직선으로 높이 치솟아오르다 끝 부분을 둥글면서도 뾰족하게 처리한 지붕은 드높은 왕실의 권위를 표현했으며, 입구를 넓게 지어 누구나 왕궁에 출입할 수 있다는 것을 나타냈다.

"자, 이리로."

토라의 황궁만큼이나 웅장한 하렘에 압도당해 있던 프란은 모하메드의 말에 정신을 차리고는, 먼저 걸음을 옮기는 루세츠의 뒤를 따라 걸음을 옮겼다. 그리고 로엔을 비롯한 다른 사람들이 그 뒤를 따랐다.

황궁의 내부 역시 아름답게 처리되어 있었다. 옅은 금빛으로 반짝거리는 벽과 잘 연마된 대리석으로 장식된 바닥들, 이 모든 것이 흠잡을

데 없이 완벽하게 처리되어 있었다. 가는 도중 몇몇 무리의 위병들과 마주쳤지만, 그들은 모하메드의 얼굴을 보는 즉시 고개를 숙이며 한쪽으로 비켜났다. 과연 한 나라의 왕궁다운 건물과 절도라고 생각하면서, 로엔 일행은 담담히 걸어가고 있는 모하메드와 루세츠의 뒤를 따라 걸음을 옮겼다.

약 10분 정도 걸어 루세츠 일행은 커다란 홀의 입구에 도착했다.

"오셨군요. 기다리고 있었습니다."

푸른색의 옷을 헐렁하게 걸치고 있는 남자가 모하메드에게 고개를 숙이며 말했다. 모하메드 역시 마주 고개를 숙여 답례한 후, 정중한 목소리로 그에게 말했다.

"토라 사절단, 루세츠 폰 엔트레아 백작 각하께서 지금 도착하셨습니다."

"알겠습니다."

푸른 옷을 입은 남자는 다시 한 번 고개를 꾸벅 숙이고는, 홀의 안으로 들어가 쩌렁쩌렁한 목소리로 외쳤다.

"토라의 사신, 루세츠 폰 엔트레아 백작 각하께서 도착하셨습니다!"

"들라 이르게."

높지도 낮지도 않은, 하지만 중후한 목소리가 홀 안에서 들려왔다. 그 목소리에 모하메드는 옆으로 한 걸음 비켜서며 루세츠에게 권했다.

"자, 제 역할은 여기까지입니다. 안으로……."

"네, 호의에 감사드립니다."

루세츠는 그렇게 답하고는 천천히, 품위있게 안으로 걸음을 옮겼고, 그 뒤를 프란과 나머지 일행이 따랐다.

토라의 중앙 홀이 장엄하다면, 라비니어스의 접견 홀은 화려했다. 홀 자체가 그다지 크진 않았지만, 중앙의 옥좌 뒤쪽에 조각된 뇌신 토르와 좌우로 도열한 뇌우의 열두 천사의 모습은, 그 자체만으로도 보는 사람을 압도하는 멋이 있었다.

그 홀 가운데의 옥좌에 라비니어스의 국왕 세이크 하마드 빈 자심 하타리가 느긋한 자세로 앉아 있었다. 그는 옥좌의 팔걸이에 팔꿈치를 대고 턱을 괸 상태로 루세츠가 들어오는 것을 바라보고 있었다.

"뇌신의 가호가 영원히 함께하기를. 불민한 이 루세츠 폰 엔트레아가 폐하를 뵙사옵니다."

루세츠가 길게 읍을 하며 낭랑하게 말했다. 사신은 아무리 굴욕적인 상황이라도 타국의 왕에게 무릎을 꿇지 않는다. 이것은 사신이 그가 속한 나라에 충성하고 있으며, 또한 자국의 왕이 아닌 다른 누구에게도 무릎 꿇지 않는다는 것을 나타내는 관례였다.

나머지 사절단 모두가 루세츠에 맞추어 깊이 고개를 숙이자, 세이크는 턱을 괴고 있던 자세를 바로 하며 루세츠에게 말했다.

"주신 오딘의 축복이 있기를. 고개를 들어도 좋네."

"황공하옵니다."

루세츠는 고개를 들고 프란이 든 긴 나무 상자를 가리키며 다시 말을 이어갔다.

"이것은 약소하오나 저희 황제 폐하께옵서 우의의 표시로 드리는 것이옵니다. 부디 거절치 말고 받아주셨으면 하옵니다."

루세츠가 눈짓하자, 프란은 가지고 온 상자의 봉인을 풀고 뚜껑을 열었다. 그 안의 내용물을 보는 순간, 홀 안에 약간의 웅성거림이 일었다.

"저것은 설마…….."

"네, 아마도…….."

프란이 연 상자 속에 들어 있던 것은 한 자루의 검이었다. 거울만큼 깨끗한 검날을 가진 그것은 잘 벼려져 푸르스름한 예기를 아름답게 흩뿌리고 있었다. 특이한 것은 손잡이로, 일반적인 검의 손잡이와는 다르게 손잡이 전체가 사파이어를 깎아 만들어져 있었다. 그것을 본 세이크는 약간 놀란 듯 상체를 앞으로 내밀며 루세츠에게 물었다.

"이것은… 혹시 대륙이 낳은 최고의 명공(名工)이라 일컬어지는 검장(劍匠), 코바 엣지가 만든 걸작품 라그나로크 시리즈가 아닌가?"

루세츠는 회심의 미소를 지으며 고개를 숙였다.

"그렇사옵니다. 코바 엣지가 신들의 힘을 빌려 만들었다는 열두 자루의 검, 라그나로크 시리즈가 맞사옵니다. 이것은 그중 하나인 뇌신 토르로, 이 검이 가장 어울리는 장소는 뇌신께서 수호하시는 이곳 라비니어스라 생각되어 가지고 온 것이옵니다. 부디 거두어주시기를 바라겠사옵니다."

루세츠의 거침없는 말에 세이크는 낮게 신음을 흘리며 고개를 끄덕였다.

"으음… 귀국의 호의는 고맙게 받아들이겠네. 늘 신경 써주어서 고맙다고 전해 드리게나."

"황공하옵니다."

루세츠가 다시 한 번 깊이 고개를 숙였고, 프란은 세 걸음 정도 앞에 라그나로크 시리즈 뇌신 토르를 놓고 뒤로 물러났다. 그것을 세이크의

시종이 들고 물러나자, 세이크는 턱을 쓰다듬으며 루세츠를 바라보았
다.

"그런데 이런 대단한 선물까지 들고 이 먼 길을 찾아왔을 정도라면
연유가 있을 듯한데……."

그 말에 루세츠는 정신을 바짝 차렸다. 지금부터가 시작이다. 내 말
한마디 한마디에 저쪽의 태도가 결정된다는 생각이 루세츠의 어깨를
무겁게 짓눌렀다.

"황공하오나 그렇사옵니다. 저 무도하고 음험하기 이를 데 없는 세
이레인이 저희의 국토를 침략해 온 바, 비록 격퇴는 했사오나 본국 역
시 많은 피해를 입었사옵니다. 이에 저희 역시 세이레인을 응징해 침
략자의 말로가 어떤 것인지를 보여주려 하오나, 힘이 미치지 못하여 그
러지 못하고 있사옵니다."

"그래서 본국의 힘을 필요로 한다는 것인가?"

"그렇사옵니다. 본국에서는 라비니어스의 날래고 용맹한 병사들과
함께라면 저 세이레인을 능히 격파할 수 있다고 보고 있사옵니다."

루세츠는 거기까지 말하고는 세이크를 바라보았다. 그는 시선을 하
늘로 향한 채 무언가를 생각하고 있었다. 약 3분 정도 그 모습을 유지
하던 세이크는 시선을 루세츠에게로 돌렸다.

"이 문제는 짐이 혼자 성급하게 결정할 일이 아닌 듯하네. 중신들과
상의해 볼 테니, 최대한 귀국의 후의에 보답할 수 있는 쪽으로 결론을
내보도록 하겠네."

"감사드립니다. 좋은 답변을 기다리고 있겠사옵니다."

루세츠가 길게 읍을 하며 답하자 세이크는 고개를 끄덕이며 말했다.

"그러도록 하게. 긴 여행으로 피로할 텐데 너무 오랜 시간을 잡아둔 것 같군. 그만 물러가도 좋네."

루세츠를 비롯한 사절단이 알현을 마치고 홀을 빠져나오니, 계속 기다리고 있었는지 모하메드가 그들을 반기며 말했다.

"놀랐습니다. 세이레인에서도 기본적인 예우로 예물을 가지고 오긴 했었지만, 설마 라그나로크 시리즈 뇌신 토르를 가져오셨을 줄은……."

"별것 아닙니다. 귀국이 보유한 용맹한 병사들의 도움을 받으려 하는데, 고작 검 한 자루를 아까워해서야 되겠습니까. 더한 것이라도 드릴 수 있습니다."

밖에서 상황을 지켜보고 있었던 듯한 모하메드의 말에 루세츠는 담담히 웃으며 답했다.

"저희에게는 반가운 말씀이로군요. 아까 마차에서 내릴 때까지만 해도 세이레인과의 동맹이 성사될 것 같아 마음 졸이고 있었는데, 폐하께서 귀국에서 가져오신 예물에 만족하시는 것 같아 한시름 놓았습니다."

모하메드가 크게 웃으며 말했다. 루세츠는 그 모습에 미미한 미소를 지으며 앞으로 걸음을 옮겼다.

"그 말씀을 들으니 저희 역시 마음이 놓입니다. 앞으로 귀국과의 협상을 어떻게 풀어 나가야 할지 고민하고 있었는데, 일단 첫 고비는 넘긴 셈이군요."

루세츠의 말에 모하메드는 다시 한 번 호탕하게 웃었다. 그러다가 문득 어떤 생각이 떠올랐는지, 모하메드는 사절단 일행을 둘러보며 입을 열었다.

"아, 그런데 폐가 되지 않는다면 백작 각하와 다른 분들께 식사를 대접할 수 있는 영광을 주시겠습니까? 기가 막히게 숙성된 1410년 산 레드와인이 개봉되기만을 기다리고 있습니다만."

점심 식사에 초대하고 싶다는 완곡한 표현이었다. 하지만 루세츠는 살짝 고개를 가로저으며 정중히 그 제안을 거절했다.

"죄송합니다만 다들 여행에 지쳐 있는 상태라서 말입니다. 알 사담을 경유한 후부터는 편히 쉴 곳을 찾지 못하고 계속 달려온 터라, 모두들 피곤이 쌓여 있는 상태입니다. 초대해 주신 것은 영광입니다만, 저희들이 자칫 결례를 범할까 우려되는군요."

"그렇습니까."

모하메드는 아쉬운 표정으로 고개를 끄덕였다. 루세츠는 아까보다 약간 더 진한 미소를 지으며, 다시 그에게 말을 건넸다.

"다음번에 초청해 주신다면, 만사 제쳐 놓고 가도록 하겠습니다."

"그래 주시겠습니까?"

그 말에 풀 죽어 있던 모하메드의 안색이 약간 밝아졌다. 고개를 끄덕여 긍정해 준 루세츠는 마차의 문을 열면서 한마디를 덧붙였다.

"네, 앞으로의 일이 어떻게 진행되든 말이죠."

그 목소리에는 모하메드가 눈치 채지 못한 묘한 여운이 깃들어 있었다.

숙소를 향해 달리는 마차 안에서, 창밖을 바라보던 루세츠가 문득 프란에게 물었다.

"에션트 군, 우리의 마중을 나왔던 자, 모하메드 하타리에 대해 어떻게 생각하는가?"

"네?"

"하렘의 스물세 번째 아들에 대해 어떻게 생각하는가 말일세."

느닷없는 물음에 의아한 표정으로 고개를 돌린 프란은, 루세츠가 다시 한 번 묻자 턱을 쓰다듬으며 대답했다.

"으음… 글쎄요. 생기있고 발랄한 청년이었지요. 믿을 만한 청년이라고 생각됩니다만."

"그렇게 보았나."

루세츠는 깊이있는 미소를 지었다. 그 미소에 무언가 의미가 있다고 느꼈는지, 프란은 고개를 갸웃하며 루세츠에게 물었다.

"달리 생각하시는 것이라도 있으십니까?"

"아아."

루세츠는 고개를 끄덕였다. 창밖으로 흘러가는 풍경을 물끄러미 바라보며, 루세츠가 이야기를 시작했다.

"오늘, 이 시간부터 카르이에 돌아가는 날까지 그대는 누구도 믿어서는 안 되네. 앞에서 마차를 몰고 있는 리스나르트 군은 물론, 나 역시 믿어서는 아니 되네."

"어떤 의미로 말씀하시는 것입니까?"

진의를 파악하기 힘든 말에 프란이 다시 고개를 갸웃하며 되물었다. 루세츠는 자조적인 미소를 짓고는 시선을 프란에게로 돌리며 대답했다.

"문자의 뜻 그대로의 말이네. 이제 라비니어스의 왕을 만났으니 내일부터는 본격적으로 협상이 시작될 것이네. 외교의 전쟁이 시작되는 것이지."

"네, 그것은 예상하고 있습니다."

프란의 대답에 루세츠는 고개를 끄덕이며 계속 이야기를 이어갔다.

"흔히들 외교는 협상 테이블에서만 이루어진다고 생각하기 쉽지. 하지만 아닐세. 내일부터는, 식사 시간, 수면 시간을 비롯해 심지어 화장실 가는 시간까지 모든 시간, 모든 장소가 외교의 전장이 된다네."

진지한 표정으로 이야기를 들으며 프란은 고개를 끄덕였다.

"내가 나를 포함해 누구도 믿지 말라고 하는 것은 다름이 아니네. 사소하게 지인에게 내뱉은 말 한마디마저, 상대에게는 이쪽에서 숨기고 있는 비장의 카드가 무엇인지 파악할 수 있는 중요한 키워드로 흘러들 수 있기 때문이네. 그리고 상대의 거짓 정보 한마디에 이쪽의 일 역시 물거품으로 화하는 경우도 심심찮게 일어나는 곳이 바로 이곳, 외교의 전장이네."

루세츠는 거기까지 말하고는 길게 한숨을 쉬었다. 그 표정은 전장에서 수십 년간 사람을 베어온 자가 가지는 표정과 흡사해, 숙연해진 프란은 자신도 모르게 자세를 바로잡았다.

"아무도 믿지 말게. 누구에게도 속에 있는 진심은 꺼내지 말고, 누구의 말도 스스로 사실을 확인하기 전에는 믿지 말게. 이것은 우리가 라비니어스의 지원을 얻어내기 위한 필수적인 요소일세."

"명심하겠습니다."

루세츠의 말에 프란은 진지한 표정으로 대답했다.

루세츠의 지시는 프란에게 한정된 것만이 아니었다. 숙소에 도착한 후 식사를 위해 아래층으로 내려가려는 로엔과 카렌을 붙잡은 루세츠는 평소와는 다른 진지한 어조로 그들에게 이야기했다.

"앞으로 1층에서의 식사는 최대한 자제하게나."

"네? 그게 무슨 말씀이신지?"

난데없는 요구에 로엔이 어이없는 표정으로 반문했다. 하지만 루세츠의 얼굴은 더없이 진지했다.

"앞으로 어떤 일이 벌어질지 알 수 없어서 그러네. 일이 틀어질 경우, 세이레인과 라비니어스는 그들이 동맹을 맺었다는 사실을 최대한 숨기기 위해 우리를 어떤 방식으로든 처리하려 들 것일세. 그리고 그 '처리'를 위한 수많은 방식 중, 가장 좋은 방법은 역시……."

"음식에 의한 독살이죠."

납득했다는 듯 로엔이 루세츠의 말을 가로챘다. 고개를 끄덕여 긍정한 루세츠는 더 할 말이 있는 듯 이야기를 계속했다.

"그렇다네. 게다가 일이 잘된다 해도 세이레인과 그들의 제안에 찬성하는 무리가 어떤 짓을 저지를지도 알 수 없지. 그들의 마수가 지금 당장 오늘 식사에 뻗쳐 오지 않으리란 법도 없고 말일세."

"알겠습니다. 내일 아침부터는 그리하도록 하겠습니다."

로엔이 고개를 끄덕였다. 그러다가 한 가지 생각난 것이 있는 듯, 왼팔을 주무르며 루세츠에게 물었다.

"그런데 그렇게 한다면 식사는 어떻게 하실 생각이십니까?"

"미안하지만 리스나르트 군과 미하이언 군, 그리고 나머지 두 레이

다가 수고해 주어야겠네. 오는 길에 시장이 있었지? 돈은 나에게 있으니, 그것으로 그날 그날의 식료품을 보충해 줬으면 하네.”

“알겠습니다. 당장 오늘 저녁부터 그리하도록 하죠.”

“부탁하네.”

루세츠의 말에 로엔은 다시 고개를 끄덕였다. 루세츠는 로엔의 어깨를 두어 번 두드려 주고는, 몸을 돌려 방 안으로 들어갔다.

루세츠의 당부에 따라 당장 오늘 저녁 끼니를 해결하기 위해 시장을 찾은 로엔과 카렌은 말린 과일과 흰 빵을 비롯한 몇 가지 먹거리를 구입해 느긋한 걸음으로 숙소로 돌아가고 있었다. 그때 로엔이 걸어가는 쪽의 입구가 시끄러워지는가 싶더니, 한 대의 마차가 그리 빠르지 않은 속도로 로엔과 카렌을 향해 달려오고 있었다. 그대로 로엔을 지나쳐 시장 저편으로 달려가는가 싶던 마차는, 얼마 지나지 않아 속도를 줄이더니 그 자리에 멈춰 섰다.

“이런 곳에 있었는가, 로엔 리스나르트!”

“……!”

갑작스러운 부름에 놀라 뒤돌아본 로엔은 낯익은 얼굴에 싸늘한 살기를 피워 올렸다. 로엔의 시선이 향한 곳, 마차의 입구에서 로엔을 노려보고 있던 그는, 허리에 찬 검에 손을 올리며 마차에서 내렸다.

“카이레인… 폰 클라인시커 후작.”

여름의 전장에서 칼을 맞댄 자의 이름이 로엔에게서 흘러나왔다. 전장에서와는 달리 예식용의 클로스 아머와 한 자루의 검으로 무장한 클라인시커 후작은 한 걸음 한 걸음 로엔에게 다가오며 정말로 반가운 듯 말을 건넸다.

"이런 곳에서 만나게 될 줄은 몰랐군, 리스나르트. 7월에 만난 이후 처음이던가?"

클라인시커 후작의 말에 로엔은 살기를 여과없이 드러내며, 상대와 마찬가지로 한 걸음씩 앞으로 나아갔다.

"그러게 말입니다. 그때 확실하게 목숨을 끊어줬어야 했는데… 말이죠!"

카앙—!

순간 둘의 손이 주위 사람에게 보이지 않을 정도의 속도로 움직이는가 싶더니, 금속성이 울려 퍼지면서 둘의 검이 X자의 형태를 그리며 맞대어져 있었다. 하지만 그것도 잠시, 클라인시커 후작의 발이 로엔의 사타구니를 노리며 날아오자 로엔은 몸을 옆으로 틀며 클라인시커 후작의 반대쪽 다리를 걸어찼다.

"치잇—!"

클라인시커 후작은 중심이 무너지자 입맛을 다시며 뒤로 물러났다. 그 틈을 놓치지 않겠다는 듯 로엔의 검이 시간 차를 두지 않고 클라인시커 후작의 허리를 베어갔다.

카앙—!

다시금 날카로운 금속성이 울려 퍼졌다. 그다지 크게 무게가 실리지 않은 로엔의 검을 간단히 쳐낸 클라인시커 후작은, 재차 이어지는 로엔의 공격을 상체를 비틀어 피해내며 로엔의 목을 향해 검을 날렸다.

두 갈래 검의 잔광이 지켜보는 사람들의 눈을 어지럽혔다. 로엔의 공격은 클라인시커 후작의 클로스 아머(Cloth Armor)의 옷깃을 베는 데

그쳤고, 클라인시커 후작의 공격 역시 로엔의 어깨를 스쳤을 뿐 양쪽 모두 이렇다 할 데미지를 상대에게 입히지 못했다. 다시 한 걸음씩 물러난 로엔과 클라인시커 후작이 호흡을 가다듬으며 다음 공격을 준비하는데, 로엔의 뒤에서 카렌의 외침이 들려왔다.

"선더·콜 라이트닝(Thunder·Call Lightning)!"

"큭—!"

순간 한줄기의 벼락이 클라인시커 후작에게, 아니, 정확히 말해 클라인시커 후작의 검에 내리꽂혔다. 미처 대비할 틈도 없이 당한 일격에 클라인시커 후작은 전류가 손목에 흐르는 짜릿한 고통을 느끼며 검을 놓쳤고, 로엔은 때를 놓치지 않고 클라인시커 후작을 향해 돌진했다.

"끝이다! 먼저 간 아들처럼, 지옥으로 보내주겠다!"

"이런 제기랄!"

클라인시커 후작은 당황하며 로엔의 공격을 회피하려 했지만, 로엔의 검을 피하기엔 이미 때가 늦어 있었다. 로엔의 검이 클라인시커 후작의 허리를 가르려는 찰나, 로엔과 클라인시커 후작의 사이로 하얀 실루엣이 끼어들었다.

카앙—!

다시금 날카로운 금속성이 울려 퍼졌고, 로엔은 검을 쥔 손이 저려오는 것을 느끼며 황급히 뒤로 물러났다.

"로엔!"

카렌의 외침에 괜찮다는 듯 손을 들어주며 자신의 공격을 막은 사람을 바라본 로엔은, 뜻밖의 인물이 클라인시커 후작을 가로막고 서 있자 눈을 크게 떴다.

"모하메드 하타리, 하렘의 스물세 번째 아들?"

"아, 낮에 뵙고 또 뵙게 되는군요. 반갑다… 라고 해야 할까요?"

하얀색의 품이 넓은 옷을 입은 모하메드가 머쓱하게 웃으며 로엔을 바라보았다. 그는 주변에 모여든 사람들을 둘러보고는, 어깨를 으쓱하며 다시 로엔을 바라보았다.

"이런, 이런. 서로 적대국인 것은 알지만 이런 것은 곤란합니다. 많은 사람이 이용하는 시장에서 칼부림이라니, 이 구역의 치안을 관할하고 있는 제 입장도 생각해 주시지 않으면……."

모하메드의 말에, 로엔은 클라인시커 후작을 죽일 수 있는 절호의 기회를 놓친 것이 아쉬운 듯 혀를 차며 검을 검집에 되돌렸다. 모하메드의 뒤에 있던 클라인시커 후작 역시, 저려오는 손목을 주무르며 바닥에서 검을 집어 들었다. 그의 얼굴은 수치감에 벌겋게 달아올라 있었다. 상황이 어찌 되었든 기사가 검을 놓친 것은 세간의 웃음거리가 되기에 충분한 일이었던 것이다. 그것은 대륙에 단둘뿐이라는 크루세이더, 카이레인 폰 클라인시커 후작이라도 예외는 아니었다.

로엔과 클라인시커 후작 모두 자신의 말을 듣는 듯하자 모하메드는 밝게 웃으며 자신의 칼 역시 꽂아 넣고는 박수를 한 번 쳤다.

"좋습니다, 좋아요. 두 분은 저희 라비니어스에 외교를 위해 오신 것이지, 서로 칼을 맞대기 위해 오신 것은 아니지 않습니까?"

"분명 말씀하신 대로입니다만……."

모하메드의 말에 로엔은 못내 아쉬운 듯 그렇게 말하며 한 걸음 뒤로 물러났다. 일그러진 얼굴로 로엔을 노려보고 있는 클라인시커 후작에게로 시선을 돌린 로엔은, 곧 비웃음 가득한 얼굴로 조롱하듯 한마디를 남긴 채 몸을 돌렸다.

"뭐, 크루세이더의 명예를 짓밟은 것으로 만족하기로 하죠. 하타리 님의 얼굴을 봐서, 오늘은 물러나겠습니다."

다음에 만났을 때도 지금 같은 일이 벌어질 수 있다는 완곡한 표현에 모하메드는 어깨를 으쓱하며 뒤를 돌아보았다.

"상황이 끝난 듯하니, 후작 각하께서도 이만 물러나 주시겠습니까?"

"흥!"

인파를 헤치며 사라지는 로엔과 카렌의 뒷모습을 노려보던 클라인시커 후작은, 모하메드의 말에 코웃음을 치며 몸을 돌렸다. 마차에 오르는 그의 뒷모습을 바라보던 모하메드는 다시 어깨를 으쓱하며 미소 지었다.

"과연 리스나르트, 소문은 헛된 말을 전하지 않는 법이라더니… 앞으로가 재미있겠는데?"

한편 시장을 빠져나와 숙소로 걸음을 재촉한 로엔과 카렌은, 시장에서 사온 것을 모두의 앞에 늘어놓으며 클라인시커 후작을 만난 사실을 이야기했다.

"클라인시커 후작이라… 귀찮은 상대로군."

"그를 아십니까?"

프란의 물음에 루세츠는 고개를 가로저었다.

"실제로 만난 적은 없네. 하지만 상대는 세이레인 최고의 명문가 중 하나이자 대륙에 단 두 명뿐이라는 크루세이더, 세이레인은 그들이 내밀 수 있는 최고의 카드를 내밀었어. 이미 철혈황제 길리언의 기병단에 쓴맛을 본 상황에서 클라인시커 후작이 라비니어스에 주는 압박감은 결코 작은 것이 아닐 것이야. 그래서 귀찮은 상대라고 하는 것이라네.”

“그렇군요. 그렇다면 이쪽도 무언가 대책을 강구해야 하지 않을까 싶습니다만…….”

프란의 말에 루세츠는 고개를 가로저었다.

“아니, 우리는 아무것도 할 필요가 없네.”

“…어째서입니까?”

말랑말랑하게 구워진 흰 빵을 반으로 쪼개며 로엔이 물었다. 루세츠는 빙긋 웃으며 포도주를 한 잔, 나무 컵에 따랐다.

“굳이 세이레인의 행동에 맞춰 우리가 움직일 필요는 없기 때문이네. 외교는 전쟁과 같지만, 또 전쟁과는 다르네. 적의 움직임을 파악해 대응해 줘야 하는 전쟁과는 달리 외교는 오로지 이쪽이 제시한 조건과 협상 능력만으로 승부가 결정나지. 게다가 이번 협상은, 이미 최악의 경우를 상정하고 시작한 것이네. 최악의 경우로 세이레인이 듀크 오브 소드 마스터 이스카 폰 블릭스를 파견해 사우스그레이 평원을 내어주겠다는 조건을 제시하는 것까지 계산하고 있었지.”

루세츠의 말에, 옆에서 육포를 씹으며 대화를 듣고 있던 아라엘이 질린 얼굴로 물었다.

“승산은 있는 겁니까?”

“하하, 세이레인이 정말로 그런 조건을 내걸었다면, 난 아마도 못 먹는 감 찔러나 보자는 심정이 되었겠지. 하지만 세이레인의 국왕 펠파인이 정신이 나가지 않은 이상 사우스그레이 평원을 내준다는 말은 할 수 없어. 우리를 반드시 타도할 수 있다는 보장이 없는 데다가, 라비니어스에게 사우스그레이 평원의 곡창 지대를 내준다면, 그거야말로 사자에게 날개를 달아준 꼴이 될 테니까."

껄껄 웃으며 루세츠가 답하자 아라엘은 안도의 한숨을 내쉬며 고개를 끄덕였다. 그 모습을 웃는 얼굴로 바라보며, 루세츠가 말을 이었다.

"하지만 우리는 다르네. 우리는 사우스그레이 평원을 내준다는 약속을 해도, 단지 점령지를 내준다는 약속을 하는 것이니 패전에 대한 부담이 없지. 뭐, 이기면 주고 지면 어쩔 수 없다는 이야기랄까."

"게다가 승리했을 때의 점령지 분할은 당연한 것이기도 하니, 우리로서는 크게 손해날 것도 없다는 말이시군요."

"바로 그걸세."

이어진 체시아의 말에 루세츠는 크게 고개를 끄덕였다.

"뇌신 토르를 내어준 지금, 우리가 라비니어스에게 내어줄 것은 더 이상 없다네. 우리가 그들에게 보장해 줄 수 있는 것은, 승리한 후에 내줄 수 있는 전리품뿐이지."

거기까지 말한 루세츠는, 앞에 놓인 흰 빵을 들어 반으로 쪼개며 진지한 어조로 말했다.

"세이레인이라는 빵을 어떻게, 또 얼마나 쪼개 주느냐. 이것이 여기서 내가 라비니어스와 협상하게 될 가장 중요한 문제라네."

다음날, 숙소에서 늦은 아침을 시작하고 있는 루세츠 일행에게 손님이 찾아왔다. 푸른색의 정식 관복을 입은 그는 루세츠에게 공손히 허리를 굽히며 용건을 전달했다.

"외교부의 알 하킴 자마스입니다. 저희 장관, 압둘 무하드 하타리님의 명으로 엔트레아 백작 각하를 모시러 왔습니다."

"그러잖아도 출발하려던 중이었는데, 이렇게 찾아주시다니 몸 둘 바를 모르겠군요."

외교적 언사가 다분히 섞인 루세츠의 대답에 알 하킴 자마스는 빙긋 웃었다.

"편하게 말씀하셔도 됩니다. 그쪽이 편한 데다, 앞으로 자주 뵙게 될 텐데요."

"자마스님께서 그렇게 말씀하신다면 그리하도록 하지요."

허물없이 말하는 알 하킴을 향해 루세츠 역시 마주 웃어주었다. 그때 마침 로엔이 아라엘과 함께 종이 봉투를 끌어안고 숙소 입구로 들어왔다.

"아, 마침 오는군."

"무슨 일이라도?"

루세츠가 로엔을 반기자, 로엔은 먹을 것을 담은 종이 봉투를 탁자 위에 내려놓으며 고개를 외로 꼬았다. 그러자 알 하킴이 한 발짝 앞으로 나오며 스스로를 소개했다.

"알 하킴 자마스입니다. 외교부에서 명령을 받고 백작 각하를 모시러 왔습니다."

"아, 네. 만나서 반갑습니다. 로엔 리스나르트입니다."

로엔은 손을 내밀어 악수하며, 무덤덤하게 자신을 소개했다. 하지만 알 하킴은 로엔의 소개에 놀란 듯 눈을 크게 뜨며 로엔에게 반문했다.

"리스나르트? 혹시 부친의 성함이……."

"생각하시는 그대로입니다. 제디스틴 리스나르트가 제 아버지입니다."

담담함을 가장해 대꾸했지만, 로엔의 눈가에는 미미하게 짜증이 배어 있었다. 그것은 사람들에게 소개를 했을 때 자신의 이름을 기억하려 하기보다는 아버지, 제디스틴 리스나르트를 먼저 떠올린다는 것에 대한 일종의 콤플렉스였다.

하지만 알 하킴은 로엔의 표정에 배어 있는 불쾌감을 눈치 채지 못한 듯, 악수한 손을 크게 흔들며 감격해서 말했다.

"오늘 운이 좋은 날이군요! 대륙 최고의 무가, 리스나르트의 사람을 만나게 되다니! 로엔 리스나르트님, 만나뵙게 되어서 영광입니다."

"아, 네, 네."

로엔은 그리 탐탁지 못한 표정으로 대꾸하고는 고개를 루세츠에게로 돌렸다.

"어떻게 하시겠습니까? 마차는 금방 준비할 수 있습니다만."

그의 기분을 눈치 챈 루세츠는, 로엔의 기분을 다독이듯 미소 지으며 대답했다.

"어쩌고 말고가 어디 있겠나. 초청받았으면 응하는 것이 도리, 마차를 부탁하겠네."

"네, 그럼 전 먼저 실례."

냉담하게 대꾸한 로엔은 고개를 꾸벅 숙이고는 몸을 돌려 밖으로 나갔고, 알 하킴은 쑥스러운 표정으로 뒤통수를 긁적이며 루세츠를 바라보았다.

"이거, 아무래도 제가 뭔가 실례를 저지른 것 같습니다만."

"신경 쓰지 않으셔도 됩니다. 단순히 자신의 이름을 기억해 주길 바라는, 혈기방장한 젊은이들의 치기니까요."

루세츠가 빙그레 웃으며 답했지만, 알 하킴은 개운치 못한 표정으로 로엔이 나간 문을 바라보았다.

"말씀대로라면 좋겠습니다만……."

"뭐, 저도 한때는 저랬으니까요. 가문의 후광 따위에 의지하지 않고 이름을 떨쳐 보려는, 그런 질풍 노도의 시기가요."

루세츠의 대답에 알 하킴은 어깨를 으쓱했다.

"백작 각하께도 그런 시기가 있었다니, 잘 상상이 안 되는군요."

"그러십니까? 하하……."

루세츠는 고개를 젖히며 크게 웃다가, 옆에서 조용히 서 있던 아라엘에게로 시선을 돌렸다.

"시엘홀린스 양, 이제 출발해야 하니 에션트 군을 불러와 주게나. 위층에 있을 걸세."

"알겠습니다."

아라엘은 고개를 끄덕이고는 위층으로 향하는 계단으로 걸어갔다. 잠시 그 뒷모습을 바라보던 루세츠는, 아직 웃음기가 남아 있는 표정으로 알 하킴에게 말했다.

"리스나르트 군이 마차를 준비해 두었을 테니, 슬슬 움직여 보실까요?"

루세츠와 프란, 알 하킴이 마차에 오른 후 로엔이 이끄는 마차는 체시아와 아라엘 및 알 하킴이 데려온 병사들의 호위를 받으며 넓게 뚫린 대도를 시원하게 달려갔다. 그 마차 안에서, 알 하킴이 루세츠에게 말을 건넸다.

"뭐, 이미 알고 계시겠지만 현재 외교부에서는 세이레인과 동맹 협상을 진행하고 있습니다. 사실 마음 같아서야 단칼에 거절하고 싶지만, 그랬다간 세이레인이 신성 기사단 디바인 나이츠와 기병단을 이끌고 쳐들어올 기세라 쉽사리 대답하지 못하고 차일피일 미루고만 있었습니다."

"그 기분 이해합니다. 워프 게이트에 기병단까지… 그런 비싼 것들을 질리지도 않고 잘도 찍어내더군요, 세이레인은."

루세츠가 고개를 끄덕이자 알 하킴은 어깨를 으쓱했다.

"그런 셈입니다. 아무튼 세이레인이 은근히 협박을 해오던 차에 백작 각하께서 도착하셔서, 저희 쪽에서는 한숨 돌리게 되었습니다."

그렇게 말하며 알 하킴이 길게 한숨을 내쉬자 루세츠는 빙긋 웃었다. 알 하킴의 속셈이 뻔히 보였던 탓이었다. 아직 풋내기에 불과하다고 알 하킴의 평가를 내리며, 루세츠는 턱을 쓰다듬었다.

"그러시다니 정말로 다행이군요. 이제 저희가 도착했으니, 외교부의 의견은 저희를 지원해 주는 것으로 방향이 잡힌 것입니까?"

"아, 아니, 그게……."

회심의 일격에 알 하킴은 눈에 띄게 당황하며 말을 더듬었다. 역시 풋내기라고 생각한 루세츠는, 상대가 불쾌감을 느끼지 않을 정도에서 말을 끊었다.

"아, 생각해 보니 최종 결정권자는 국왕 폐하시지요. 제가 경솔하게 말을 꺼냈습니다."

"네, 바로 그렇습니다. 모든 것은 폐하의 뜻대로, 제가 주제넘게 왈가왈부할 수 있는 일이 아닙니다."

황급히 동의하며 주워섬기는 알 하킴을 바라보며, 루세츠는 속으로 비웃음을 던졌다. 그것을 내색하지 않고 루세츠는 협상을 시작하기 전 더 많은 정보를 얻어내기 위해 질문을 던졌다.

"그런데 저희가 듣기로, 세이레인은 무조건적인 동맹 및 지원을 요구했다고 들었습니다만."

"그렇지는 않습니다."

루세츠가 지나가듯 던진 물음에 알 하킴은 고개를 저었지만, 루세츠가 필요로 하는 자세한 이야기는 하지 않았다. 일반적인 사람이라면 호기심에 재촉할 법도 했으나, 루세츠는 그저 입가에 미소를 띤 채 알 하킴을 바라보고 있을 뿐이었다.

침묵이 마차 안을 지배했다. 짓누르듯 다가오는 무게를 견디지 못한 것은 결국 풋내기 쪽이었다.

"말씀드리겠습니다. 세이레인은 우리가 그들을 지원해 토라를 쳐부술 경우, 프론테스 강과 아톤 산맥 이남의 구 토라령을 내어주겠다고 했습니다. 더불어 사우스그레이 평원의 최전방 지구인 레나스를 양도하겠다고 약조했습니다."

"으음……."

루세츠는 낮게 신음했다. 세이레인이 내건 조건이 그가 생각한 만큼 만만치가 않았기 때문이었다. 경쟁 상대는 까다로운 카드를 내놓았다. 처음 예상했던 부분에 레나스 영지라는 옵션이 따라붙은 것이다. 루세츠가 협상을 어떤 식으로 자신에게 좀 더 유리하게 끌어올 수 있을까를 생각하며 이리저리 머리를 굴리고 있는데, 문득 생각난 게 있는지 그때까지 조용히 있던 프란이 입을 열었다.

"레나스라면… 글루디오에 인접한 소영지 아닙니까?"

"그렇습니다."

루세츠와 알 하킴의 시선이 그에게 향했다. 알 하킴이 그의 물음에 긍정하자, 프란은 잠시 코를 매만지며 무언가를 생각하더니 다시 고개를 들었다.

"로엔이 어렸을 때, 그러니까 17세까지 제딘님과 살아온 곳이 레나스라고 들었습니다. 그런데 로엔의 말로는 그곳은 듀크 오브 소드 마스터 이스카 폰 블릭스에게 하사된 영지라고 했습니다만……."

프란이 내뱉은 말의 파장은 컸다. 루세츠는 의외의 사실에 눈을 크게 떴고, 알 하킴은 체면도 잊고 상체를 앞으로 내밀며 다급히 물었다.

"그, 그게 사실입니까? 레나스가 듀크 오브 소드 마스터의 영지라는 것이?"

"그렇다고 들었습니다. 확실하게 알고 싶으시다면 잠시 후 마부석에 있는 로엔에게 물어보시기 바랍니다."

"그런……."

프란의 대답에 알 하킴은 망연한 표정으로 상체를 등받이에 기댔다. 일반적으로, 영지는 전쟁에서 큰 공을 세운다든지 하는 국가에 공이 큰 사람에게만 지급된다. 그리고 그 영지는 세습되지 않고, 본인이 죽은 후에는 국가에 환수된다. 1400년이나 되는 세이레인의 역사를 통틀어도 영지를 지급받은 사람은 일백 명도 채 되지 않을 정도로 그 지급 기준은 엄격했다. 그리고 그렇게 엄격한 심사를 거쳐 영지를 지급받은 사람은 대개가 국왕에 버금가는 영향을 가진, 이를테면 듀크 오브 소드 마스터 이스카 폰 블릭스 같은 사람들이었다. 그런 대단한 사람에게 지급된 영지를 남에게 내준다는 것은 타국인의 관점에서 본다 해도 상상조차 하기 힘든 일이었다.

알 하킴은 어이없는 표정으로 프란을 바라보다가 힘없이 웃으며 입을 열었다.

"하하… 그 말씀이 사실이시라면, 세이레인은 블릭스 공작을 내칠 생각을 하고 있거나, 아니면……."

"아예 처음부터 레나스를 넘길 생각이 없다는 것이겠죠."

힘없는 중얼거림에 루세츠가 화답하듯 이어 말했다. 알 하킴은 고개를 끄덕인 후, 심각한 표정을 지었다.

"이 사항은 반드시 장관님께 말씀드려야겠습니다. 긴급 회의가 있을지도 모르니 시간이 좀 걸릴 것입니다. 그 점은 양해 바랍니다."

"여부가 있겠습니까. 당연히 기다려 드려야지요."

뜻밖의 수확을 거둔 루세츠가 진하게 미소 지으며 답했다. 마차가 멈추자, 알 하킴은 양해를 구한 다음 황급히 마차에서 내리며 루세츠에게 고개를 숙였다.

"제가 끝까지 안내해 드리지 못하는 것을 용서 바랍니다. 안내는 호위대를 지휘한 자하드가 해드릴 것입니다."

"괜찮습니다. 바쁘신 듯하니 어서 가보시길."

"양해해 주셔서 감사합니다."

재차 고개를 숙인 알 하킴은 황급히 하렘 안으로 뛰어들어 갔고, 루세츠는 그 뒷모습을 바라보며 회심의 미소를 지었다.

　루세츠 일행이 자하드의 안내를 받아 회의장에 들어간 후, 알 하킴이 40대 중반 정도 되어 보이는 마른 체형의 남자와 함께 나타난 것은 그로부터 약 한 시간이 지난 후였다. 자리에 앉아 있던 루세츠와 프란이 그들을 보고 일어나자, 마른 체형의 남자가 허리를 숙이며 인사했다.

　"기다리게 해서 죄송합니다, 엔트레아 백작 각하. 저는 본국의 외교를 총괄하고 있는 하렘의 세 번째 아들, 압둘 무하드 하타리입니다."

　"루세츠 폰 엔트레아입니다. 만나서 반갑습니다."

　압둘 무하드가 내미는 손을 맞잡아 악수하며 루세츠가 화답했다. 누가 먼저랄 것도 없이 자리에 앉은 그들은, 신중한 표정으로 이야기를 시작했다.

　"먼저 예상치 못했던 정보를 주신 것에 대해 감사드립니다. 하마터면 큰 패착을 저지를 뻔했습니다."

　"뭘 그 정도를 가지고… 당연한 일을 했을 뿐인데요. 도움이 되셨다니 다행입니다."

　압둘 무하드가 아까 전 있었던 일에 대해 감사를 표하자 루세츠는 웃으며 손사래를 쳤다. 이쪽이 갖고 있지 않았던 카드로 뜻밖의 소득을 얻은 탓에, 루세츠는 현재 공중에 붕 뜨는 기분이었다. 하지만 그 기분을 애써 다잡아 누르며, 루세츠는 압둘 무하드가 인사치레로 한 말을 신중하게 분석했다.

루세츠가 주목한 것은 '큰 패착을 저지를 뻔했다는' 대목이었다. 이것은 라비니어스가 세이레인에게 거의 넘어갈 뻔한 상황이라는 것을 의미했다. 힘든 협상이 될지도 모르겠다고 생각하며 루세츠는 압둘 무하드를 바라보았다.

"이미 세이레인과도 협상을 거치셨을 테지만, 저희 쪽에서 귀국에 바라는 것은 세이레인과 마찬가지입니다. 귀국의 용맹한 병사들의 지원, 그것이 저희가 바라는 것입니다."

"짐작은 하고 있었습니다. 양국 모두 전쟁으로 꽤 피해를 입으셨을 테니, 상대를 완전히 굴복시키기에는 아무래도 힘이 모자랄 것이라고 분석하고 있었지요."

루세츠가 직접적으로 찔러 들어가자 압둘 무하드 역시 직설적인 표현으로 맞받아쳤다. 속으로 두어 번 혀를 차면서, 루세츠는 고개를 끄덕여 압둘 무하드의 말을 긍정했다.

"네, 그래서 본국에서는 귀국의 힘을 빌리고 싶어하는 것입니다. 귀국과 본국의 힘을 합한다면, 수월하게 세이레인을 무너뜨릴 수 있을 것이라 보고 있습니다."

"그러시군요."

새삼 알았다는 듯 압둘 무하드가 고개를 끄덕였다. 그 능청스러운 태도에 속으로 이를 갈면서, 루세츠는 짐짓 한마디를 더 건넸다.

"그렇지요. 본국에서는 귀국에서 들일 인력과 자금에 대한 보상을 섭섭지 않게 준비하고 있습니다. 세이레인보다 더 좋은 조건으로 말이죠."

"그렇습니까? 허헛, 그거 구미 당기는 말씀입니다그려."

루세츠와 압둘 무하드의 시선이 날카롭게 교차했다. 그 내용은 단순히 도와달라는 내용뿐이었지만, 그 속에서는 이 자리의 주도권을 차지하기 위한 싸움이 치열하게 벌어지고 있었다. 루세츠와 압둘 무하드는 서로 만만치 않은 상대라 생각하며 긴장의 끈을 더욱 조였다.

"어떤 조건인지, 한번 들어볼 수 있겠습니까?"

슬슬 본론으로 들어가려는 듯, 압둘 무하드가 팔꿈치를 탁자에 댄 채 양손을 깍지 끼며 은근한 목소리로 물었다. 그 말을 기다렸다는 듯, 루세츠가 상체를 약간 앞으로 내밀었다.

"물론이죠. 저희는 현재 귀국의 지원을 얻었을 때, 귀국이 전쟁 수행을 하는 데 있어 가장 필요한 것은 식량이라 판단했습니다. 지금이야 수확기를 막 지난 시점이니 큰 문제가 없지만 겨울이 지나고 봄과 여름이 올 때쯤에는 또 사정이 달라지겠죠."

"으음……."

라비니어스가 가진 구조적 약점을 정확히 찌르는 루세츠였다. 그 말에 양손의 깍지를 풀고 턱을 쓰다듬으며, 압둘 무하드가 낮게 신음했다.

"그래서 본국은 귀국이 협조를 약속한다면 전쟁 수행에 필요한 군량을 최대한 지원하기로 하였습니다."

"군량을 지원해 주신다는 말씀, 잘 알았습니다. 하지만 그것만으로는 저희가 피를 흘려가며 싸울 이유로는 약하지 않습니까?"

고작 그 정도를 가지고 우릴 움직이려 했느냐는 의미의 비웃음을 살짝 입가에 걸며 압둘 무하드가 말했다. 하지만 루세츠는 손가락을 들어 좌우로 휘저으며, 당찮다는 듯 이야기를 이어갔다.

"아, 아. 이건 그냥 '지원'일 뿐입니다. 풀코스의 전채 요리 같은 거죠."

"호오, 메인 디시가 아직 남아 있단 말입니까?"

미처 몰랐다는 표정으로 압둘 무하드가 대꾸했다. 고개를 끄덕여 긍정한 루세츠는, 옆에 앉은 프란을 돌아보았다.

"아, 소개가 늦었군요. 여기 앉은 이 사람은 예전 나이트 길드 마스터였던 프라이슨 에션트라고 합니다. 에션트 군, 인사드리게."

"프라이슨 에션트라고 합니다."

프란이 일어나 인사를 건네자, 그제야 프란의 정체를 알게 된 압둘 무하드는 들어본 적이 있는 듯 크게 반가워하며 프란과 악수를 나누었다.

"아아, 나이트 길드의……! '살의의 마검'의 명성은 익히 들어왔습니다. 이렇게 뵙게 되다니, 진실로 영광입니다."

"허명일 따름입니다."

"겸손의 말씀을……."

프란과 인사를 나누면서도, 압둘 무하드의 얼굴에서는 루세츠가 뜸을 들이는 데에 대한 한 가닥 초조의 기미가 그대로 드러나고 있었다. 그것을 눈치 챈 루세츠는 프란이 자리에 앉자 속으로 미소를 지으며 그에게 다시 말을 건넸다.

"에션트 군, 가져온 것을 보여 드리게."

"알겠습니다."

프란은 고개를 끄덕이고는 한 장의 꼬깃하게 접힌 종이를 품에서 꺼내 압둘 무하드에게 건넸다. 의아한 표정으로 그것을 받아 든 압둘 무하드는, 그것을 펴보는 순간 눈을 크게 뜨며 루세츠를 바라보았다.

"이, 이건 설마!"

"보시는 그대로입니다."

루세츠는 담담하게 미소 지으며 대꾸했다.

"저희가 귀국에 제시하는 메인 디시는, 바로 그 종이에 나타난 그대로입니다."

압둘 무하드가 쥔, 다시 말해 프란이 건넨 한 장의 종이는 지도였다. 레트니아 대륙 전체가 그려진 그 지도는 토라가 대륙 전체를 잠식한 가운데 서남쪽의 라비니어스가 앤텀, 레나스, 글루디오를 아우르는 사우스그레이 평원의 절반을 차지하고 있었다.

지도를 쥔 압둘 무하드의 표정이 부들부들 떨리고 있었다. 그것을 만족스러운 표정으로 바라보면서, 루세츠가 툭 한마디를 던졌다.

"어떻습니까? 우리의 제안이?"

"아, 네."

넋을 잃은 채 지도를 보고 있던 압둘 무하드는 루세츠의 말에 화들짝 놀라며 지도에서 시선을 떼었다. 잠시 지도와 루세츠를 번갈아 바라보던 압둘 무하드는, 평정을 가장하려 노력하며 루세츠에게로 시선을 돌렸다.

"이건… 저 혼자만으로 결정 내릴 사안이 아닌지라 지금 확답을 드릴 수가 없겠군요. 회의를 거친 후, 폐하께 직접 이 사안을 품의해 보겠습니다."

"그러십니까. 그렇다면 좋은 대답, 기다리도록 하겠습니다."

느긋한 어조로 대꾸하며 루세츠는 승리의 미소를 지었다.

하렘에서 숙소로 돌아가는 마차 안에서, 프란이 루세츠에게 물었다.

"제가 보기엔 일단 잘 진행된 것처럼 보였습니다만……."

"그렇네."

루세츠는 기분 좋게 웃으며 대답했다. 하지만 그 표정과는 달리, 프란은 고개를 갸웃하며 루세츠에게 다시 물었다.

"하지만 라비니어스가 순순히 저 조건을 받아들여 줄까요?"

"아니라네."

루세츠는 의외로 프란의 질문을 간단하게 부정했다. 하지만 입가의 미소는 그대로였다. 그것이 의아했는지 프란은 상체를 약간 앞으로 내밀며 질문을 던졌다.

"그런데도 백작 각하께서는 기분이 좋으신 듯한데, 이유를 물어도 되겠습니까?"

루세츠는 입가에 걸려 있던 미소를 지웠다. 그 갑작스런 변화에 프란이 당황하고 있는데, 루세츠는 진지한 표정으로 이야기를 시작했다.

"내가 기분이 좋은 것은 다름 아닐세. 바로 방금 전의 대화로 우리가 대화의 주도권을 쥐면서 세이레인보다 유리한 입장에 설 수 있는 하나의 교두보를 마련했기 때문일세."

"교두보라 함은……?"

프란의 물음에 루세츠는 피곤한 듯 가슴을 쭉 펴며 이야기를 계속했다.

"아까의 대화에서, 난 압둘 무하드 하타리의 의표를 찌르는 데 성공했네. 처음에 별것 아닌 조건을 내걸어 상대가 큰 기대를 갖지 않도록 만든 후, 뜸을 들여 조바심치게 만들다가 느닷없이 감당하기 힘든 큰 조건을 내밀어 상대를 당황하게 만드는 것이지. 그럼으로써 상대를 허둥대게 만들고 대화의 주도권을 이쪽으로 끌어오는 것이라네."

"그렇군요."

그제야 납득한 듯 프란은 고개를 끄덕였다. 그 모습에 희미하게 미소 지은 루세츠는 잠시 자신의 어깨를 주무르고는 이야기를 계속했다.

"하지만 그렇다고 해도 앞으로의 전개가 그리 쉽지는 않을 것이야. 라비니어스는 우리와 세이레인을 끊임없이 저울질하려 들겠지. 우리나 세이레인이나 상대를 치기 위해서는 라비니어스의 힘이 반드시 필요하고, 그런 만큼 상대를 의식하며 조금씩 더 좋은 조건을 내밀어야 한다네."

루세츠는 자조적인 목소리로 말했다. 프란은 잠시 그를 바라보다 문득 생각난 듯 다시 루세츠에게 질문을 던졌다.

"애초에 예정했던 조건의 반을 들이민 것은 그 때문입니까?"

루세츠는 고개를 끄덕였다. 길게 한숨을 들이쉬며 흘러가는 풍경을 바라보던 루세츠는, 다시 프란에게로 고개를 돌리며 대답했다.

"처음부터 그렇게 조건을 제시한다면 우리에겐 더 이상의 카드가 남지 않지. 어쨌거나 사람의 욕심은 끝이 없는 법이니, 라비니어스는 조금이라도 더 많은 것을 얻어내려 할 테고 말일세. 게다가 그렇게 너무 큰 조건을 초반부터 내밀면, 상대는 필시 그것에 기뻐하기보다는 의심부터 하려 하기 마련이야. 어떻게 보더라도 좋은 것은 아니지."

“그렇군요.”

프란은 납득한 표정으로 대답했다. 그 모습을 바라보던 루세츠는 다시 한숨을 쉬며 창밖의 풍경을 향해 시선을 돌렸다.

“그대도 외교라는 전쟁에 발을 들였으니, 이제 곧 알게 될 걸세. 가장 추악하고 더러운 거래의 현장이 바로 이곳에 있다는 것을…….”

세이레인력 1441년 9월 25일 저녁, 루세츠 일행은 한 사람의 방문을 받았다. 일행에게 꽤 익숙한 얼굴의 그 남자는, 빙글빙글 웃는 얼굴로 로엔에게 말을 걸었다.

“아, 반갑습니다. 저번에는 잘 돌아가셨는지?”

“덕분에요.”

퉁명스러운 로엔의 대꾸에 남자, 모하메드 하타리는 크게 웃으며 말했다.

“저는 그날 내내 손목이 저려와 죽는 줄 알았습니다. 과연 리스나르트, 그 명성 그대로더군요.”

순간 자리를 박차고 일어난 로엔은 검을 뽑아 들며 뒤로 물러나 모하메드와의 간격을 넓혔다. 그런 로엔의 반응에 모하메드는 어깨를 으쓱했다.

“이런, 이런. 그렇게 성대하게 인사를 해주실 필요까지는 없는데 말이죠.”

“어떻게 알았나?”

차가운 대답이 로엔에게서 돌아왔다. 어쩔 수 없다는 듯 다시 한 번 어깨를 으쓱한 모하메드는 가볍게 한숨을 내쉰 후 로엔의 물음에 답했다.

"간단한 것 아닙니까? 클라인시커 후작 각하께서 시장이 쩌렁쩌렁하게 울릴 정도로 외치시더군요. '이런 곳에 있었는가, 로엔 리스나르트!' 라고 말이죠."

모하메드가 클라인시커 후작의 흉내를 내며 외치는 모습은 우스꽝스러웠지만 로엔은 웃지 않았다. 팽팽하게 당겨진 휘체른을 연상시키는 모습으로 로엔은 긴장을 늦추지 않고 모하메드를 노려보았고, 모하메드는 난처한 표정으로 뒤통수를 긁적였다

"에구, 믿지 못하시면 어쩔 수 없죠. 하지만 사실입니다. 사실 리스나르트님의 모습은 여름의 전쟁을 통해 널리 알려지지 않았습니까? 황금빛 건틀릿에 금속성이 강한 은빛 망토. 거기에 금발 홍안까지 더해지면 완벽하게 지금 리스나르트님의 모습이 나오죠. 거기다가 클라인시커 후작 각하께서 '로엔 리스나르트!' 라고 외쳐 주시기까지 했으니 이건 더 의심해 보려야 의심할 수도 없습니다."

로엔은 날카로운 눈매로 모하메드를 노려보았지만, 특별히 모하메드가 거짓말을 하는 것처럼 보이지는 않았다. 아직도 미심쩍은 표정이 남아 있는 얼굴로, 로엔은 검을 꽂아 넣으며 말했다.

"허튼수작을 부린다면 가만두지 않겠다."

"여부가 있겠습니까."

다시 빙글빙글 웃는 얼굴로 모하메드가 대답했다. 그 옆에서 상황의 추이를 지켜보던 아라엘이, 로엔과 마찬가지로 차가운 목소리를 흩뿌렸다.

"무슨 용건으로 오셨습니까?"

“아, 그게…….”

모하메드는 뒤통수를 긁적이더니, 로엔을 흘낏 바라보며 계속 말을 이었다.

“어제 어쩌다 보니 리스나르트님과 검을 한차례 맞대게 되었는데, 소문대로 대단하신 분이더군요. 그래서 제 실력이 얼마나 통하는지를 알아보기 위해 대련을 부탁드리러 왔습니다.”

그러고는 곱지 않은 주위의 시선을 느낀 듯,

“에, 뭐, 실례라는 것은 알지만서도요. 원래 이 바닥 사람들이란 게 다 그렇지 않습니까? 아하하하하…….”

모하메드는 멋쩍게 웃었다.

로엔은 말없이 자리에서 일어났다. 그것을 물끄러미 바라보던 카렌이 고개를 갸웃하며 로엔에게 물었다.

“하려고?”

“아아.”

로엔은 고개를 끄덕인 후, 여전히 웃는 얼굴로 자신을 바라보는 모하메드를 바라보았다.

“걸어온 싸움은 받아주는 게 예의지. 게다가, 저 녀석 마음에 들지 않아.”

“아하하… 이거, 확실하게 미움을 사버린 것 같은데요.”

모하메드는 볼을 긁적거리며 웃었다. 그 모습을 차가운 눈길로 노려보며, 로엔이 조용한 목소리로 내뱉었다.

“여기서 할 수는 없으니 자리를 옮기지.”

숙소 앞의 넓은 광장에서 약 10여 보의 거리를 두고 로엔과 모하메드가 마주 섰다. 로엔은 리텐헤임에서 아크에게 받은 검을 뽑아 들며 냉랭하게 말했다.

"목검으로는 피차 할 맛이 나지 않을 테니 진검으로 하지. 이의있는가?"

"그럴 리가요. 오히려 제 쪽에서 부탁하고 싶은 일이었습니다."

적의없는 얼굴로 빙긋 웃으며 모하메드가 대꾸했다. 로엔은 입가에 한줄기 미소를 걸고는, 허공에 대고 검을 한차례 휘둘렀다. 차가운 검의 잔광이 한차례 흩뿌려지는 것을 확인한 로엔은, 만족한 얼굴로 검을 몸 뒤쪽으로 뻗은 후 왼손을 앞으로 내밀며 자세를 잡았다.

"자아, 시작해 보실까?"

"그러죠."

모하메드의 입가에서 웃음이 사라지면서, 진지한 표정의 얼굴이 드러났다. 그것은 평소의 경박함과는 전혀 다른, 오직 강한 것을 추구하고 즐기는 전사의 얼굴이었다. 그 모습을 본 로엔은 아까와는 다른, 조금은 누그러진 어조로 모하메드에게 말했다.

"뭐야, 실실거리며 돌아다니는 줄만 알았더니, 제법 괜찮은 얼굴도 할 줄 알잖아?"

"뭐, 이것도 처세술의 하나라서요. 칭찬해 주셔서 감사합니다."

모하메드는 옅게 웃으며 대꾸하고는 자신의 무기를 꺼냈다. 그의 무기는 별로 특이할 것이 없는, 라비니어스의 전사들이 주로 사용하는 완만하게 휜 곡도(曲刀)였다. 그는 그것을 비스듬히 앞으로 내밀며 로엔을 바라보았다.

“준비 완료입니다.”

“시작하지.”

로엔은 가볍게 대꾸하고는 한 걸음, 스텝을 옆으로 밟았다. 클라인 시커 후작을 상대할 때와는 다른 느릿한 움직임이었다. 그에 반응하듯, 모하메드도 로엔과 대칭으로 한 걸음을 옆으로 옮겼다.

로엔이 천천히 숨을 들이쉬었다. 그 들숨이 절정에 달하는 순간, 로엔의 몸이 벼락같이 앞으로 쏘아져 나갔다.

한 박자 늦게 반응한 모하메드가 황급히 도를 들어 내려 베자, 로엔은 왼발을 박차 몸의 진행 방향을 오른쪽으로 교묘히 돌리며 모하메드의 도를 피해 왼쪽으로 돌아갔다.

“이런……!”

모하메드는 혀를 차며 급히 오른쪽으로 스텝을 옮겼다. 그 순간 로엔의 검이 은빛 잔광을 뿌리며 모하메드의 허벅지를 찔러 들어갔다.

카앙—!

날카로운 금속성이 주변에서 지켜보던 사람들의 귀를 어지럽혔다. 모하메드가 휘두른 도에 가로막혀 목적을 달성하지 못한 로엔의 검은 먹이를 노리는 뱀처럼 집요하게 모하메드의 급소를 노렸다.

멀찍이 떨어진 곳에서 그 모습을 바라보던 아라엘이 체시아를 돌아보았다.

“리테아스님의 생각에 이 대련, 누가 이길 것 같습니까?”

“글쎄…….”

체시아는 고개를 갸웃하며 물끄러미 대련을 지켜보다가, 아무래도 결론이 나지 않는 듯 다시 고개를 외로 꼬며 대꾸했다.

"생각 같아서야 로엔이 이겨줬으면 하지만, 뭐, 지금 상황으로는 잘 모르겠군요."

"모하메드가 약간 우세해."

느닷없이 뒤에서 들려온 목소리에 체시아와 아라엘의 고개가 돌아갔다. 그곳에는 사과를 하나 든 프란이 심각한 표정으로 대련을 보며 서 있었다.

"다만 한 가지, 모하메드가 얼마나 실전 경험을 겪어봤는가가 문제로군. 그런데 하렘의 자손 중 가장 무예가 뛰어난 자는 일곱 번째 아들이라고 들었는데… 이름조차 들어보지 못한 스물세 번째 아들의 실력이 저 정도라면, 일곱 번째 아들의 실력은 대체 어느 정도라는 거지?"

프란의 중얼거림대로, 대련은 모하메드의 우세로 진행되고 있었다. 로엔이 현란한 기술로 모하메드의 몸 여기저기를 노려도, 모하메드의 도가 착실하게 그것을 막아내고 있었다. 로엔은 초조해졌다. 상대를 속이기 위한 허초에 상대가 속지를 않으니 상대의 방어를 뚫어낼 방법이 떠오르지 않았다. 결국 로엔은 건성으로 내지른 검에 모하메드가 반응하는 틈을 타 뒤로 서너 걸음 물러났다.

"흐응, 제법 솜씨가 좋군요."

상대를 경계하느라 평대까지 내려가 있던 말투가 어느새 존대로 바뀌었다. 모하메드는 씨익 웃으며 도를 들어 어깨에 걸치며 대꾸했다.

"과찬의 말씀을. 막아내기에 급급했을 뿐입니다."

"반격을 할 수 있는 몇 번의 기회가 있었을 텐데요."

로엔이 빈정거리듯 한마디를 더 건네자, 모하메드는 볼을 긁적이며 대답했다.

"그게, 반격을 해도 그걸 성공시킬 수 있다는 자신이 없었거든요."

"확실한 한 방을 노리시겠다? 그렇다면……."

거기까지 말한 로엔은 다시 자세를 잡았다. 약간 흐트러졌던 호흡은 잠깐 이야기를 나누는 사이에 다시 고르고 안정적인 상태로 돌아와 있었다. 로엔의 자세를 잠시 바라본 모하메드는, 대화를 나누며 띠었던 입가의 미소를 지우며 신중한 표정으로 도를 앞으로 내밀었다.

"이제야 제대로 할 마음이 생기신 겁니까?"

"그건 피차 마찬가지 아니던가?"

여유가 사라진, 긴장감 어린 대답에 로엔이 비릿한 미소를 지었다. 그 순간 선공을 내줄 수 없다고 판단한 모하메드가 앞으로 달려나왔다.

카앙—!

필살의 기세로 내려 벤 모하메드의 도를 쳐낸 로엔은 팔에 느껴지는 묵직한 감각에 정신을 바짝 차리며 옆으로 이동했다. 그 모습을 뒤쫓아 몸의 방향을 튼 모하메드는 로엔이 검을 올려 찌르는 것보다 두 박자 앞서 도를 휘둘렀다.

"하아앗!"

모하메드의 기합성이 크게 울려 퍼졌다. 하지만 결과는 기세 좋게 내질러진 모하메드의 기합성과는 전혀 다른 방향으로 결정났다.

“…….”

모하메드는 자신의 목젖에 들이대어진 로엔의 검끝을 바라보며 마른침을 꿀꺽 삼켰다. 망연히 15초 정도 검끝을 바라보던 모하메드는 억울한 표정으로 자신의 목에 검을 겨누고 있는 로엔에게로 시선을 돌렸다.

“손으로 칼을 잡아채는 건 반칙 아닙니까?”

“싸우는 데 규칙이 어디 있습니까. 가진 수단 방법을 모두 동원해 이기면 그만이지.”

로엔은 미소 지으며 대꾸했다. 모하메드가 항의했던 것처럼, 로엔은 내려치는 모하메드의 칼등을 휘어잡아 방향을 틀어버린 후 그 빈틈으로 검을 찔러 올렸던 것이다. 로엔이 검을 거두며 물러서자, 모하메드는 칼을 꽂아 넣고는 여전히 억울한 표정으로 투덜거렸다.

“하지만 너무합니다. 이런 것이 가능할 줄은 생각조차 못했다고요.”

완전히 어린애 투정이었다. 로엔은 어이가 없었는지 웃어버리며 모하메드를 바라보았다.

“아직 전쟁을 겪어보지 않으신 것 같은데, 전장에서 목에 검을 들이댄 상대에게까지 그런 말씀을 하실 생각입니까?”

“그, 그건…….”

모하메드는 날카로운 로엔의 지적에 머뭇거리며 대답을 하지 못했다. 로엔은 검을 두어 차례 휘두른 후 멋진 동작으로 검집에 꽂아놓으며 한마디를 더 던졌다.

“전장에선 반칙이니 뭐니 하는 말 따윈 통하지 않습니다. 손으로 검을 잡든 눈에 모래를 뿌리든 상대를 쓰러뜨려야 내가 살아남는 곳, 그런 아수라장이 바로 전장입니다."

모하메드는 더 할 말을 찾지 못했는지 잠시 로엔을 바라보다 고개를 돌렸다. 그 모습에 로엔은 다시 피식 웃으며 숙소의 입구로 몸을 돌렸다.

"더 볼일이 없다면 저는 먼저 실례하죠. 그럼 이만."

다음날 아침, 여관 주인에게 물을 한 잔 받아 들이키던 로엔은 문을 열고 들어오는 사람을 보고 어이없는 표정을 지었다. 경박한 표정으로 빙글빙글 웃고 있는 그는, 멋쩍은 듯 뒤통수를 긁적이며 로엔을 바라보았다.

"그게, 안녕하세요… 라고 해야 할까요?"

"오늘은 무슨 용건으로 오셨습니까?"

한숨을 내쉬며 반문하는 로엔의 어조에는 약간의 짜증이 배어 있었다. 그것을 눈치 챈 듯 모하메드는 하하 웃으며 로엔의 물음에 답했다.

"어제는 좋은 경험을 했습니다. 그래서……."

로엔은 불길한 느낌이 엄습하는 것을 느꼈다. 그 느낌을 확신시켜 주듯, 모하메드가 이야기를 계속했다.

"리스나르트님을 따라다니며 경험이나 쌓아볼까 해서요. 아하하하……."

모하메드의 웃음소리를 들으며, 로엔은 암담한 기분에 손으로 이마를 덮어버렸다. 그때, 계단에서 유스와 에바가 내려오며 의아한 듯 로엔에게 물었다.

[에, 주인님? 두통이라도 있는 건가요?]

"주인… 님?"

생소한 단어에 모하메드가 유스와 에바 쪽으로 고개를 돌렸다. 유스가 손을 들어주며 방긋 웃자, 그는 황급히 정중한 인사를 그녀들에게 건넸다.

"이 미천한 자의 이름은 모하메드 하타리라고 합니다. 실례가 아니라면 아름다우신 레이디들의 존함을 들을 영광을 제게 주시겠습니까?"

모하메드의 말에 로엔은 뜨악한 표정을 지었다. 입심 좋은 저 두 여자가 그런 말을 들을 경우 어떤 일이 벌어질지는 충분히 상상이 가는 까닭이었다.

"자, 잠깐!"

로엔이 황급히 모하메드를 제지하려 했지만, 이미 로엔은 한발 늦어 있었다. 모하메드의 말을 들은 유스와 에바는 손등을 입가에 대며 여왕님 포즈로 크게 웃었다.

[오~호호호! 역시 누.구.와는 달리 뭘 좀 아는 분이시군요.]

[그러게요. 보는 눈이 탁월하신 분이군요. 아, 제 이름을 알고 싶으시다고 했죠? 에버네스 섀도우키퍼라고 합니다~!]

[전 유스트레스 아스트랄러라고 해요오~♡]

유스와 에바가 치켜주는 말에, 모하메드는 덩달아 크게 웃으며 말했다.

"하하하, 누가 보더라도 아름다운 분들이신데요. 못 알아보는 사람의 눈이 잘못된 거죠."

[그렇죠? 그렇죠?]

"그럼요! 이 모하메드 하타리의 목숨을 걸고라도 보증할 수 있습니다!"

확인 사살이라도 하듯 채근해 묻는 에바에게 모하메드는 가슴을 팡치며 힘차게 대답했다. 그 순간, 유스와 에바가 식은땀을 흘리며 한 걸음 뒤로 물러났다.

[아하하… 저기, 주인님?]

[그, 그게 그러니까…….]

느닷없이 뒤바뀐 그녀들의 태도를 의아한 표정으로 바라보던 모하메드는, 곧 등 뒤가 싸늘해져 오는 듯한 감각에 조심스럽게 뒤를 돌아보았다. 그곳에는 물컵을 든 로엔이 살기를 한가득 피워 올리며 서 있었다. 손에 쥔 물컵은 이미 으스러져 형체조차 알아보기 힘든 상태로변해 있었다.

"저, 저기, 리스나르트님?"

뭔가 잘못되었다는 느낌에 모하메드는 한 걸음 뒤로 물러나며 로엔을 불렀다. 그러자 로엔은 한 걸음 앞으로 다가가며 싸늘한 목소리만으로도 사람을 벨 수 있을 것 같은 어조로 모하메드에게 말했다.

"목숨을 걸고라도 보증할 수 있다고 하셨죠?"

모하메드는 무시무시한 로엔의 표정에 식은땀을 흘렸다. 잠시 유스와 에바, 로엔을 번갈아 바라보던 모하메드는 설마 하는 심정으로 로엔에게 물었다.

"저, 저기, 방금 저 레이디들이 말씀하신 '누구' 라는 게……."

"절 말하는 것입니다만."

냉담한 로엔의 대꾸에 모하메드의 표정이 하얗게 질렸다. 로엔의 기세에 주춤거리며 조금씩 뒤로 물러나던 모하메드는 이내 한마디 외침을 남기며 쏜살같이 밖으로 달려나갔다.

"자, 잘못했습니다! 그럼 다음에!"

[아, 빠르네.]

달려나가는 모하메드의 뒷모습을 바라보던 유스가 썰렁한 목소리로 말했다. 그것을 뚱한 표정으로 바라보던 로엔이 부서진 나무 컵을 탁자 위에 올려놓으며 입을 열었다.

"장난치는 것도 적당히 해둬."

[하지만~ 재미있는걸요.]

[거기다가 결과적으로 쫓아 보낸 것은 주인님이잖아요.]

로엔은 골치가 아프다는 듯 다시 이마를 짚었다. 그때, 잠이 덜 깬 듯 부스스한 얼굴로 루세츠가 내려왔다.

"아래층이 소란스럽던데, 무슨 일이라도 있었는가?"

"아, 별일은 없었습니다. 단지 하렘의 스물세 번째 아들이 찾아왔던 것뿐입니다."

로엔의 대답에 루세츠는 오른쪽 눈썹을 가볍게 치켜 올렸다.

"…모하메드 하타리가? 그가 여긴 무슨 볼일로?"

"글쎄요. 겉으로 하는 말은 별것 아니었습니다만……."

로엔이 어깨를 으쓱하며 대답하자 루세츠는 진지한 표정으로 그를 바라보았다.

"이미 이야기했지만 누구도 믿지 말게나. 단순히 일상 대화의 한

마디 한마디가 적에게는 귀중한 정보가 되어 새어 나갈 수도 있으
니.”
　“그러겠습니다.”
　로엔의 표정 역시, 방금 전과는 달리 더없이 신중했다.

The Intrigue

　라비니어스와 토라의 협상은 순조롭게 진행되어 갔다. 루세츠의 예상대로 라비니어스는 더 많은 것을 요구해 왔고, 그때마다 루세츠는 마지막의 마지막까지 버티다 마지못해 양보하는 척하며 사우스그레이 평원의 권리를 조금씩 넘겼다. 그렇게 협상을 진행하던 세이레인력 1441년 10월 2일, 압둘 무하드가 그날의 협상을 마친 후 사석에서 루세츠에게 말을 건넸다.

　"어제, 세이레인의 카이레인 폰 클라인시커 후작이 돌아갔습니다."

　"그렇습니까?"

　루세츠는 속으로 미소를 지으며 대꾸했다. 카이레인 폰 클라인시커 후작이 돌아갔다는 것은, 라비니어스와 세이레인의 협상이 어느 쪽으로든 결론이 났다는 이야기였다. 하지만 압둘 무하드의 표정으로 볼 때, 그 협상은 타결보다는 결렬되었을 가능성이 더 높았다.

압둘 무하드는 고개를 끄덕이고는 은근한 목소리로 루세츠를 바라보았다.

"폐하께서는 다소의 위험 부담은 있지만, 더 많은 것을 얻을 수 있는 귀국의 편을 들어주시기로 결정하셨습니다. 내일, 백작 각하를 불러 결과를 통보해 드릴 것입니다."

"기쁜 소식이군요. 내일 알현이 끝나면 한시라도 빨리 돌아가 본국에 이 소식을 전해야겠습니다."

루세츠가 고개를 끄덕이며 대답했다. 그러자 압둘 무하드는 느긋한 표정으로 차를 한 모금 마시더니, 문득 생각났다는 듯 루세츠에게 다시 말을 건넸다.

"그런데 듣자 하니 제 형제 중 한 명이 귀 사절단의 호위 중 한 명을 그림자처럼 따라다닌다고 들었습니다만……."

"아아, 모하메드님을 이름이십니까. 사실을 말씀드리자면… 네, 그렇습니다."

루세츠가 긍정하자 압둘 무하드는 고개를 갸웃하며 계속 말했다.

"까다로운 성격이라 어지간해서는 남을 잘 따르지 않는 아이인데… 대체 그 호위가 누구이기에 그 아이를 굴복시켰는지 궁금하군요."

압둘 무하드의 물음에 대답하지 않은 채 루세츠는 차를 한 모금 마셨다. 재스민의 향긋한 내음이 입 안에 가득 퍼지는 것을 음미하던 루세츠는, 찻잔을 내려놓으며 압둘 무하드를 바라보았다.

"리스나르트입니다."

"네?"

갑작스런 루세츠의 말을 이해하지 못한 듯 압둘 무하드가 반문했다. 더 이상 신경 쓸 것이 없어진 탓에 느긋한 미소를 지은 루세츠는, 그 표정에 걸맞는 느긋한 어조로 좀 더 풀어 이야기했다.

"리스나르트 가의 사람입니다. 저 나이트 길드를 창설한 대륙 최고의 기사, 제디스틴 리스나르트의 하나뿐인 아들인 로엔 리스나르트가 바로 말씀하신 호위의 정체입니다."

"로엔 리스나르트!?"

루세츠의 말에 압둘 무하드는 그만 자리를 박차고 일어날 뻔했다. 22년 전, 역사의 뒤안길로 사라졌다 여름의 전쟁으로 다시 떠오른 리스나르트의 이름은 누구라도 놀라게 만들 수 있는 파괴력을 가지고 있었다.

"로엔 리스나르트… 과연 그 아이가 관심을 가질 만도 하군요."

잠시 리스나르트라는 이름을 곱씹던 압둘 무하드는 소파의 등받이에 몸을 기대며 중얼거렸다. 그 모습을 바라보던 루세츠는 마침 생각난 게 있는지 프란을 돌아보았다.

"아, 그러고 보니 에션트 군, 준비해 온 것을."

"네."

두 사람의 대화를 조용히 경청하며 재스민 차를 마시던 프란은 루세츠의 부름에 고개를 끄덕이고는 들고 있던 작은 나무 상자를 꺼내 탁자 위에 올려놓았다. 그 상자를 앞으로 밀며, 루세츠가 나직한 목소리로 말을 건넸다.

"이것, 약소합니다만 그간 수고하신 데에 대한 성의 표시입니다. 받아두시길."

"아니, 저야 해야 할 일을 했을 뿐인데, 뭘 이런 것을……."

압둘 무하드는 그렇게 말하며 겸양했지만 싫지는 않은 듯, 나무 상자를 받아 옆에 내려놓았다. 그것을 흐뭇한 표정으로 바라보던 루세츠는 은근한 어조로 다시 이야기를 건넸다.

"이제 저희와 동맹의 언약을 맺어주실 것이 확실하니 걱정을 덜었습니다만, 아직 제게는 걱정이 한 가지 남아 있습니다."

"일이 잘 풀려서 좋으실 텐데, 또 무슨 걱정이……?"

압둘 무하드의 물음에 루세츠는 짐짓 긴 한숨을 내쉬었다. 그것을 본 압둘 무하드가 의아한 표정을 더욱 짙게 하자, 그제야 루세츠는 어두운 표정으로 본론을 꺼냈다.

"사실 제가 할 일은 폐하께 확실한 언질을 듣고 돌아가 저희 황제 폐하께 보고 드리는 것, 그것으로 끝입니다. 하지만 제가 걱정인 것은 귀국의 군부에서 너무 많은 병력의 손실을 두려워한 나머지 동맹 협정의 조인식 때 많은 병력의 파견하겠다는 약조를 저어하지 않을까 싶어……."

"하하하, 그런 것을 생각하고 계셨습니까!"

압둘 무하드가 크게 웃으며 대꾸했다. 루세츠가 그를 물끄러미 바라보자, 압둘 무하드는 믿으라는 듯 자신의 가슴을 팡팡 치며 큰소리를 쳤다.

"걱정 마시길 바랍니다. 저는 하렘의 세 번째 아들, 압둘 무하드 하타리입니다. 그리고 군부의 요직에 앉아 있는 이들 대부분이 하렘의 자손들, 즉 제 형제들입니다. 제가 힘을 써볼 테니, 그것만큼은 염려놓으셔도 됩니다."

"그렇게 말씀하시니 마음은 놓입니다만……."

루세츠가 약간은 안도했지만, 그래도 어딘가 불안한 구석이 남아 있는 표정으로 대답했다. 압둘 무하드는 느긋한 표정으로 이야기를 이어나갔다.

"게다가 귀국이 약조한 조건을 확실히 얻어내기 위해서는, 이쪽에서도 그만한 대가를 치르지 않으면 안 되겠지요. 사우스그레이 평원의 확보는 척박한 이 땅을 개척하신 선대 때부터 염원하던 숙원, 저희 폐하께옵서도 그것을 바라 마지않고 있습니다."

"그러시군요. 그 말씀에 이 루세츠 폰 엔트레아, 한시를 놓았습니다."

자신의 말처럼 될 것을 확신하는 압둘 무하드의 말투에 그제야 루세츠가 완전히 안도한 표정으로 대답했다. 마치 자신의 걱정이라도 덜어진 양 흐뭇한 미소를 지으며 루세츠를 바라보던 압둘 무하드는 다시 찻잔을 집어 들며 화제를 돌렸다.

"그런데 명성 높은 제7기사단장, 로엔 리스나르트를 일개 호위로 딸려 보낼 줄은 생각조차 못했습니다. 어디, 제게도 그분을 뵐 수 있는 영광을 주시겠습니까?"

"영광이랄 것까지도 없습니다. 제딘님의 교육으로 뛰어난 능력을 보이고 있습니다만, 아직 치기 어린 청년일 뿐이거든요."

그렇게 말한 루세츠는 압둘 무하드가 뭐라 하기도 전에 자리에서 일어나 그를 바라보았다.

"그럼 말씀하신 대로, 리스나르트 군을 만나는 영광을 받으러 가볼까요?"

　한편, 밖에서는 모하메드와 로엔을 비롯한 사절단의 나머지 구성원들이 대화를 나누고 있었다.

　"오오, 대륙 최강의 검사, 듀크 오브 소드 마스터와 검을 섞어보셨단 말입니까!?"

　로엔의 이야기를 듣는 모하메드의 눈은 평소 꿈에 그리던 연인을 만난 것만큼 몽롱하게 반짝였다. 좀 께름칙한 표정으로 거기에 고개를 끄덕여 주며 로엔은 워프 게이트 파괴 공작에 가담했을 때의 이야기를 계속했다.

　"아아. 결국 내 패배로 끝났지만, 나도 어느 정도까지는 이스카를 몰아붙일 수 있었어."

　"그때의 상황을 좀 더 자세히……."

　모하메드의 채근에 로엔은 고개를 끄덕이며 자리에서 일어났다.

　"이건 아무래도 직접 몸으로 보여주면서 설명하는 것이 좋겠군. 체시아, 이스카 역을 부탁해도 될까?"

　"좋을 대로."

　안 듣는 척하고 있었지만, 실제로는 궁금해하고 있던 참이라 체시아는 순순히 고개를 끄덕이며 앞으로 나왔다. 로엔은 그녀를 마주 보고 선 상태에서, 체시아에게 이것저것 지시를 내리며 그때의 상황을 설명해 나갔다.

　"내가 이스카보다 유리한 것은 단 한 가지, 검의 속도뿐이었어. 체시아, 검을 위에서 아래로 내려쳐 봐. 어, 그래, 그렇게. 이렇게 이스카가 내려친 검을 내가 무릎을 살짝 굽히며 비스듬히 막았거든. 그 다음에―"

로엔은 체시아가 내려친 검을 위로 밀어냈다. 그 반동으로 체시아가 밀려나는 틈을 타, 로엔은 굽혔던 무릎의 탄력으로 앞으로 튕겨 나가며 그리 빠르지 않은 동작으로 체시아의 코와 윗입술 사이, 인중에 검을 들이댔다.

"이렇게 했지."

"오오!"

모하메드는 감탄하며 박수를 몇 번 쳤다. 그러다가 로엔이 말했던 '내 패배'라는 말에 생각이 미친 듯 고개를 갸웃하며 물었다.

"그래서 이스카는 어떻게 했어요? 지금 상황으로 봐선 리스나르트 님의 승리로 보이는데."

그 말에 로엔은 쓴웃음을 지으며 검을 거두고는 고개를 끄덕였다.

"나도 그 상황에서는 그렇게 생각했는데, 이스카는 어이없게도 튕겨 올라간 팔을 억지로 끌어내려 검의 방향만 살짝 비껴냈어. 이스카야 잘 알려진 대로 '불변'의 육체를 갖고 있으니, 내 검이 스쳐 지나가 봤자 생채기 하나 나지 않았지."

"그 말을 하는 너도 '불변'이잖아."

로엔의 말에 뒤이어, 체시아가 퉁명스러운 어조로 덧붙였다. 그 말이 불쾌했는지 로엔은 체시아를 무서운 표정으로 노려보다가, 적지에서까지 분란을 일으킬 수는 없다고 생각한 듯 고개를 돌리며 툭 한마디를 던졌다.

"방금 전 검을 들이댔을 때 찔러 버렸어야 했는데……."

그때 모하메드가 호기심 가득한 표정으로 로엔에게 물었다.

“리스나르트님도… 불변? 그게 정말입니까?”

로엔은 말없이 가만히 있다가, 내키지 않는 듯한 표정으로 긍정했다.

“아아. 하지만 내 앞에서 더 이상 그 이야기는 말아줬으면 좋겠군.”

“네, 그러겠습니다.”

트라우마라도 있는 모양이라고 생각하며 모하메드는 고개를 끄덕였다. 그러다가 화제를 돌리듯 재차 로엔에게 물었다.

“그래서 그 다음은 어떻게 되었습니까? 그걸로 이스카를 제압하지 못해서, 결국……”

“아, 그 이야기를 하던 중이었지. 그 말대로 이스카의 본실력에 난 그가 휘두른 겨우 세 번의 검을 막지 못하고 결국 검을 놓쳤어. 이스카가 한 번만 더 검을 휘두르면 게임 셋. 그대로 작전 종료될 상황이었지.”

거기까지 말한 로엔은 모하메드를 돌아보았다. 그는 흥미진진한 얼굴로 로엔의 다음 이야기를 기다리고 있었다. 하지만 그 기대를, 로엔은 어깨를 으쓱하는 것으로 잔인하게 짓밟았다.

“이야기는 여기까지. 더 해주고 싶지만, 이 다음 이야기엔 내 비장의 수단이 나오기 때문에 말해 줄 수가 없어.”

“에에, 그런 게……”

“나도 그 뒤를 듣고 싶었는데, 아쉽군.”

모하메드가 부루퉁한 얼굴로 항의하려 하는데, 그 뒤에서 중후한 목소리가 들려왔다. 깜짝 놀란 로엔이 돌아보니, 루세츠가 압둘 무하드와 함께 하렘의 계단 위에 서 있었다.

"형님……!"

모하메드가 반가운 얼굴로 압둘 자하드를 불렀다. 같은 하렘의 자식들이라도 그 교류가 자주 이루어지지는 않는 모양이었다. 압둘 자하드는 평소 그대로의 복장으로 서 있는 로엔을 흘낏 바라본 뒤, 모하메드에게로 시선을 돌렸다.

"오래간만이구나, 모하메드. 한 달 만이던가?"

"네. 가까이에 계시면서 얼굴을 비치지 않는다며 알리 큰형님이 많이 서운해하셨습니다."

"큰형님이 그리 여기고 계셨다니, 내일이라도 당장 찾아뵈어야겠구나."

공손히 답하는 모하메드에게 웃으며 대꾸한 압둘 자하드는 다시 로엔에게 고개를 돌리며 말을 건넸다.

"금속성이 감도는 은빛 망토에 금발, 홍안. 혹시 귀하께서 로엔 리스나르트님이십니까?"

"네, 그렇습니다."

공손히 건네오는 말에 함부로 하지 못하고, 로엔은 급히 자세를 바로잡으며 압둘 무하드에게 대답했다. 품평하듯 그를 위아래로 훑어본 후 크게 고개를 끄덕인 압둘 무하드는 웃으며 다시 로엔에게 말했다.

"명성은 익히 듣고 있었습니다. 전 이곳, 라비니어스의 외교부 장관을 맡고 있는 압둘 무하드 하타리라고 합니다."

"로엔 리스나르트입니다. 별 대단할 것도 없는 사람을 높게 평가해 주시니, 그저 감사할 따름입니다."

사교성이 다분히 들어간 대화가 로엔과 압둘 무하드 사이에서 오갔다. 로엔과 악수를 나눈 압둘 무하드는 아까 로엔이 하다 만 이야기가 궁금한 듯 물었다.

"그런데 이스카의 검에 검을 놓친 후의 이야기가 굉장히 궁금합니다만……."

그 물음에 로엔은 난색하며 대꾸했다.

"죄송합니다. 아까 모하메드에게도 말했다시피, 그 부분을 설명하려면 제가 가진 마지막 비장의 한 수가 나와야 하기 때문에 말씀드릴 수가 없습니다. 그 부분을 빼고 설명을 드리자면, 그 한 수에 이스카가 실신했다, 라는 정도로밖에는 설명이 되지 않는군요."

압둘 무하드는 입맛을 다셨다. 그도 그럴 것이, 로엔의 설명은 매우 멋진 연주를 하던 중 절정 부분에서 갑작스럽게 그만둔 것이나 마찬가지였던 것이다. 하지만 본인이 비장의 한 수라 고사하고 있는데 억지로 물어볼 수도 없는 일이라, 압둘 무하드는 고개를 끄덕일 수밖에 없었다.

"어쩔 수 없지요. 검으로는 당해낼 자가 없다는 그 이스카 폰 블릭스를 단 한 수에 실신시킬 정도로 강력한 기술이 무엇인지 견식해 보고 싶었는데… 다음에라도 기회가 닿기를 바랄 수밖에요."

"이해해 주셔서 감사합니다."

로엔은 깊이 고개를 숙였다. 그때, 문득 생각났는지 모하메드가 박수를 한 번 치며 루세츠를 바라보았다.

"그러고 보니 제가 첫날 식사를 대접하고 싶다고 초청했었는데, 그때 백작 각하께서 피곤을 이유로 거절하셨죠. 그래서 말씀드리는 것입니다만, 지금 다시 한 번 같은 요청을 해도 실례되지 않겠습니까?"

정중히 형식은 갖췄지만, 얼굴에 기대를 한껏 담은 채 바라보고 있는 모하메드의 요청에 루세츠는 미소를 금치 못했다. 결국 루세츠는 고개를 끄덕여 모하메드의 요청을 승낙했다.

"이렇게까지 하시는 데야 거절할 도리가 없군요. 알겠습니다. 청을 받아들이도록 하겠습니다."

모하메드의 얼굴이 환하게 밝아졌다. 그는 다시 한 번 박수를 친 후 그의 형, 압둘 무하드를 돌아보았다.

"형님도 가시겠지요?"

"그럼 날 빼놓을 생각이었더냐. 감히 이 형님을 빼놓을 생각을 하다니, 많이 컸구나."

압둘 무하드가 짐짓 근엄한 표정으로 대꾸하자, 모하메드는 장난기 어린 얼굴로 손바닥을 마주 댔다.

"그럴 리가요. 어찌 형님을 생각하지 않겠습니까."

그렇게 말하고는 다시 루세츠를, 그리고 로엔을 돌아보며 말했다.

"그럼 가시죠. 라비니어스 어디에서도 먹을 수 없는 최고의 요리를 선보여 드리겠습니다."

마차로 약 한 시간 정도를 달려간 루세츠 일행은 모하메드의 저택에 도착했다. 마차의 문을 열고 내리며, 루세츠가 저택의 경관에 감탄을 표했다.

"오호… 과연 하렘의 자손다운 저택이군요."

웅장한 아크 형 정문과 넓은 정원을 사이에 두고 라비니어스 특유의 아름다운 저택이 그곳에 서 있었다. 입구에 새겨진 마노석 드래곤 조각과 바닥의 하얀 대리석이 찬연하게 빛나는 가운데 높게 솟은 저택은 둥근 첨탑형 지붕으로 마무리가 되어 있었다.

루세츠의 감탄에 모하메드는 어깨를 으쓱했다.

"뭐, 별거 아닙니다. 하렘에 그 이름을 두고 있는 자라면 누구나 이 정도는 가지고 있으니까요."

루세츠는 고개를 끄덕이며 빙긋 웃었다. 그때, 루세츠에 뒤이어 마차에서 내린 압둘 무하드는 별 감흥 없는 표정으로 모하메드에게 일렀다.

"손님을 초대했으면 얼른 안으로 모셔야지 뭘 하는 거냐. 범절에 서투른 것을 보니, 아직 공부가 덜 된 모양이구나."

부드러운 꾸짖음에 모하메드는 아차 하는 표정으로 그의 형을 돌아보았다.

"아, 죄송합니다, 형님."

그렇게 답하고는, 모하메드는 다시 루세츠를 돌아보며 빙긋 웃었다.

"서 있으시게 해서 죄송합니다. 그럼 안으로……."

"네, 감사합니다. 에션트 군, 가세."

루세츠는 고개를 끄덕이고는 프란, 압둘 무하드와 함께 먼저 앞으로 걸음을 옮겼다. 모하메드는 때마침 건물에서 마중 나오는 하인을 불렀다.

"부르셨습니까."

하인이 와서 고개를 숙이자 모하메드는 아직 뒤에 서 있는 로엔 일행을 흘깃 돌아본 다음 하인에게 일렀다.

"오늘은 손님들이 식사를 함께 하실 것이다. 먼 곳에서 오신 귀하신 분들이니, 자네는 얼른 달려가 요리사에게 최고의 요리를 준비하라 이르게. 그간 창고에 보관했던 어떤 재료를 써도 상관없네."

"알겠습니다."

하인은 다시 고개를 숙이며 대답하고는 저택으로 달려갔다. 만족스러운 표정을 지으며 모하메드는 말과 마차에서 내려 그를 바라보고 있는 로엔 일행을 돌아보았다.

"말과 마차는 하인들을 시켜 들여놓도록 할 테니, 우리도 들어가기로 하죠. 맛있는 식사가 기다리고 있습니다."

"그러지."

며칠 전부터 모하메드에게 말을 놓고 있는 로엔이 고개를 끄덕이며 앞으로 나섰고, 모하메드는 얼른 그에 보조를 맞추며 로엔의 옆에서 걸어갔다. 그 뒤를, 최근 찬밥 신세를 면치 못하고 있는 카렌과 체시아, 아라엘이 뒤따랐다.

"어떠십니까? 저희 집을 보신 소감이?"

"글쎄… 난 예술 쪽은 잘 몰라서……."

로엔이 짤막하게 대꾸했다. 칭찬을 기대했는지 모하메드가 풀 죽은 표정을 짓는데, 그 뒤에서 대답이 돌아왔다.

"이 건축 양식, 알고 있습니다. 300년 전, 건축 예술과 설치 예술에 한한 한 대륙에서 따라올 자가 없다던 라비니어스의 예술가, 마스터 타바스크의 작품 아닙니까?"

"어, 알고 계셨습니까?"

기대하고 있던 대답이었는지 모하메드가 표정을 환하게 밝히며 뒤를 돌아보았다. 아라엘은 고개를 끄덕여 준 후, 다시 한 번 건물의 전

경을 훑어보며 말을 이었다.

"타바스크는 생전에 많은 건물의 설계를 했습니다. 그런데 그 모든 건물에서 빠지지 않는 특징이 하나 있는데, 그것이 바로 저 둥글면서도 급경사로 하늘로 치솟아오르는 첨탑 양식입니다. 타바스크 양식이라고도 불리는 걸로 알고 있는데……."

"그 말씀이 맞습니다. 이 건물은 마스터 타바스크가 마법사 데이탄 헬마스터의 도움을 받아 지었다 전해지는 건물이죠."

'데이탄 헬마스터' 라는 이름에 로엔이 움찔했다. 그것을 눈치 챘는지, 모하메드가 의아한 표정으로 로엔을 돌아보았다.

"로엔님? 무언가 불편한 것이라도……?"

로엔은 고개를 저었다.

"아니, 아무것도. 그런데 한 가지만 묻지. 내가 잘못 들은 것이 아니라면, 데이탄 헬마스터라고 했던 것 같은데……."

"네, 그렇습니다만."

모하메드가 긍정하자, 로엔은 낮게 신음을 흘리며 다시 모하메드에게 물었다.

"그 데이탄 헬마스터라는 존재에 대해, 혹시 자세히 알고 있는 게 있나?"

"으음……."

모하메드는 잠시 생각에 잠겼다가, 이내 고개를 저으며 답했다.

"모르겠는데요. 뛰어난 마법사라는 것을 빼면, 알려진 것이 전혀 없어서……."

"그런가……."

로엔이 다시 낮게 신음을 흘리며 대꾸하는데, 체시아가 끼어들어 로엔에게 물었다.

"그런데 그 데이탄 헬마스터라는 존재는 왜?"

"아아, 내 몸을 이렇게 만든 존재, 그가 바로 데이탄 헬마스터다."

"뭐!?"

로엔의 대답에, 그 자리에 있던 모두가 경악하며 로엔을 바라보았다. 그것에 별로 개의치 않는지, 로엔은 한숨을 내쉬며 한마디를 더 덧붙였다.

"이것도 아는지 모르겠군. 듀크 오브 소드 마스터 이스카 폰 블릭스를 불변으로 만든 자도 데이탄 헬마스터다."

"그, 그럴 리가! 인간이 어떻게 300년이 넘는 세월을……."

불신의 빛이 가득한 얼굴로 아라엘이 소리쳤다. 그 외침에 로엔은 코웃음 치며 계속 말을 이었다.

"흥… 이스카 폰 블릭스도 300년이 넘는 세월을 살아왔어. 마법의 아버지라 불리는 아스나트 이프론, 그 역시 세이레인의 역사와 맞먹을 정도로 긴 세월의 터널을 뚫고 아직까지도 존재하고 있는 사람이고."

거기까지 말한 로엔은 말하고 싶은 것은 그게 아니라는 듯 세차게 고개를 저었다.

"쓸데없는 소리를 지껄였군. 아무튼 내가 알고 싶은 것은 데이탄 헬마스터, 그의 정체가 무엇이며, 주 활동 무대가 어디인가 하는 거야. 그는 이스카의 검에 심장을 꿰뚫려 사망했음에도 불구하고 지금까지 버젓이 살아 돌아다니고 있는 데다, 그가 사용한 지옥계 시간 고정 마법, '불변'은 마법의 탑이나 아카데미 따위에서 전수받을 수 있는 마법이 아니야. 물론 고문헌이나 서적에도 그 흔적이 남아 있지 않지. 그렇다면 남은 가능성은……."

"신·마계 마법인가."

카렌이 신음하듯 대답했다. 로엔은 고개를 끄덕였다.

"그럴 가능성이 높지."

그러다가 로엔은 문득 생각이 미친 듯 카렌을 돌아보며 물었다.

"카렌."

"응?"

카렌이 의아한 표정으로 그를 바라보자, 로엔은 진지한 어조로 물었다.

"아스나트 이프론이 준 마법서, 그거 아직 가지고 있냐?"

"응. 그런데 그건 왜… 아!"

정말로 궁금한 듯 대꾸하던 카렌은 로엔의 의도를 알아챈 듯 박수를 치며 탄성을 질렀다. 로엔은 고개를 끄덕이고는, 다시 문으로 걸음을 옮기며 이야기를 계속했다.

"이프론은 분명히 거기에 신·마계 마법이 적혀 있다고 그랬지. 그렇다면……."

로엔은 상아색의 손잡이를 강하게 붙잡았다.

"있을지도 몰라. 데이탄 헬마스터를 추적해 낼 단서가……."

로엔은 그렇게 말한 뒤 문을 열었다. 화려한 외장과는 달리 깔끔하고 간결한 저택의 내부가 주인의 취향을 반영해 주고 있었다. 거실 한가운데에 루세츠와 프란, 압둘 무하드가 서 있는 것을 본 모하메드는 황급히 로엔의 앞으로 나섰다.

"조금 늦었구나."

"네. 리스나르트님을 비롯한 다른 분들과 이야기를 나누느라 늦었습니다. 죄송합니다."

압둘 무하드의 질책에 모하메드가 고개를 숙이며 사과했다. 짐짓 엄한 표정으로 동생을 바라보던 압둘 무하드는 이내 입가에 잔잔한 미소를 띠며 모하메드에게 일렀다.

"어서 손님들을 안내하거라."

"예, 형님. 백작 각하, 기다리게 하셔서 죄송합니다."

"아니, 괜찮습니다."

모하메드의 사과에 루세츠가 웃으며 답하자 모하메드는 안도의 한숨을 쉬었다.

"감사합니다. 그럼, 이리로."

예의에 어긋남이 없는 정중한 태도로 모하메드는 루세츠 일행을 식당으로 안내했다. 그 모습을 바라보던 루세츠가 흐뭇한 미소를 지으며 동생을 바라보는 압둘 무하드에게 말을 걸었다.

"저런 예의 바른 동생을 두어서 흐뭇하시겠습니다."

"네, 아직 어린 티를 못 벗어 경망스럽기는 하지만, 키우는 보람이 있는 녀석입니다."

그렇게 대꾸한 압둘 무하드는 스스로도 쑥스러운 듯 어깨를 으쓱했다. 루세츠는 담담히 웃고는, 앞장서 걸어가는 모하메드의 등으로 시선을 돌렸다.

"가족이 있다는 것은 좋은 일이죠."

"루세츠님의 가족은……?"

압둘 무하드가 묻는 순간, 루세츠의 표정이 사납게 변했다가 원래의 표정을 되찾았다. 감정의 격랑이 있었다고는 상상조차 되지 않는 담담한 표정으로 루세츠는 압둘 무하드를 바라보았다.

"봄에 있었던 세이레인의 침략에 모두 유명을 달리했습니다."

"이, 이런, 제가 실례를……."

"아닙니다. 개인적인 일일 따름인걸요. 신경 쓰지 않으셔도 됩니다."

루세츠는 괜찮다는 듯 웃었지만, 압둘 무하드는 루세츠가 순간적으로 지었던 살기 충만한 표정을 떠올리며 가볍게 몸을 떨었다.

모하메드를 따라 이동한 루세츠 일행은 곧 식당에 도착했다. 넓은 방 가운데에 깨끗한 면포를 덮은 탁자가 놓여 있는 식당은 거실과 마찬가지로 특별한 장식이 없이 간결했다. 탁자 위에 놓인 다섯 개의 은 촛대만이 여기가 상류층의 식당이라는 것을 알리고 있을 뿐이었다.

"백작 각하께서는 이 자리로……."

"네. 감사합니다."

모하메드가 상석 오른쪽 자리의 의자를 빼내 루세츠에게 권했다. 상석이 아니라는 것에 로엔을 비롯한 다른 사람들은 당혹해했지만, 루세츠는 담담히 웃으며 모하메드가 권하는 대로 그 자리에 앉았다. 모하메드는 루세츠의 맞은편 자리를 그의 형, 압둘 무하드에게 권한 후 차례차례로 의자를 빼내 모두에게 권했다.

"라비니어스는 토라와 비슷하면서도 다르다네."

모두가 자리에 앉았을 때, 루세츠가 지나가는 말처럼 불쑥 한마디를 꺼냈다. 모두의 시선이 루세츠에게로 집중되자, 그는 양 팔꿈치를 탁자에 괴며 설명을 계속했다.

"이곳의 예절은 토라와 좀 달라서, 황제 폐하와 부모님, 스승님이 아닌 이상 초대받은 사람이 누구라도 주인이 상석에 앉는 것이 법도라네."

그렇게 말한 루세츠는 모두의 자리를 지정해 준 후 상석에 앉는 모하메드를 돌아보았다.

"일행이 이곳의 법도를 잘 모르는 탓에 제가 여기에 앉는 것을 당혹해하기에 설명하였습니다. 실례인 것은 알지만, 양해 바랍니다."

"아니, 괜찮습니다."

모하메드는 빙긋 웃었다. 루세츠는 고개를 끄덕인 후 다시 모하메드에게 이야기를 건넸다.

"환영해 주신 것만으로도 고마운데, 식사까지 대접해 주시니 몸 둘 바를 모르겠습니다. 여기 있는 일행을 대표해, 진심으로 감사드립니다."

"그렇게 말씀해 주시니, 초대한 보람이 있어 기쁨을 느낍니다. 부디 마음 편히 이 시간을 즐겨주시기 바라겠습니다."

한 차례 덕담이 오가는 동안, 옷을 단정하게 차려입은 하인들이 전채 요리를 내어왔다. 그것은 맑은 야채 수프로, 야채 수프 특유의 향긋한 냄새가 풍기고 있었다. 수프 접시가 모두의 앞에 놓이자, 모하메드가 양팔을 밖으로 펼치며 모두에게 권했다.

"부디 즐거운 식사 시간이 되시길 바라겠습니다."

그 말에 루세츠를 필두로, 그 자리에 있는 모두가 스푼을 들었다. 수프를 한 입 떠 맛을 본 루세츠가 그 맛에 감탄하며 모하메드에게 말했다.

"과연 말씀하신 대로 맛이 그만이군요. 이거, 혹시 엘라메르를 사용한 것 아닙니까?"

"오오, 아시는군요. 한 번 맛을 보시고 바로 알아내시다니, 감탄했습니다."

모하메드는 루세츠가 수프의 재료를 바로 알아맞히자 놀란 어조로 대답했다. 루세츠는 웃으며 수프를 한 수저 더 뜨며 이야기를 계속했다.

"아톤 산맥 남동쪽의 다크 포레스트에서만 난다는 귀한 향초 아닙니까. 과거 세이레인에서… 컥!"

순간 루세츠가 목을 붙잡더니, 피를 토하며 바닥에 쓰러졌다. 갑작스런 상황에 다들 황급히 자리에서 일어났다가, 모하메드와 압둘 무하드, 로엔을 제외한 모두가 루세츠와 마찬가지로 피를 토하며 바닥에 쓰러졌다.

"크윽……."

"백작 각하!"

황급히 루세츠를 붙잡아 상태를 살핀 로엔은, 상황을 파악한 듯 루세츠를 눕히고 황급히 카렌에게 다가가 캐스팅했다.

"아쿠아 · 퓨리피케이션(Aqua · Purification)."

카렌의 몸에서 잠시 빛이 나는가 싶더니, 입가를 피로 더럽힌 채 쓰러져 있던 카렌이 정신을 차리며 일어났다.

"으윽… 도대체 이게……?"

"시간이 없어. 다른 사람들의 해독을 먼저……."

그렇게 말하고 일어난 로엔은 자리에서 일어나 어쩔 줄 몰라 하는 모하메드를 노려보았다.

"네놈이 감히… 크윽!"

순간 로엔은 머리를 수백 개의 바늘로 찌르는 듯한 통증에 비틀거리며 그 자리에 무릎을 꿇었다. 그 모습을 본 모하메드가 황급히 로엔을 부축해 일으켰다.

"로엔님, 괜찮으십니까?"

"저리 꺼져!"

모하메드를 거칠게 뿌리친 로엔은 비틀거리면서도 억지로 몸을 일으켰다. 살기를 가득 담아 일그러진 얼굴로 로엔이 검을 뽑아 들었다.

"너희들… 이러고도……."

"아쿠아 · 퓨리피케이션!"

캐스팅을 마친 카렌의 외침이 식당을 울렸다. 잠시 그쪽을 흘낏 바라본 로엔은 검을 앞으로 내밀며 다시 모하메드를 노려보았다.

"이따위 짓을 꾸미고도 살아남기를 바라느냐!"

모하메드는 당황한 표정으로 로엔을 바라보았다. 정말로 아무것도 모르는 것 같은 태도에 로엔은 압둘 무하드로 시선을 옮겼지만, 압둘 무하드 역시 갑작스런 상황에 당혹한 듯 모하메드를 바라보고 있을 뿐이었다.

"이 녀석, 이게 대체 무슨 짓이냐!"

"저, 저도 모르겠습니다. 이게 대체 어떻게 된……."

그렇게 대답한 모하메드는, 밖을 바라보며 크게 소리쳤다.

"거기, 누구 아무도 없느냐!"

“부르셨… 아니, 이건 도대체…….”

야채 수프를 날라 왔던 하인이 식당 안의 상황에 당혹한 표정으로 말을 더듬었다. 모하메드는 미심쩍은 표정으로 그를 바라보다, 이내 다급한 표정으로 명령을 내렸다.

“창고의 응급 해독제를 가져와라, 빨리! 그리고 현재 집 안에 있는 모든 사람들을 거실에 모아라! 잠시라도 지체했다간 네놈의 목이 날아갈 것이다!”

“알겠습니다!”

모하메드의 명령을 받은 하인은 황급히 밖으로 뛰어나갔다. 그 모습을 본 로엔은 다시 검을 꽂아 넣고는 싸늘한 표정으로 압둘 무하드를 바라보았다.

“사절단의 호위를 책임진 사람으로서, 이 일이 누가 사주한 것인지 밝혀내야겠습니다. 협조를 부탁드립니다.”

“그러겠네. 독살이라니, 이런 불미스러운 일이 일어날 줄은…….”

압둘 무하드는 침중한 표정으로 고개를 끄덕이고는 모하메드를 바라보았다.

“하렘의 자손의 집에서 이런 일이 일어나다니, 이는 라비니어스의 수치다! 나는 이를 폐하께 상주하러 갈 테니, 너는 리스나르트님을 도와 사절단 분들을 이렇게 만든 자들이 누구인지 반드시 밝혀내도록 해라!”

“알겠습니다.”

모하메드가 이를 부드득 갈며 대답했다. 준엄한 표정으로 모하메드에게 지시를 내린 압둘 무하드는 다시 로엔을 돌아보며 말했다.

“저는 이 일을 폐하께 상주해야 하니, 먼저 가보도록 하겠습니다. 배후가 누구라 하더라도, 반드시 찾아내어 그 대가를 치르도록 하겠습니다.”

“부탁드립니다.”

로엔은 고개를 끄덕였고, 압둘 무하드는 총총걸음으로 식당을 빠져나갔다.

얼마의 시간이 지난 후, 정화 주문의 효과가 나타나기 시작했는지 프란을 필두로 사람들이 하나둘 깨어나기 시작했다.

“으음…….”

피를 토한 탓인지 멍하게 울려오는 머리를 붙잡으며 프란이 신음하자, 로엔이 그를 부축해 일으켰다.

“괜찮아요?”

“아아, 괜찮아.”

로엔의 부축에 의지해 일어난 프란은 잠시 고개를 세차게 흔든 후 대답했다. 로엔은 안도의 한숨을 내쉬며, 차례차례 깨어나 침대에 앉는 다른 사람들을 바라보았다. 체시아와 아라엘은 깨어났지만, 루세츠만이 아직 정신을 차리지 못하고 있었다. 로엔을 따라 방 안을 둘러보고 대충 상황을 파악한 프란은 걱정스러운 표정으로 혼절해 쓰러진 루세츠를 바라보았다.

“백작 각하가…….”

그렇게 뇌까리던 프란은 어떻게 해서 모두들 쓰러졌던 것인지 생각난 듯, 얼굴을 사납게 일그러뜨리며 고개를 돌렸다.

"네놈들이 감히 백작 각하를……!"

"진정해요!"

문 가에 서서 안절부절못하는 모하메드에게로 달려들려는 프란을 로엔이 황급히 제지했다.

"내가 지금 진정할 수 있을 것 같냐! 납치에, 독에, 어떻게 된 게 이놈의 나라는……! 크윽!"

거기까지 말하던 프란은 다시 엄습해 오는 두통에 비틀하더니 결국 침대에 주저앉았다. 로엔이 황급히 프란의 상태를 살피는데, 이제야 완전히 정신을 차렸는지 체시아가 싸늘한 표정으로 모하메드를 바라보았다.

"이게 어떻게 된 일인지, 들어도 되겠습니까?"

모하메드는 난처한 표정으로 뒤통수를 긁었다.

"그게, 저도 모르겠습니다. 저는 그냥 여러분께 식사를 대접하고 싶었을 뿐인데, 이런 일이 생기다니 초대한 사람으로서 참 난처하기 그지없습니다. 일단 이런 불미스러운 일을 겪게 한 점, 주인으로서 사과드립니다. 더불어 흉수가 누군지 밝혀, 그 어떤 누구라 하더라도 그 죄값을 받도록 할 것을 약속드립니다."

"흥……."

연신 고개를 숙이는 모하메드를 본 체시아는 낮게 코웃음 쳤지만, 더 이상 거기에 대해 추궁하지는 않았다. 잠시 초조한 표정으로 방 안을 둘러본 모하메드는, 가시밭에 서 있는 마냥 안절부절못하다 결국 밖에 크게 소리쳐 불렀다.

"거기 아무도 없는가!"

“부르셨습니까.”

식당에서 식기를 날르던 하인이 아닌 다른 하인이 와서 정중히 고개를 숙였다. 그 모습에 모하메드는 정말로 화가 난 듯 붉어진 얼굴로 하인에게 호통 쳤다.

“내가 창고의 해독제를 가져오고, 모든 하인을 집 안에 모으라고 한 지가 언제인데 아직까지 보고를 하지 않는가!?”

“네?”

하인이 의아한 표정으로 반문했다. 그런 명령은 듣지도 못했다는 듯한 그의 모습에 모하메드는 어딘가 일이 틀어진 곳이 있음을 직감했다.

“지금 당장 모든 하인들을 거실에 불러 모으고, 너는 창고로 달려가 위급할 때 사용하는 임시 해독제를 가져와라! 어서!”

모하메드의 외침에 하인은 황급히 고개를 숙이고는 밖으로 뛰어나갔다. 뒤에서 그 모습을 바라보고 있던 로엔이 이를 갈았다.

“배후가 있는 것인가.”

“그런 것 같습니다.”

다시 로엔 쪽으로 몸을 돌리며, 모하메드가 어두운 얼굴로 대답했다.

“일단 모든 하인을 모으라 명령을 내려두었으니, 그들을 심문하면 누가 범인인지 알 수 있을 것입니다.”

“하지만 일개 하인이 이런 일을 혼자서 저지를 것이라고는 생각할 수 없지.”

로엔의 말에 모하메드는 고개를 끄덕였다.

“그렇습니다. 그렇기에 일단 범인이 잡히면, 어떤 수를 써서라도 배후가 누구인지를 알아낼 것입니다. 이런 악랄한 독수를 쓴 자가 누구인지 밝혀내기만 한다면, 폐하께 아뢰어 기필코 그에 걸맞는 처벌을 받게 할 것입니다."

"…아닐세. 그렇게 하면 안 돼."

느닷없이 들려온 목소리에 모두의 시선이 방 오른쪽, 창가 침대로 향했다.

"백작 각하!"

힘들게 몸을 일으키는 루세츠를 바라보며 프란이 밝아진 표정으로 외쳤다. 루세츠는 가슴이 답답한 듯 기침을 두어 번 하더니, 아직 독 기운이 완전히 가시지 않은 듯 괴로운 표정으로 입을 열었다.

"이번 일은, 분명히 세이레인을 지지하는 라비니어스의 일파가 저질렀을 가능성이 크네. 하지만 범인은 찾아내되, 그를 처벌하겠다고 나서서는 안 되네. 그들은 굴복시켜야 할 대상이지, 제압해야 할 대상이 아니네. 섣불리 건드렸다간 오히려 반발심만 키우게 될 것이야."

말을 마친 루세츠는 괴로운 듯 거칠게 숨을 내쉬었다. 적지 않은 나이에 중독당해, 피를 토하고 실신까지 한 것이 몸에 많은 무리를 주었던 것이다. 프란이 염려스러운 표정으로 일단 루세츠를 다시 자리에 눕혔다.

"피를 토하셨습니다. 말씀대로 하겠으니, 일단은 누워 안정을 취하십시오."

그때 하인이 하얀 병 몇 개를 올려둔 쟁반을 가지고 들어왔다. 모하메드가 그것을 받아 들고 루세츠에게로 다가가는데, 프란이 냉정하게 그것을 제지했다.

"일단, 지금 그 약을 믿을 수 있다는 보장이 없으니 마실 수 없네."

"하지만 제가 듣기로, 정화 주문은 단순히 독의 침투를 저지하는 정도라고 들었습니다. 이것은 하렘에서 자주 사용되는 해독약으로, 권력자들 간의 암투에서 자주 쓰이는 극약들을 해독할 수 있도록 만들어진 것입니다. 독수가 쓴 것이 어떤 독인지 모르기에 해독될지 아닌지는 알 수 없으나, 일단은 쓰지 않는 것보다는 나을 것입니다."

모하메드의 차분한 설명에도 프란은 고개를 가로저었다. 그때, 로엔이 앞으로 나서 쟁반에 올려진 병 한 개를 집어 들었다.

"카렌, 정화 주문 준비해."

"뭐?"

갑작스런 부름에 카렌이 고개를 갸웃했다. 하얀 자기병의 마개를 열면서, 로엔이 냉정한 목소리로 이야기를 계속했다.

"독인지 아닌지는 먹어보면 알겠지. 예전 만드라고라 엑기스로 만든 극독을 마시고도 살아남은 나니, 설사 이것이 독이라고 해도 죽지는 않을 거야. 카렌, 내가 중독 증상을 보이면 정화 주문 부탁한다."

"너, 그……!"

그러고는 미처 프란이 제지할 틈도 주지 않은 채 로엔은 그것을 한입에 넘겨 버렸다. 약이 로엔의 목젖을 타고 넘어가는 것을 망연한 표정으로 바라보던 프란은 어쩔 수 없다고 생각했는지 길게 한숨을 내쉬었다.

로엔이 약을 마신 후 차 한 잔 마실 정도의 시간이 지났다. 로엔은 가볍게 몸 상태를 체크해 본 후, 별다른 이상 징후가 발견되지 않자 프란을 바라보며 고개를 끄덕였다.

"독은 아닌 것 같군요. 마셔도 될 것 같습니다."

"알았다."

프란은 고개를 끄덕이고는 자기병 두 개를 들어, 우선 하나를 마셨다. 약 30초 정도 기다리던 프란은 로엔의 말 그대로라 판단했는지 나머지 한 개의 병을 마개를 열어 루세츠에게 권했다.

"해독약입니다. 드십시오."

"고맙네."

루세츠는 프란이 건네는 약을 받아 조심스럽게 마셨다. 그 뒤를 이어 체시아와 아라엘, 카렌이 자기병에 든 해독약을 마셨다. 모두 한 병씩의 해독약을 마시고 난 후, 쟁반을 하인에게 돌려주며 모하메드가 물었다.

"하인들은 전부 모였느냐?"

"저… 그게…….."

그는 우물쭈물하더니, 곧 고개를 숙이며 대답했다.

"모로크와 살렘이 보이지 않습니다. 다른 이들에게도 물어보았지만, 두 시간 전부터 모습을 감췄다고…….."

"뭐야?!"

모하메드의 노호성에 하인이 움찔하며 몸을 움츠렸다. 무언가 하인에게 더 소리치려던 모하메드는 부질없다 느꼈는지 바로 루세츠를 돌아보았다.

"백작 각하, 범인으로 생각되는 이들은 달아난 듯합니다. 하지만 하인들을 심문하다 보면 뭔가 알아낼 수 있을지도 모릅니다만… 심문하시겠습니까?"

“아닙니다.”

해독약의 효과가 조금씩 나타나는 듯 루세츠가 아까보다는 약간 안정된 호흡으로 대답했다. 하지만 몸 상태가 과히 좋지만은 않은 듯, 다시 힘들게 몸을 일으키며 말을 계속했다.

“하렘의 자손의 집에서 일어난 일에 제가 어찌 관여하겠습니까. 집 안에서 일어난 일은 주인께서 맡아 처리하시는 것이 법도라고 알고 있으니, 그대로 처리하십시오.”

쉽게 말해 자신은 신경 쓰지 말고 알아서 하라는 이야기였다. 그 대답에 모하메드는 고개를 끄덕이고는, 로엔을 돌아보며 물었다.

“전 이번 일의 흉수가 누구인지, 반드시 찾아낼 생각입니다. 함께 가시겠습니까?”

“그러지.”

로엔은 간단히 고개를 끄덕이며 한 걸음 앞으로 나섰고, 뒤따라 아라엘이 로엔의 옆으로 걸어나왔다.

“저도 함께 가도록 하지요.”

“그러십시오. 다른 분들은?”

모하메드가 고개를 끄덕인 후 다른 사람들을 돌아보았지만, 프란과 체시아를 비롯한 나머지 사람들은 그다지 생각이 없는 듯 독으로 인해 나른해진 몸을 침대에 의지하고 있을 뿐이었다.

더 이상 갈 사람이 없다 판단한 모하메드는 루세츠에게 고개를 숙여 인사한 후 출구로 몸을 돌리며 말했다.

“가시죠.”

모하메드의 심문은 별 소득이 없었다. 애초에 요리사인 모로크와 당시 서빙을 담당했던 하인 살렘이 도주한 이후라 다른 하인들을 족쳐 봐야 아는 것이 있을 리가 만무했던 것이다. 결국 모하메드는 자포자기하는 심정으로 하인들에게 마지막으로 질문을 던졌다.

"오늘, 특별히 저택을 드나든 사람은 없었는가?"

하인들은 저마다 고개를 저었다. 결국 모하메드가 포기하고 로엔에게로 고개를 돌리는데, 문득 한 명이 손을 들고는 고개를 갸웃하며 말했다.

"특별한 이유로 저택을 드나든 사람은 없었습니다만, 늘 드나드는 사람이라면 있었습니다."

"그래? 말해 봐."

별로 희망을 걸지 않은 듯, 퉁명스러운 어조로 모하메드가 대꾸했다. 그는 잠시 머뭇거리더니, 모하메드의 귀가 탁 트일 만한 말을 늘어놓았다.

"일곱 번째 도련님 댁의 하인이 왔다 갔었습니다. 일곱 번째 도련님 댁에서 무언가 소식을 전해줄 때면 항상 오곤 하던 하인이었는데, 그가 다녀간 적이 있습니다."

"일곱째 형님이?"

모하메드는 귀가 탁 트이는 것을 느끼며 하인을 바라보았다. 그때, 다른 하인 한 명이 처음 말을 꺼낸 하인의 말을 부연하듯 입을 열었다.

"그러고 보니 후정원에서 그가 살렘과 뭔가 이야기를 나누는 것을 보았습니다만……."

모하메드는 로엔을 돌아보았다. 그는 무언가 짚이는 것이 있는 듯 생각에 잠긴 얼굴로 로엔에게 이야기했다.

"일곱째 형님이라면 가능성이 있습니다. 분명 세이레인의 사신이 왔을 때 가장 앞서 동맹할 것을 주창한 것이 일곱째 형님이었고, 또 전쟁 전부터 세이레인의 클라인시커 후작과 교류가 있었던 것으로 알고 있습니다."

"그렇다면 그가 사주했을 가능성이 높군요."

로엔의 말에 모하메드는 고개를 끄덕였다가, 다시 무언가 이상한 점을 느낀 듯 다시 고개를 저었다.

"하지만 이상합니다. 제가 알기로 일곱째 형님은 공명정대하며, 무를 숭상하는 분이라 당당히 무력으로 해결했으면 해결했지 결코 이런 독랄한 암수를 쓰실 분이 아닙니다."

"열 길 물속은 알아도 한 길 사람 속은 모르는 법입니다. 정황 증거가 있는 이상, 아니라고 딱 부러지게 말할 수는 없습니다."

아라엘이 냉정하게 대꾸하자 모하메드는 난처한 표정을 지었다.

"그건 확실히 그렇습니다만… 아무튼 중요한 것은 그게 아니라, 일단 달아난 두 놈을 잡아다 배후를 자백받는 일입니다. 제가 지휘하는 치안대에 수배령을 내려둘 테니, 최대한 빠른 시일 내에 잡아들일 수 있을 것입니다."

로엔은 고개를 끄덕였다. 하지만 썩 내키지 않는 듯, 팔짱을 끼며 툭 한마디를 던졌다.

"잡아들이는 것은 좋지만, 백작 각하의 말씀이… 마음에 걸리는데."

"백작 각하의 말씀… 말입니까."

모하메드가 되뇌었다.

"정황을 따져 볼 때, 백작 각하의 말씀대로 친 세이레인 성향의 일파들이 저지른 것이 맞는 것 같아. 게다가 우리가 해야 할 일은 저들을 제압하는 것이 아닌, 자율적이든 타율적이든 수긍해 협력하도록 만드는 것이고. 그 말을 생각해 볼 때, 하인들을 잡아들인다고 해도 일을 크게 벌이는 것은 그다지 좋지 않을 것 같아."

로엔의 말에 모하메드는 다시금 난처한 표정을 지었다.

"하지만 이미 셋째 형님께서, 이 일을 폐하께 아뢰러 가셨습니다만……."

그 말에 아라엘이 턱을 쓰다듬으며 생각에 잠겼다가, 이내 고개를 들고 모하메드를 바라보았다.

"그렇다면 일단 그 둘을 잡아들이시는 데만 주력해 주시기 바랍니다. 아무래도 백작 각하께 이 일을 보고드린 후에야 앞으로 어떻게 대응할지를 결정할 수 있을 것 같군요."

"알겠습니다. 말씀하신 대로 시행하도록 하겠습니다. 그럼 전 치안대에 명령을 내리러……."

모하메드는 고개를 끄덕이고는, 총총걸음으로 저택을 빠져나갔다.

로엔에게서 심문 결과를 전해 들은 루세츠는 낮게 신음을 흘리며 생각에 잠겼다.

"흐음……."

"어떻게 하실 생각이십니까?"

프란이 나직한 어조로 물었다. 루세츠는 다시 한 번 신음을 흘린 후, 턱을 쓰다듬으며 입을 열었다.

"일을 크게 만들어서 이쪽에 유리할 것은 없는데… 어쩔 수 없는 가."

그러고는 다시 생각에 잠겼던 루세츠가 로엔을 돌아보았다.

"리스나르트 군, 하렘의 일곱 번째 자식이라 했던가?"

"네, 그렇습니다."

로엔의 긍정에 루세츠는 긴 한숨을 흘렸다.

"후우, 라비니어스 최강의 전사가 상대라… 골치 아프게 되었군."

"뇌신에게 축복받은 자, 하산 엘로힘 하타리를 말씀하시는 것입니까?"

"그렇다네."

프란의 물음에 루세츠는 고개를 끄덕였다. 프란 역시 골치 아프다는 듯 뒤통수를 벅벅 긁더니, 약간 짜증이 깃든 표정으로 다시 말했다.

"제딘님, 이스카 폰 블릭스와 더불어 대륙 3대 검호로 불리며 공명 정대하기로 이름 높은 자가 이런 독랄한 수를 쓰다니, 역시 소문은 믿 을 것이 못 되는 모양입니다."

루세츠는 고개를 저었다.

"섣불리 판단하긴 이르네. 정황이 그렇다고 해서 정말로 하산 엘로 힘 하타리가 배후에 있다는 보장은 없지 않은가. 그가 한 것처럼 속여 서 꾸미려는 또 다른 배후가 있는지도 모르네. 그를 통해 반사 이익을 얻으려는 무리의 소행인지도 모르고."

"그럴 가능성도 분명히 있긴 합니다만……."

프란이 말꼬리를 흐렸다. 루세츠는 지그시 웃음을 머금으며 이제 갓 외교라는 세계에 발을 들인 청년을 바라보았다.

"상대의 비겁함을 탓할 필요는 없네. 초라한 패배자들이나 상대의

부도덕을 탓하기 마련이지. 유능한 외교관이라면 상대의 암수를 역이
용하여 위기를 얼마든지 기회로 바꿀 수 있다네."

"그렇다면 루세츠님께서는 어떻게 할 생각이십니까?"

프란의 대답에 루세츠는 빙그레 웃고는, 턱을 천천히 쓰다듬었다.

"여러 가지 방법이 있지. 하지만 이미 압둘 무하드가 국왕에게 보고
를 올렸을 테니 회유책을 쓰긴 늦었고, 일단 강경하게 자극하는 것으로
해볼까."

거기까지 말한 루세츠는 로엔을 돌아보았다.

"리스나르트 군, 모하메드가 돌아오면 내가 라비니어스 외교부에 강
력히 항의하려 한다 전해주게. 어차피 일이 크게 번질 수밖에 없게 된
이상, 성대하게 해주는 것이 도리겠지."

그렇게 말하는 루세츠의 얼굴은 마치 짓궂은 장난을 생각해 낸 악동
의 웃음을 띠고 있었다.

얼마 시간이 지나지 않아, 압둘 무하드와 모하메드가 저택으로 돌아
왔다. 간단한 다과―이미 독에 대한 검사는 끝낸―를 앞에 두고, 압둘 무
하드가 루세츠에게 말했다.

"폐하께 상주한 결과, 폐하께옵서는 본국에서 이런 불미스러운 일이
일어난 데 대해 유감을 표시하셨으며, 또한 이 일을 저지른 자가 누구
인지를 철저히 밝혀내 엄벌에 처하라 하셨습니다. 더불어 백작 각하께
도 심심한 사과의 말씀을 전하라 하셨습니다."

"별것도 아닌 일에 신경 써주셔서 송구스럽습니다."

적당히 예의를 갖추어 답례한 루세츠는, 짐짓 표정을 진지하게 바꾸

며 압둘 무하드를 바라보았다.

"하온데, 심문 결과 정황적으로 하렘의 일곱 번째 아들, 하산 엘로힘 하타리께서 배후에서 사주한 범인일 것이라 판단하고 계신다 들었습니다만……."

"그렇습니다. 제 네 번째 동생이 유력한 용의자입니다. 다만 평소의 성정을 생각해 볼 때, 그 녀석은 이런 일을 저지를 만한 녀석이 아닙니다."

미간에 주름을 모으며 압둘 무하드가 답했다. 하지만 루세츠는 침중한 얼굴로 고개를 가로저었다.

"아무리 가까운 사람이라 해도 실제 무슨 생각을 하는지는 알기 힘들지요. 평소 성품이 선하기 그지없다 해도, 상황이 최악이라면 어떤 일을 저지를지 모르는 것이 사람이니까요."

"그렇긴 합니다만……."

압둘 무하드는 말꼬리를 흐렸다. 거기서 더 생각할 틈을 주지 않고, 루세츠가 계속 압둘 무하드를 밀어붙였다.

"저희는 어찌 되었든 저희 황제 폐하의 명을 받아 전권을 위임받고 온 사절입니다."

"네, 알고 있습니다."

압둘 무하드는 루세츠의 의도를 어렴풋이 짐작한 듯 난처한 표정으로 대답했다. 하지만 그런 사정을 봐줄 생각이 전혀 없는 루세츠는 칼로 베어내듯 단호하게 잘라 말했다.

"협상이 좋게 마무리되어, 이제 문서만 작성하면 되는 상황에서 독살 시도라니 어이가 없습니다. 타국의 사신은 그 어떤 상황에서라도 보호받아야 하는 것이 관례, 하지만 저희는 그러지 못했습니다. 이번 시도가 귀국에서 협상을 뒤엎고, 세이레인과 손을 잡으려 하는 것으로 보아도 되겠습니까?"

"그게 아닙니다."

압둘 무하드의 뺨으로 한 줄기 식은땀이 흘러내렸다. 지금 상황은 루세츠가 고자세로 나와도 라비니어스 측에서는 할 말이 없는 입장이었다. 협상은 완료되어 문서에 도장을 찍는 일만 남아 있는 상황, 이걸 뒤엎는다 해도 이미 세이레인과의 협상은 결렬되어 다시 손을 내밀어 봤자 거짓 동맹이 아닌지 의심만 받을 뿐이었다.

압둘 무하드는 속으로 루세츠에게 욕을 한 바가지 퍼부으며 다시 입을 열었다.

"어찌 그런 생각을 하겠습니까. 다만 이번 일은 귀국과의 동맹에 불만을 갖고 있는 무리들이 저지른 일일 뿐, 아국의 뜻과는 전혀 관계가 없습니다."

걸려들었다, 라며 루세츠는 속으로 회심의 미소를 지었다. 그와는 달리 겉으로는 표정을 더욱 딱딱히 굳히며 루세츠가 요구했다.

"토라 제국 황제 카이젠 이슈타르 폰 인시큐어 토라 폐하에게 전권을 위임받은 대리인으로서, 저는 이 사건의 범인과 그를 사주한 배후 및 주모자들을 모두 색출, 처벌해 줄 것을 공식으로 귀국에 요구합니다."

"아, 그거라면 문제없습니다."

생각보다 과한 요구가 나오지 않은 것에 안도의 한숨을 쉬며 압둘 무하드가 답했다.

"이미 폐하께서 범인과 배후를 색출해 엄벌에 처하라는 명령을 내려 놓으신 상태입니다. 그 점에 있어서는 크게 신경 쓰지 않으셔도 될 것입니다."

"제 말씀을 이해하지 못하신 모양이군요."

루세츠는 고개를 가볍게 가로저었다.

"공식적인 요구입니다. 용의자의 검거, 심문 과정 참관, 처벌 수위에 대한 논의 같은 모든 공식적 절차에 저희가 관여할 수 있는 권한을 요구하는 것입니다."

압둘 무하드의 표정이 딱딱하게 굳었다. 그와는 대조적으로 입가에 가벼운 미소를 띠며, 루세츠가 못 박듯 한마디를 추가했다.

"저희 토라 사절단은, 이번 사건에서의 수사권 및 사법권을 정식으로 귀국에 요청합니다."

얼굴을 딱딱하게 굳힌 압둘 무하드와 모하메드의 전송을 받으며, 루세츠와 프란이 마차에 올랐다. 로엔이 그리 크지 않은 목소리로 말을 재촉하는 소리가 들리면서, 마차가 천천히 앞으로 나아가기 시작했다.

그 안에서, 프란이 조심스러운 표정으로 루세츠에게 물었다.

"아까의 일 말입니다만, 저희가 그것을 요청할 권리가 있는 것입니까?"

"물론이네."

루세츠는 고개를 끄덕였다가 한마디를 덧붙였다.

"하지만 그것은 상대국의 고유 권한을 침해한다는 점에서, 종종 실례로 여겨지기도 하지."

"그렇다면 실례인 것을 아시면서도 그것을 요청하셨단 말입니까?"

"그렇지."

루세츠는 순순히 고개를 끄덕였다. 그 말에 프란이 뭔가 말을 하려는데, 뒤이어진 루세츠의 말이 그것을 가로막았다.

"이것은 단순히 실례를 범한 것이 아니네. 그리고 협상이 대충 마무리된 지금, 라비니어스는 이쪽과 잡은 손을 놓으면 두 마리 토끼를 모두 놓치는 셈이 돼. 그대가 걱정하는 일은 없을 테니 크게 신경 쓰지 말게나."

"하지만 안심이 되지 않습니다. 라비니어스가 심사가 뒤틀려 세이레인 쪽에 붙어버릴 수도 있는 것 아닙니까?"

프란의 질문에 루세츠는 입가에 엷은 미소를 띠었다.

"방금 말했지 않은가. 라비니어스는 세이레인 쪽에 붙을 수 없어."

프란은 잘 이해되지 않는 듯 고개를 갸웃했다.

"에션트 군, 외교라는 것으로 생각하려 하지 말고, 전시라는 상황 하에서 생각해 보게나. 서로 대치하고 있는 두 개의 군대가 있고, 그 사이에 그리 크지는 않지만 손을 잡는다면 큰 힘이 될 수 있는 하나의 중립적 부대가 있다고 해보세. 만약 자네가 그 대치하고 있는 부대 중 한쪽의 대장이라고 가정하고, 자네가 중립 부대에 보낸 전령이 성과없이 돌아와 그 부대가 다른 편의 부대와 손을 잡았다고 보고했네. 그런데 얼마 후, 중립 부대의 전령이 찾아와 '당신네 부대를 도와 상대를 치고 싶다' 라고 말한다면……."

"아……!"

그제야 이해한 듯 프란이 탄성을 내질렀고, 루세츠는 짙게 미소 지었다.

"이해했습니다."

"아무래도 의심이 가기 마련이겠지?"

"네. 저라도 거짓 동맹 제의가 아닌지 의심해 볼 테니까요."

프란이 고개를 끄덕이며 답하자 루세츠가 빙긋 웃었다.

"그렇다네. 라비니어스가 세이레인에게 신뢰를 주려면 그럴듯한 증거를 들이대야 할 텐데, 그것은 나나 자네의 목이라도 베어 내놓지 않는 이상은 힘들지. 게다가 세이레인에게 붙어봐야, 라비니어스로서는 흘릴 피에 비해 그다지 매력적인 이익을 얻을 수 없어. 그럴 바엔 차라리 중립을 지키고 있는 게 낫지."

냉소적인 평가에 프란이 가볍게 실소했다. 연장자 앞에서는 실례되는 행동이라 할 수 있었지만, 가벼운 실수였기에 루세츠는 탓하지 않고 마주 웃었다.

"이미 사우스그레이 평원이라는 미끼에 단단히 물린 상황이니, 라비니어스가 등을 돌릴 걱정은 하지 않아도 될 걸세."

다음날, 루세츠 일행은 라비니어스 외교부의 정식 초청을 받았다. 여느 때와 마찬가지로 로엔이 모는 마차를 타고 하렘으로 가니, 압둘 무하드가 그들을 반겼다.

"잘 오셨습니다. 기다리고 있었습니다."

루세츠와 프란을 외교부의 접객실로 안내한 압둘 무하드는, 곧 당당한 체격을 가진 남자를 한 명 데려와 그들에게 소개시켰다.

"하렘의 열다섯 번째 아들, 세겜 하타리입니다."

"루세츠 폰 엔트레아입니다."

"프라이슨 에션트입니다."

간단하게 인사를 나눈 후 방 안에 있던 모두는 자리에 앉았다. 먼저 압둘 무하드가 안색을 진지하게 바꾸며 이야기를 시작했다.

"어제 말씀하신 사법권과 수사권 문제는 관련 부서와 긴급히 협의한 결과 귀하의 요구를 승인하기로 결정되었습니다."

"반가운 소식이로군요."

루세츠가 미미하게 보일 듯 말 듯한 미소를 지었다. 그 미소에 개의치 않고, 압둘 무하드가 미간에 주름을 모으며 한마디를 덧붙였다.

"하지만 그에 앞서, 한 가지 조건이 있습니다."

그러고는 압둘 무하드는 하렘의 열다섯 번째 아들이라 소개한 세겜 하타리를 가리키며 이야기를 계속했다.

"여기, 세겜과 함께 수사를 진행시키신다는 조건 하에서입니다."

"좀 자세하게 듣고 싶습니다만."

턱을 쓰다듬으며 그를 바라보는 루세츠의 질문에 압둘 무하드는 고개를 끄덕였다.

"수사권 및 사법권은 부여하겠습니다만, 그 권리를 행사하기 위해서는 반드시 사전에 세겜의 허가를 얻어야만 한다는 것입니다. 물론 세겜은 귀 사절단 일행과 함께 행동하면서, 귀 사절단이 좀 더 움직이기 수월하게 도와드릴 것입니다."

루세츠는 속으로 혀를 끌끌 찼다. 압둘 무하드의 말로는 도우미이지만, 실제적으로 세겜은 사절단의 감시 역이나 다름없었다. 게다가 무언가 시도하기 전에 반드시 허가를 얻어야만 한다는 것도 커다란 제약

이었다.

"으음……."

수많은 가정에서의 타산이 루세츠의 머리 속에서 진행되었다. 여기까지 얻어낸 것만으로도 큰 수확이다. 하지만 계획하려던 일을 실행하기에는 너무 제약이 많다. 그렇다고 완고하게 버티는 것도 상대를 자극하는 것이 될 수 있다.

낮게 신음하며 잠시 생각에 잠겨 있던 루세츠가 고개를 들었다. 저쪽은 이미 많은 것을 양보했다. 더 이상 무리하는 것은 좋지 않다는 쪽으로 결론을 내린 루세츠는 고개를 끄덕여 압둘 무하드가 내건 조건을 수락했다.

"좋습니다. 그 조건대로 하도록 하겠습니다."

"이해해 주시니 그저 기쁠 따름입니다."

"그럼, 앞으로 잘 부탁드리겠습니다."

압둘 무하드와 세겜은 긴장이 풀린 표정으로 인사를 건넸다. 거기에 웃는 얼굴로 답례하며, 루세츠는 머리 속으로 차후의 계획에 대한 수정을 해 나가기 시작했다.

라비니어스의 외교부 건물을 나서며, 프란이 루세츠의 뒤로 따라오는 세겜을 흘낏 바라보았다.

"어떻게 생각하십니까?"

낮은 목소리의 물음에, 그가 무슨 말을 하려는지 눈치 챈 루세츠는 빙긋 웃었다.

"예의 바른 활발한 청년으로 보이는군. 좋은 시기야."

루세츠가 딴소리를 하자 프란은 살짝 얼굴을 찡그렸다.

"그걸 물은 것이 아니지 않습니까."

예의를 잊은 듯한 투덜거림이었지만, 그간 함께 생활해 오며 프란의 성격을 어느 정도 파악한 루세츠는 그저 웃을 뿐이었다.

"뭐, 나중에 이야기하도록 하지. 지금은 눈이 많으니 말일세."

그제야 주위를 살짝 둘러본 프란은, 상황을 깨달은 듯 얼굴을 붉히며 고개를 끄덕였다.

마차에 오르는 루세츠를 마중하러 나온 압둘 무하드가 밝게 웃으며 말을 건넸다.

"부디 원만한 처리를 부탁드립니다."

"물론이죠. 염려놓으셔도 됩니다."

루세츠가 마주 웃으며 대꾸하자 압둘 무하드는 그제야 안심이 되는 듯 가벼운 한숨을 내쉬었다.

"본국에서 이런 일을 당하신 것, 뭐라 드릴 말씀이 없습니다."

"하하, 괘념치 마십시오. 일단 살아 있지 않습니까. 그거면 됐지요."

루세츠는 너털웃음을 터뜨렸다. 그런 후, 압둘 무하드 옆에 시립해 있는 세겜에게로 시선을 돌렸다.

"세겜님."

"네?"

세겜이 의아한 얼굴로 루세츠를 바라보았다. 루세츠는 가볍게 팔짱을 낀 후, 느긋한 목소리로 말을 건넸다.

"수사는 내일부터 진행할 예정입니다. 그러니 오늘은 나름대로 내일의 수사에 대한 준비를 해주시기 바랍니다."

"알겠습니다. 그럼 내일 어디로……?"

"내일 아침, 저희가 묵고 있는 숙사로 오시면 됩니다. 자세한 위치는 압둘 무하드님께서 알고 계시니, 이분께 문의하시길 바랍니다."

세겜의 고개가 자연스럽게 옆으로 돌아갔다. 압둘 무하드는 고개를 끄덕여 루세츠의 말을 긍정했고, 세겜은 루세츠에게 고개를 숙이며 대답했다.

"알겠습니다. 그럼 내일 아침 뵙도록 하겠습니다."

"잘 부탁드립니다. 그럼 저희는 이만."

인사를 남긴 루세츠와 프란이 마차에 오르자, 마부석에 앉은 로엔이 마차를 출발시켰다. 루세츠의 몸을 생각해서인지 며칠 전과는 다르게 조심스럽게 달려가는 마차의 뒷모습을 바라보며, 압둘 무하드가 차가운 표정으로 입을 열었다.

"세겜."

"네, 형님."

공손히 대답하는 세겜을 착잡한 표정으로 바라보던 압둘 무하드는, 마차가 달리며 일으킨 흙먼지가 가라앉는 것을 노려보았다.

"저자에게 휘둘리지 않도록 조심해라."

"네?"

압둘 무하드의 의도를 파악하지 못한 세겜이 의아한 표정으로 고개를 들었다. 압둘 무하드는 흙먼지가 가라앉자 외교부 공관으로 몸을 돌리며 말을 이었다.

"이용당한다는 것을 상대가 깨닫지 못하게 남을 이용할 줄 아는 자다."

"그 말씀은, 저자, 엔트레아 백작에게 이용당하지 않도록 항시 주의
하란 말씀이십니까?"

압둘 무하드는 세겜을 돌아보며 길게 한숨을 쉬었다. 아직 경륜이
짧은 그의 동생은, 이렇게 미리 주의를 환기한다 해도 노련한 루세츠에
게 이용당할 것이 자명해 보였다.

"…늙어 빠진 너구리 같으니."

뜬금없이 튀어나온 압둘 무하드의 말에 세겜이 다시금 그를 바라보
았다. 압둘 무하드는 다시금 길게 한숨을 쉬고는 세겜에게 당부했다.

"아니, 이용당해도 좋다. 다만, 생각을 행동으로 옮기기 전에 반드시
한 가지를 생각해 본 후 움직이거라. 이것이 조국에 도움이 될 것인가.
이것만은 반드시 명심하고 있어야 한다."

세겜을 내려다보는 압둘 무하드의 눈에는 동생이 이 일을 잘 해낼
수 있을 것인가에 대한 걱정이 가득 담겨 있었다.

한편, 로엔이 몰고 가는 마차 안에서는…

"에취!"

느닷없이 루세츠가 크게 기침을 터뜨렸다. 갑작스런 큰 소리에 놀란
프란이 루세츠를 바라보며 물었다.

"몸이 많이 약해지신 것 같습니다?"

"아아, 아니네. 열도 없고, 몸 상태는 좋아. 보나마나 늙어 빠진 너
구리라고 욕이나 해대고 있는 것이겠지."

"네?"

루세츠가 불평하듯 내뱉은—게다가 꽤나 정확한—대답에 의아해진 프란이 반문했다. 루세츠는 인상을 살짝 찌푸리며 고개를 저었다.

"아니, 아무것도 아니네."

"아직 안색이 좋지 않습니다. 이틀 정도는 더 휴식을 취하시는 게 어떨지……."

"아아, 괜찮네. 의사의 진단으로도 더 이상 독은 발견되지 않았잖은가. 안심해도 될 것 같으니 걱정하지 말게."

걱정스러운 프란의 물음과는 달리, 루세츠는 아직은 창백한 얼굴에 미소를 지으며 대답했다. 그럼에도 프란은 아직 염려스러운 듯 다시 루세츠에게 말을 건넸다.

"하지만 몸 상태가 완전히 정상으로 돌아오신 것은 아니지 않습니까. 조금 더……."

"내 몸은 내가 아니 더 이상 말하지 말게. 약해진 몸은 돌아가서라도 충분히 추스를 수 있으니, 지금은 앞으로의 일에 대해서만 생각하도록 하세나."

루세츠가 프란의 말을 끊으며 단호히 말했다. 잠시 가만히 루세츠를 바라보던 프란은 하는 수 없다는 듯 고개를 절레절레 저으며 화제를 돌렸다.

"알겠습니다. 아까 제가 눈치없이 했던 질문입니다만, 그 청년은 어떻게 보셨습니까?"

루세츠는 대답하지 않고 빙긋 웃었다. 프란이 그 웃음의 의미를 깨닫기 위해 열심히 머리를 굴리고 있는데, 루세츠가 상체를 등받이에 기대며 대답했다.

"이용하기 쉬운 자로 봤네."

"이용하기 쉬운 자… 입니까?"

프란이 단어를 곱씹으며 생각에 잠기자 루세츠가 의미있는 미소를 지었다.

"그렇지. 이용하기 쉬운 자. 내가 무슨 짓을 하려는지 눈치 채지 못한 것인지, 아니면 단순한 인선의 실패인지는 모르겠지만. 상대는 속에 구렁이가 들어앉은 늙은이가 아니라 순수한 열정으로 움직이는 청년이네. 힘들게 되었군."

루세츠가 낮게 신음을 흘렸다. 그 표정에서 무언가 이상한 점이라도 발견했는지 프란이 고개를 갸웃하며 다시 물었다.

"말씀하시는 의도를 이해하기가 힘들군요. 이용하기 쉽다면 이쪽에 더 좋은 것 아니었습니까?"

루세츠는 한숨을 내쉬며 고개를 가로저었다.

"평상시라면 그렇겠지. 하지만 지금은 아니네. 오히려 약아빠진 쪽이 이런 경우엔 더욱 상대하기 쉽지."

프란은 아직 루세츠의 말뜻을 파악하지 못한 듯 멍한 표정으로 앉아 있었다. 루세츠는 이런이런, 하고 중얼거리고는 보충 설명을 시작했다.

"하긴, 자네도 30대의 한창 팔팔한 청년이니 이걸 이해하긴 힘들겠군. 원래 젊은 때는 이상만을 최고의 가치로 여기고 행동하는 경우가 대부분이기 때문에, 비록 좋지 못한 결과가 나온다 해도 옳지 않은 과정은 거치려 들지 않기 마련이네. 내 말 이해되는가?"

프란은 고개를 끄덕였다. 세이레인의 평범한 상인 집안에서 태어난 자신은, 상단의 호위로 고용된 남자 제디스틴 리스나르트를 만나게 된 것을 계기로 검을 쥐게 되었다. 후일 그 실력을 인정받아 약관의 나이에 세이레인 신성 기사단 디바인 나이트에 들어간 후, 상관의 비리를 고발하다 오히려 쫓겨나 나이트 길드로 발걸음을 향하게 된 자신의 젊은 날을 생각하면, 확실히 그때의 자신은 이상을 찾아 그것을 좇으며 살아가고 있었다.

루세츠의 말은 계속되었다.

"하지만 나 같은 늙은이들은 다르지. 이미 세상을 겪을 만큼 겪어온 몸. 이미 이상보단 현실을 앞세우고, 불의와 적당히 타협해서라도 결과를 얻어내려 하지. 앞으로 우리가 하게 될 일은 범법을 저지르더라도 결과를 얻어내야 하는 일이네. 행동에 앞서 승인을 얻어야 한다는 것을 생각한다면, 역시 젊은 세겜 하타리보다 이익이 된다면 살짝 눈을 감아줄 수도 있는 늙은이들 쪽이 상대하기 편하다는 말이네."

납득한 듯 고개를 끄덕이던 프란은 문득 생각난 게 있는 듯 창밖으로 시선을 돌리며 물었다.

"그렇다면 밖의 로엔이나 아라엘 역시 마찬가지로 젊으니, 막무가내로 결과만 얻어내려는 일에 대해서 거부감을 가지지 않겠습니까?"

"아아, 거기에 대해서는 그대에게 부탁하려 했네. 젊은 혈기로 나서려 들지 모르니, 그것을 누르는 것은 그대가 해줘야 할 몫이겠지."

루세츠의 대답에 고개를 끄덕인 프란은 양손으로 관자놀이를 꾹 눌렀다.

"골치 아픈 일이군요. 노력해 보겠습니다."

"부탁하네."

루세츠는 엷은 미소를 지으며 당부한 후, 진중한 표정으로 창밖의 경치를 바라보며 생각에 잠겼다.

그날 저녁 로엔 일행이 묵고 있는 숙사로 모하메드가 찾아왔다. 막 식사를 들려는 일행이 의아한 표정으로 바라보는 가운데, 모하메드는 그답지 않은 신중한 표정으로 말을 꺼냈다.

"오늘 낮 동안에 뛰어다닌 보람이 있어 정보를 하나 입수할 수 있었습니다."

"…어떤 정보?"

로엔이 굳은 얼굴로 묻자, 모하메드는 몸을 살짝 앞으로 숙이며 이야기를 계속했다.

"아마도 이번 일의 결정적인 단서가 될지도 모르는, 저희 집에서 도망간 두 하인의 위치에 관한 것입니다."

모하메드의 말에 루세츠가 귀가 솔깃한 듯 그를 바라보았다.

"호오, 중요한 정보로군요. 어디, 지금 그들이 있는 곳이 어디라 하던가요?"

"네, 예상대로였습니다. 제 일곱 번째 형님의 집 외진 곳의 창고에 숨어 있다고 합니다."

"그런가……."

루세츠는 턱을 가볍게 쓰다듬으며 중얼거렸다.

"이거 일이 너무 쉽게 풀리는 것 같은데."

"괜찮지 않습니까. 쉽게 풀리는 쪽이라면 이쪽에서도 환영할 만한 일이라 생각되는데요."

빨리 끝낼 수 있겠다는 생각 때문인지, 밝은 어조로 프란이 말했다.

하지만 침중한 표정으로 계속 턱을 쓰다듬던 루세츠는 문득 로엔을 돌아보며 물었다.

"리스나르트 군의 생각은 어떤가?"

"저… 말입니까?"

말없이 식사에 전념하고 있던 로엔이 고개를 들며 반문하자 루세츠가 고개를 끄덕였다. 로엔은 입 안에 있던 것을 완전히 삼킨 후, 고개를 갸웃하며 의견을 내놓았다.

"글쎄요. 오히려 외진 곳에 숨겨뒀다니 더 의심스러운데요."

"역시 그렇지?"

루세츠는 기대하던 대답을 얻은 듯 만족스럽게 대꾸했다. 그러자 아직 상황에 따라가지 못한 체시아가 당황하며 로엔의 어깨를 툭 쳤다.

"무슨 이야기야?"

"알아서 생각해."

로엔은 귀찮은 파리라도 쫓는 듯한 표정으로 팔을 가볍게 휘저은 후 빵을 쪼개 입으로 가져갔다. 그 태도에 화가 난 듯 로엔을 노려보던 체시아는 로엔이 기분 좋게 우물거리던 빵을 목으로 넘기려던 찰나 그의 뒤통수를 후려갈겼다.

"칵! 캑, 캑!"

뒤통수의 충격에 심한 사레가 들려 버린 로엔은 황급히 가슴을 두드리며 물을 마시고는 사납게 체시아를 노려보았다.

"무슨 짓이야!?"

"알아서 생각해."

체시아는 뚱한 표정으로 고개를 획 돌리며 대꾸했다.

"이… 이……."

멋지게 한 방 먹어버린 로엔이 잡아먹을 듯 그녀를 노려보는데, 그 모습을 바라보던 루세츠가 크게 웃으며 로엔을 말렸다.

"하하하하… 리스나르트 군, 숙녀에게 그런 실례를 저지르면 쓰나. 자, 자. 리테아스 양도 내가 설명해 줄 테니 화를 풀게나."

"숙녀는 무슨… 용병단의 왈패도 저거보단 얌전하겠다."

대놓고 투덜대는 로엔을 체시아가 다시 노려보았지만, 이번에는 루세츠의 체면을 생각해서인지 발끈하지는 않았다. 마치 견원지간이기라도 한 듯한 둘의 상황을 웃으며 바라보던 루세츠는, 체시아가 자세를 고쳐 앉자 설명을 시작했다.

"자, 본론을 시작하기 전에 한 가지 묻지. 커다란 집이 있고, 그 집의 주인은 하인을 여럿 두고 있네. 그렇다면 집주인이 그 집에 대해 전부 알고 있기를 바랄 수 있을까?"

"…아!"

흥미있는 표정으로 대화를 경청하던 아라엘이 탄성을 터뜨렸다. 루세츠는 빙긋 웃고는 길쭉한 빵을 하나 들어 만지작거리며 이야기를 계속했다.

"내가 집주인이라면, 숨기고 싶은 것이 있다면 그 집의 가장 중심부나 중요한 부분에 깊숙이 숨겨두겠네. 역으로 허를 찌른다고 생각할 수도 있겠지만, 이렇게 빨리 정보가 포착될 정도로 허술하게 관리한다면 그것은 둘 중 하나라고밖에 생각할 수 없겠지. 하나는 그들이 단순히 사주만 받았을 뿐이라 별로 아는 것이 없다는 것이고, 나머지 하나는……."

"다른 누군가가 그에게 올가미를 덮어씌우려 한다……."

프란이 아까와는 다른 심각한 목소리로 대답했다. 루세츠는 고개를 끄덕였다.

"그렇네. 첫 번째든 두 번째든 어느 분기점을 선택한다 해도 일이 쉽게 풀릴 만한 성질의 것은 아닌 셈이지."

"과연, 그렇게 볼 수도 있겠군요."

모하메드가 감탄한 듯 고개를 끄덕였다. 루세츠는 그를 돌아보며 미소 지었다.

"정보를 모으느라 수고하셨습니다. 또 다른 정보가 들어오면, 그것도 알려주시길."

"뭐, 별 수고랄 것까지도 없습니다. 저희 집에서 일어난 일이니, 제가 해결하는 것은 당연하지요."

모하메드는 쑥스러운 듯 뒤통수를 긁으며 대답했다. 하지만 루세츠는 다르게 생각하는 듯 짐짓 신중한 표정으로 다시 말했다.

"아뇨. 정말로 중요한 정보였습니다. 이렇게 찾아와 알려주신 것, 진심으로 감사드립니다."

"아, 저, 그게… 시간이 늦었으니 이만 실례하겠습니다!"

루세츠가 자리에서 일어나 고개를 숙이며 인사하자, 모하메드는 당황한 듯 말을 더듬더니, 붉어진 얼굴로 인사를 남기고 후닥닥 나가 버렸다. 그 뒷모습을 바라보며 루세츠는 의미있는 미소를 지었다.

토라 사절단의 아침은 언제나 호위 겸 마부인 로엔 리스나르트로부터 시작된다. 닭이 홰를 치기도 전에 일어난 그는 차가운 물로 몽롱한 정신을 깨운 후 검술 훈련을 하는 것으로 일과를 시작했다.

"하!"

로엔의 기합이 터지는 순간, 은빛 섬광이 사선으로 내리꽂히는가 싶더니 위로 솟구쳐 올랐다. 기본 중의 기본이라 할 수 있는 사선 베기와 올려 베기의 연계에 불과했지만, 그 속도와 기세는 감히 기본이라 얕볼 만한 수준이 아니었다. 치켜든 검을 다시 내리긋는가 싶더니, 그 기세를 타고 반 바퀴 돌아 등으로 접근하는 적의 하체를 단숨에 베어낸다.

"으악!"

"……."

깜짝 놀라 엉덩방아를 찧는 청년을 어이없다는 듯 바라보며 로엔이 검을 꽂아 넣었다.

"전사의 등으로 기척을 죽이고 접근하지 말라는 금언도 모르십니까."

"아, 죄, 죄송합니다!"

청년이 일어설 생각조차 못한 채 고개를 숙이자, 한심한 듯 뚱한 표정을 지으며 로엔이 수건으로 이마의 땀을 닦았다.

"일찍 오셨군요. 세겜 하타리님."

싸늘하게 내뱉는 로엔의 말에, 세겜은 엉거주춤 일어나며 대답했다.

"아, 네. 엔트레아 백작님께서 아침에 오라 하셨으니까요."

로엔은 멍청하게 웃는 세겜을 천천히 훑어보았다. 그다지 강해 보이지 않는 인상에 무기도 가지고 있지 않았다. 그 모습에 경계를 조금 풀며 로엔이 여전히 싸늘한 어조로 말했다.

"백작님께서는 아직 기침하지 않으셨습니다."

"아, 하… 너무 일찍 온 건가요, 제가……."

서리가 내릴 것 같은 로엔의 말투에 세겜이 난처한 표정으로 웃었다. 로엔은 수건을 어깨에 걸치고는 건물로 걸어가며 말했다.

"들어오십시오. 차를 대접해 드리겠습니다."

"아, 네."

세겜은 엉겁결에 대답하고는 로엔을 따라 들어갔다. 1층의 식당에는, 언제 일어났는지 네 명의 여자가 탁자를 사이에 놓고 사이좋게 차를 마시고 있었다.

[어라? 주인님, 오늘은 일찍 끝내셨네요?]

"아아, 사정이 좀 있어서."

아라엘의 잔에 홍차를 따라주던 에바가 의외라는 표정으로 로엔을 돌아보았다. 로엔은 가볍게 고개를 까닥하고는, 몸을 살짝 옆으로 비키며 대답했다.

"손님이 오셨거든."

"아, 안녕하세요."

로엔의 뒤로 모습을 드러낸 세겜이 고개를 숙여 인사했다. 하지만 돌아오는 반응은 썰렁할 뿐이었다.

"누구야?"

비록 아사신 길드원이긴 하지만, 귀족 집안 출신다운 기품으로 차를 마신 체시아가 고개를 갸웃하며 물었다. 아라엘 역시 마찬가지의 표정이어서, 로엔이 이마를 짚으며 세겜을 소개하려는 찰나 유스가 박수를 가볍게 쳤다.

[아, 저분!]

모두의 시선이 유스에게로 집중되었다.

[에, 그러니까…….]

유스는 잘 생각나지 않는다는 듯 손가락을 입술에 대며 이리저리 고민하더니, 이내 생각난 듯 박수를 가볍게 치며 외쳤다.

[생각났다! 세겜 하타리, 맞죠!?]

모두의 시선이 다시 세겜에게로 향했다. 세겜은 왠지 모를 부담감에 어깨를 움츠리면서도 고개를 끄덕였다.

"네……."

세겜의 긍정에 체시아와 아라엘의 표정이 묘하게 변했다.

"세겜 하타리……."

"하타리라면 분명히……."

체시아와 아라엘이 서로를 바라보았다. 그 표정에서 서로의 생각이 같다는 것을 깨달았는지, 두 사람은 황급히 자리에서 일어나 고개를 숙였다.

"시, 실례했습니다!"

"아, 아니, 괜찮습니다."

갑작스러운 둘의 인사에 세겜은 당황한 표정으로 팔을 내저었다. 그 모습을 한심한 표정으로 바라보고 있던 로엔은 기대고 있던 벽에서 탁자로 다가왔다.

"일단 앉으시지요. 에바, 차를 부탁할게."

[네~]

에바는 방긋 웃으며 대답하고는 주방으로 들어갔다. 로엔은 가벼운 한숨을 내쉬고는, 아직도 어쩔 줄 모르고 서 있는 세겜을 바라보았다.

"곧 차를 내올 것입니다. 계속 서 있는 것도 불편하실 테니, 자리에 앉아주시길."

"아, 네. 감사드립니다."

그제야 유스를 제외한 모두가 서 있다는 것을 깨달은 세겜이 자리에 앉았다. 체시아와 아라엘이 따라서 앉자, 로엔은 어지간히 멍한 사람이라 생각하며 유스 옆의 의자에 걸터앉았다. 곧 에바가 로엔과 세겜 몫의 차를 내오자, 체시아가 부드러운 목소리로 세겜에게 말했다.

"아까는 실례를 저질렀습니다. 언질은 받고 있었으나 이렇게 이른 시간에 오시리라고는 생각지도 못했던 탓에……."

"신경 쓰지 마십시오. 오히려 이런 이른 시간에 찾아온 제가 실례지요."

어느 정도 상황에 익숙해진 듯, 허브티를 한 모금 마신 세겜이 침착한 목소리로 응수했다. 그때, 계단이 삐걱거리는 소리를 내며 루세츠가 2층에서 내려왔다.

"자네들은 어떻게 된 게 늙은 나보다 아침잠이 더 없는 겐가. 소란스러워 잠이 깨고… 응?"

묘하게 조용한 분위기가 이상했는지, 일행을 살피던 루세츠의 시선이 세겜에게서 멎었다.

"좋은 아침입니다. 안녕하셨는지요."

세겜이 침착하게 일어나 인사하자, 루세츠는 상황이 이해된 듯 마주 인사하며 고개를 끄덕였다.

"아아, 좋은 아침입니다. 아침부터 웬 소란인가 했더니, 세겜 하타리 님께서 오셨던 것이군요. 미리 언질을 해두었습니다만, 이것 참, 젊은 이들이 실례라도 저지른 모양입니다."

'실례'라는 말에 아라엘과 체시아의 얼굴이 붉어졌다. 그것을 아는지 모르는지, 루세츠는 빙긋 미소 지으며 세겜에게 살짝 고개를 숙였다.

"제가 대신 사과드리지요. 젊은이들의 실수이니, 너그럽게 용서 바랍니다."

세겜이 당치 않다는 듯 손을 저으며 대답했다.

"아닙니다. 실수라면 너무 이른 시간에 온 제게 있죠. 이미 신경 쓰고 있지 않으니 괘념치 마십시오."

"그렇게 말씀해 주시니 감사합니다. 아, 리스나르트 군?"

"네?"

옆에서 '맛있죠? 맛있죠?'를 연발하는 에바를 애써 무시하며 허브티를 음미하던 로엔이 고개를 들었다. 루세츠가 난처한 표정으로 위를 흘낏 바라보자, 로엔은 이해된다는 듯 자리에서 일어났다.

"알겠습니다. 프란 형, 아침에는 약하니까요. 나보다 더 건강한 주제에 무슨 놈의 저혈압인 건지……."

로엔이 투덜대며 계단을 올라갔고, 루세츠가 세겜의 맞은편에 앉으며 에바에게 차를 부탁했다. 잠시 후 2층에서 들려오는 요란한 비명에 쓴웃음을 지으며 루세츠가 세겜에게 말했다.

"오늘은 일단 하렘의 스물세 번째 아드님 댁의 하인들을 다시 심문한 후, 유력한 용의자로 보이는 일곱 번째 아드님 댁을 조사할 방침입니다. 특별히 문제가 될 만한 부분이 있습니까?"

세겜은 가볍게 고개를 저었다.

"아뇨. 절차상으로 문제는 없어 보입니다만, 일곱 번째 형님이 과연 조사에 응하실지가 의문입니다. 워낙 결벽스러운 성격이신지라……."

"그 건에 관해서는 제게 생각이 있습니다. 그럼 일단 수사 지역에 대한 건은 승인된 것으로 알겠습니다."

루세츠의 말에 세겜은 고개를 끄덕였다. 그러다 문득 의문이 생겼는지, 세겜이 고개를 갸웃하며 질문을 던졌다.

"일곱 번째 형님의 성격으로 볼 때 그런 짓을 하진 않을 것 같습니다만, 어쨌든 형님이 범인이라 하더라도 단서가 될 만한 것을 두진 않을 겁니다. 일을 처리하시는 데 있어서 완벽을 기하시는 분이라, 자신에게 불리할 만한 증거는 어디에도 두지 않을 듯한데……."

찻잔을 내려놓은 루세츠는 웃으며 세겜의 질문에 대답했다.

"비록 저희가 일곱 번째 아드님, 하산 엘로힘 하타리님을 범인이라 추정하고 있긴 하지만, 아직 그분이 범인이라 확정된 것은 아닙니다. 게다가, 어제 유력한 단서가 될 수 있을 것이 그분의 저택에 있다는 정보를 입수했기 때문에 일곱 번째 아드님의 저택은 반드시 수사를 해야 합니다."

"정보라면?"

"어제, 저희가 변을 당할 뻔했던 곳의 주인이신 모하메드 하타리님께서 다녀가셨습니다. 자신의 집에서 그런 일이 일어났으니, 아무래도 명예의 회복을 위해서 애쓰시고 있는 것 같습니다만……."

"여덟 번째 동생이……."

세겜이 납득한 듯 고개를 끄덕였다. 루세츠는 다시 차를 한 모금 마신 후 의미심장한 미소를 지으며 이야기를 맺었다.

"뭐, 자세한 것은 진상이 밝혀지면 드러나게 되겠죠. 지금은 수사가
우선입니다."

지난번 모하메드가 수사할 때와 마찬가지로 모하메드 하타리 저택
에서의 심문에서는 아무 소득이 없었다. 오전의 시간을 모두 심문에
써버린 루세츠는 약간은 지친 표정으로 마차에 올랐다.
"좀 지치신 듯한데, 식사 정도는 하고 가시는 것이 어떻습니까?"
프란에 이어 모하메드가 마차에 오르며 묻자 루세츠는 고개를 저었
다.
"괜찮습니다. 귀찮은 사건은 빨리 해결할수록 좋은 법이죠."
"그렇습니까."
모하메드도 납득한 듯 더는 이야기를 꺼내지 않았다. 마지막으로 세
겜이 오른 후 마차가 출발하기 시작하자, 문득 궁금한 듯 모하메드가
세겜을 바라보았다.
"그런데 어째서 일곱 번째 형님은 이런 짓을 했을까요? 평소의 성정
을 생각해 보면, 절대 이러실 분이 아닌데……."
"난들 알겠냐. 세 번째 형님께서도 이 일 때문에 대단히 난처해하고
계시더구나. 네 말대로 절대 그러지 않을 사람이 일을 저질러 버렸으
니, 아무래도 충격이 더하신 모양이겠지."
이미 하산 엘로힘 하타리를 이번 사건의 범인으로 단정하고 있는 듯
한 말투였다. 모하메드 역시 세겜과 비슷한 생각인 듯 고개를 끄덕이
고는, 더 말하지 않고 창밖을 바라보았다. 그런 두 사람의 얼굴을 바라
보던 루세츠가 빙긋, 입가에 미소를 머금었다.

하산 엘로힘 하타리의 저택은 웅장해서 마치 왕성을 방불케 할 정도였다. 마차를 세운 로엔이 정문에 다가서자, 두 사람의 건장한 전사가 앞을 가로막았다.

"무슨 용무이십니까?"

"국왕 폐하의 명을 받들어 수사권을 이양받아 온 토라의 사절단입니다. 금번 독살 사건에 관련된 수사를 하기 위해 왔으니, 문을 열어주시기 바랍니다."

로엔의 차분한 설명에 두 전사는 서로를 바라보았다. 마치 금시초문이란 듯한 반응에 로엔이 의아해하는데, 한 명의 전사가 다시 로엔에게 말을 건넸다.

"그런 이야기는 듣지 못했습니다. 말씀하신 내용을 증명하실 수 있는 문서를 보여주시겠습니까?"

로엔은 고개를 가로젓고는 말했다.

"문서는 가지고 있지 않습니다. 다만 하렘의 열다섯 번째 아들 세겜 하타리님과 스물세 번째 아들 모하메드 하타리님께서 함께 오셨으니, 그 두 분께서 그것을 증명해 주실 것입니다."

두 전사는 다시 한 번 서로를 바라보았다. 잠시 후, 오른쪽에 서 있던 전사가 마차로 다가갔다.

"실례합니다. 세겜 하타리 전하께서 안에 타고 계시다고 들었는데, 계십니까?"

"그렇다."

로엔이나 루세츠를 대할 때와는 딴판인 냉정한 목소리가 마차 안에서 흘러나왔다. 전사는 세겜의 목소리를 익히 알고 있었는지, 마차를 향해 정중히 고개를 숙여 인사하고는 뒤로 물러났다.

"확인했습니다만 저희는 말씀하신 것과 같은 일을 통보받지 못했으니, 일단 안에 연락을 취해 알아보도록 하겠습니다. 잠시 기다려 주시길."

로엔에게 그렇게 말한 전사는 다른 한 명의 전사에게 눈짓했고, 그는 고개를 끄덕이고는 절도있는 모습으로 안으로 들어갔다. 차 한 잔 마실 정도의 시간이 흐른 후, 들어갔던 전사가 다시 나와 로엔에게 말했다.

"주인님께서 들이지 말라는 말씀을 내리셨습니다. 죄송합니다만, 이 대로 돌아가 주셨으면 합니다."

전사의 말에 로엔의 눈썹이 살짝 치켜 올라갔다.

"국왕 폐하께서 허락하신 일입니다. 그래도 안 된다는 말입니까?"

"저희에겐 주인님의 명령이 우선입니다. 법도를 아신다면, 물러나 주시길."

전사는 공손한 태도로 고개를 숙였다. 로엔은 어쩔 수 없이 마차로 걸음을 옮겼다.

"하산 엘로힘 하타리님이 들이지 말라는 명령을 내렸다 합니다. 각하, 어찌할까요?"

루세츠는 묘한 표정으로 세겜을 바라보았다. 상황이 이상하게 돌아가고 있다는 것을 알아챘는지 세겜 역시 고개를 갸웃하고 있었다.

"의외로군요. 설마 거절할 줄은……."

"저도 의외입니다. 설마 형님이 정말로……."

그렇게 대꾸한 세겜은 마차의 문을 열고 내렸다. 냉정한 얼굴로 마차를 바라보던 두 명의 전사는 설마 내리리라 생각하진 못했는지 황급히 세겜을 향해 고개를 숙였다. 둘의 앞으로 걸어간 세겜은 차가운 목소리로 둘에게 명령했다.

"비켜라."

하지만 두 명의 전사는 요지부동이었다.

"죄송합니다. 설사 두 번째 전하께서 오신다 하더라도 들이지 말라는 명을 받았습니다."

"두 번째 형님이라도?"

전사의 말이 의외였는지 세겜의 표정이 놀람으로 변했다. 하지만 곧 표정을 굳히고는 다시 전사에게 명령했다.

"이건 사적인 일이 아니다. 폐하의 윤허를 얻어 행하는 것이니, 비켜라."

"할 수 없습니다."

"뭐라고?"

세겜의 얼굴이 분노로 벌겋게 물들었다. 세겜은 부들부들 떨리는 손을 들어 그에게 대답하는 전사를 가리켰다.

"네가 지금 무슨 소리를 하는지 알고 있는 게냐?"

"알고 있습니다."

"그런데 이따위 헛소리를 해!?"

세겜의 입에서 노성이 터졌다. 하지만 전사는 더욱 깊이 허리를 굽힐 뿐, 그 자리에 버티고 선 채 비키려 들지 않았다.

"비켜라."

“안 됩니다.”

세겜이 이를 부드득 갈았다. 그는 로엔을 흘깃 돌아본 후, 다시 전사들에게 말을 건넸다.

“비키지 않으면, 베겠다.”

순간, 두 명의 전사가 빠르게 두 걸음씩 뒤로 물러났다. 그들의 손에는 각기 싸늘한 검광이 서린 한 자루의 검이 들려 있었다.

“호오…….”

세겜의 뒤에서 그들을 바라보던 로엔이 낮은 탄성을 흘렸다. 라비니어스 최강의 검호라는 이름답게, 일개 경비 무사의 자세마저도 한 치의 빈틈도 없이 깔끔했다.

“이거 재미있겠는데.”

로엔이 들리지 않을 만한 목소리로 중얼거렸다.

“네놈들이 정녕…….”

다시금 이를 갈며 세겜이 그들을 노려보았지만, 전사들은 미동조차 않고 묵묵히 그를 바라보고 있을 뿐이었다. 세겜은 잠시 그들을 노려보다가, 몸을 홱 돌려 마차로 돌아갔다.

“일이 잘 풀리지 않는 모양이군요.”

“면목없습니다. 형님의 의지가 단호하신지, 폐하의 명이라 해도 비키려 들지 않습니다. 일단 돌아가서 수색 영장을 받아 다시 오는 것이…….”

세겜이 고개를 숙이며 답했다. 루세츠는 잔잔한 미소를 지어 보이고는, 자리에서 일어나며 세겜에게 물었다.

“아침에, 하산 저택에 대한 수사는 동의하셨던 것으로 기억합니다.”

"네? 아, 네. 그렇습니다."

뜬금없는 물음에 의아한 표정으로 루세츠를 올려다보던 세겜은 황급히 고개를 끄덕였다. 루세츠는 고개를 한 번 끄덕이고는, 다시금 세겜에게 물었다.

"어제 세겜님의 동의가 있다는 전제 하에, 저희 사절단은 수사권과 동시에 공권력을 행사할 수 있는 사법권도 받았습니다. 맞습니까?"

"네, 맞습니다. 그런데 왜……?"

루세츠는 대답하지 않고 마차에서 내렸다. 세겜과 모하메드, 프란이 황급히 뒤따라 내렸고, 루세츠는 그들을 돌아보지 않고 계속 말을 이어 나갔다.

"라비니어스 법전 1조 제43항에 이런 문구가 있습니다. '법은 곧 황제의 영이며, 황제를 제외한 만민 모두는 법 앞에 승복할 의무를 가진다'. 즉, 이 말은 폐하가 아닌 이상 그 누구라 해도 정식 절차를 거쳐 허가된 수사에 응할 의무를 지닌다는 말과 같습니다. 하나 하렘의 일곱 번째 아들, 하산 엘로힘 하타리께서는 그 의무를 저버리고 도리어 세겜님께 칼까지 겨누고 있습니다."

루세츠가 세겜을 향해 몸을 돌렸다. 그 표정은 냉엄해서, 항상 부드럽게 미소 지은 채 사람을 대하는 평소의 루세츠와 같은 사람이라고는 생각되지 않을 정도였다.

"이것을, 하산 엘로힘 하타리가 폐하의 권위에 도전하는 반역 행위로 간주해도 되겠습니까?"

"네—!?"

예상치도 못한 발언에 놀란 듯 세겜이 크게 소리쳤다.

"그, 그게 무슨……."

너무 놀라 채 말을 잇지 못하는 세겜을 대신해 모하메드가 떨리는 목소리로 묻자, 루세츠는 냉정한 표정 그대로 문을 지키는 전사들을 바라보며 말했다.

"폐하의 윤허를 받았다 밝혔음에도 불구하고 물러나지 않으며, 법은 곧 황제의 영과 같다는 법전의 문구에도 불구하고 둘 모두를 거절하고 있습니다. 물론 장군은 전시, 혹은 전장에서 불합리한 명령을 거부할 권리가 있습니다만, 지금의 라비니어스는 전시가 아니며, 전장은 더 더욱 아닙니다. 그러므로 하산 엘로힘 하타리는 수사 요청을 거부할 권리가 없습니다."

"그건 맞습니다만 반역 행위까지는……."

그제야 제정신을 차린 세겜이 반론을 펴려다, 루세츠의 차가운 눈길에 입을 다물었다.

"권리가 없음에도 행사하는 것은 법의 경계를 넘어선 월권입니다. 설마, 하산 엘로힘 하타리가 만인지상의 황제 폐하보다 위에 있다 말씀하려 하시는 것입니까?"

"그럴 리가 있겠습니까!?"

세겜이 당치 않다는 듯 큰 소리로 외쳤다. 그 모습에, 루세츠가 차가운 미소를 지었다.

"그렇다면 하산 엘로힘 하타리에 대한 사법권을 행사해도, 아무런 문제가 없다는 말씀이겠지요?"

"문제……."

순간 루세츠가 무슨 말을 하려는지 깨달은 세겜이 입을 다물었다.

아니, 말문이 막혀 더 말하지 못했다는 편이 옳았다.

"있습니까?"

세겜은 정신이 아찔해지는 것을 느꼈다. 설마 압둘 무하드 형님이 말한 것이 이런 것인가. 세겜은 등줄기에 한줄기 식은땀이 흐르는 것을 느꼈다.

루세츠와 세겜의 시선이 교차했다. 비록 미소 짓고 있지만 차가운 표정, 그 얼굴에서는 거부의 여지가 전혀 보이지 않았다. 세겜은 천천히 고개를 떨구며 대답했다.

"…없습니다."

"그렇군요. 알겠습니다."

고개를 끄덕인 루세츠가 하산 저택을 향해 돌아섰다.

"에션트 군."

"네!"

프란이 굳은 표정으로 대답하자, 루세츠는 차가운 표정으로 저택을 노려보며 명령을 내렸다.

"신속히 저택의 입구를 제압하라."

"알겠습니다."

고개를 끄덕인 프란은 검의 손잡이를 만지작거리며 저택의 문으로 다가갔다. 오래간만에 느껴보는 전투 직전의 긴장감에 온몸의 피가 들 끓는 것이 느껴졌다. 프란이 어느 정도 저택에 가까이 다가서자, 두 전사 중 한 명이 다른 한쪽에게 눈짓했다. 눈짓을 받은 쪽이 재빨리 저택 안으로 들어가는 것을 본 프란이 아쉬운 듯 입술을 핥았다.

"고작 한 명? 날 너무 우습게 보는 것 아닌가?"

남은 한 명의 전사가 검을 뽑아 들자 프란도 마주 검을 뽑았다. 차가운 손잡이의 감촉에 심장이 빠르게 고동치는 것을 느끼며, 프란이 진한 살기를 피워 올렸다.

"휘익~"

"으읏……."

어느 정도 거리를 두고 물러난 로엔이 휘파람을 부는 것과 동시에, 압도적인 살기에 반응한 전사가 신음을 흘리며 한 걸음 물러났다. 다시 프란이 한 걸음 앞으로 나서자, 위기감을 느낀 전사가 노호성을 지르며 앞으로 튀어나왔다.

"이야앗!"

전사의 돌진에도 프란은 미소 지은 채 움직이지 않았다. 전사가 내려친 검이 막 프란의 어깨를 쪼개려는 찰나—

슈앗—!

싸늘한 검광이 대기를 갈랐다. 프란은 한 방울의 피조차 묻지 않은 깨끗한 검을 가볍게 털어낸 후, 볼 것도 없다는 듯 검집에 갈무리했다.

"휘익~"

로엔이 다시 휘파람을 불었다. 그와 동시에, 전사가 허망한 얼굴로 바닥에 무릎을 꿇었다. 그의 가슴에 길게 패인 치명적인 검상이, 그의 죽음의 이유를 말해 주고 있었다.

"놀지만은 않은 모양이네요."

"아아. 여기에 오기 전까지는 나도 열심히 수련했거든."

로엔이 느긋하게 웃으며 말을 건네자 프란이 담담하게 대답했다. 보는 사람이 소름 끼칠 정도로 뿜어내던 살기는 이미 씻은 듯 사라진 후였다. 그때, 냉정하게 전투를 바라보던 루세츠가 입을 열었다.

"로엔 군."

"네?"

로엔이 고개를 갸웃하며 돌아보자, 루세츠가 가볍게 팔짱을 끼며 물었다.

"두 분의 힘을 빌릴 수 있겠나?"

"물어보죠, 뭐."

'두 분'이 지칭하는 것이 누구인지 반문할 필요도 없다는 듯 로엔이 간단히 대답했다. 로엔은 건틀릿을 흘끗 내려다보며 말했다.

"라는데, 괜찮겠어?"

순간 두 사람의 실루엣이 로엔의 등 뒤로 나타났다. 예전의 촐랑대던 모습은 간데없이 차분한 모습으로 유스와 에바가 대답했다.

[문제없습니다.]

[맡겨만 주세요~]

로엔은 고개를 끄덕인 후 루세츠를 바라보았다.

"라고 합니다만."

"아아, 고맙네."

루세츠는 고개를 끄덕인 후, 로엔 어깨 너머의 유스와 에바에게로 시선을 돌렸다.

"두 분, 예전에 기억하기로 비상(飛翔)의 능력이 있으신 걸로 기억합니다만……."

[네. 있습니다.]

유스의 대답에 루세츠가 잠시 하늘을 올려다보았다.

"제가 부탁드리고 싶은 것은 대단한 것이 아닙니다. 두 분의 능력을 사용해 높은 곳으로 올라가, 혹시라도 다른 문으로 빠져나가는 이들이 있나 확인한 후 포획해 달라는 것입니다. 괜찮겠습니까?"

[네에~]

"네, 그렇다면 부탁드리겠습니다."

에바가 한쪽 눈을 찡긋하며 대답했고, 유스와 에바는 망설임없이 곧장 하늘로 솟구쳐 올랐다. 예전에 보였던 엄청난 그녀들의 능력을 알고 있는 루세츠는 한시름 놓았다는 듯 세겜을 돌아보았다.

"이, 이건 대체……."

급박하게 이어지는 사건들에 따라오지 못한 세겜이 입을 다물지 못한 채 루세츠를 바라보았다. 루세츠는 부드럽게 웃으며 세겜에게 말했다.

"보시는 대로입니다. 모든 출구를 봉쇄하고, 직접 돌파할 생각이죠."

"하, 하지만 일곱째 형님의 사병은 그렇게 만만한 수준이……!"

세겜이 외치는 순간, 저택의 문이 열리며 병사들이 쏟아져 나왔다. 전사들이 원진(圓陣)을 형성하며 루세츠 일행을 포위한 후, 마지막으로 중후한 스타일의 남자가 걸어나왔다. 나이는 약 30대 중반쯤 되었을까, 단정히 빗어 넘긴 갈색 머리카락이 햇빛을 받아 타오르는 적색으로 빛났다. 그 모습을 본 세겜이 당황한 표정으로 외쳤다.

"…일곱째 형님!"

하산은 세겜을 흘깃 바라보았다. 친지라도 아무렇게 베어버릴 듯한 무표정을 본 세겜이 움찔하자, 하산은 프란에게 당한 전사의 시신을 바라보며 입을 열었다.

"깔끔한 수법이군. 누구의 짓인지 물어도 되겠소?"

그 말에 프란이 한 걸음 앞으로 나서려는 것을 루세츠가 제지했다. 하산의 무표정에 비견될 만한 차가운 얼굴로 루세츠가 그에게 말을 건넸다.

"토라의 외교 사절로 온 루세츠 폰 엔트레아라 합니다."

루세츠의 소개에 하산이 의외라는 얼굴로 그를 바라보았다. 잠시 묵묵히 그를 바라보던 하산은 턱을 쓰다듬으며 대답했다.

"호오, '비열한 너구리' 라고 불리는 엔트레아 백작 각하가 그대셨군. 실례했소. 하산 엘로힘 하타리라 하오."

"…무례한!"

"함부로 나서지 말게나!"

프란이 발끈해 앞으로 나서는 찰나, 루세츠의 외침이 그를 제지했다. 하산은 가소롭다는 듯 프란을 흘낏 바라보며 말을 이었다.

"무례하다는 것은 힘이 있을 때나 할 수 있는 말이지. 너희를 둘러싸고 있는 이백의 병사를 능가할 힘이 네게 있다면, 마음대로 지껄여도 좋다."

"빌어먹을……."

프란은 빈틈없이 자신들을 겨누고 있는 병사들의 창을 보며 입을 다물었다. 루세츠는 하산에게서 시선을 떼지 않은 채 이야기를 계속했다.

"저희는 귀국 황제 폐하의 윤허를 받은 후, 적법한 절차를 거쳐 이곳에 와 있습니다. 한데 귀하께서는 법에 따르는 것이 의무임에도 불구하고, 저희의 수사에 응하지 않으려 하고 있습니다. 그것을, 귀하께서 폐하를 거역할 마음을 갖고 있다고 생각해도 되겠습니까?"

"입에서 내뱉는 대로 다 말이라 생각하는 건가? 만약 내게 그럴 마음이 있었다면 벌써 아바마마를 치고도 남았을 것이다. 무엇보다, 내겐 그럴 수 있는 힘이 있으니까."

차갑게 일갈하는 하산의 말에는 이미 존대가 사라져 있었다. 루세츠는 입가에 냉소를 띠며 다시 그에게 물었다.

"그렇다면 저희가 생각하고 있는 것이 옳기 때문에 귀하께서 수사를 거절하시는 것이라 판단해도 되겠습니까?"

"좋을 대로."

오만한 태도로 하산이 대답했다. 루세츠는 고개를 끄덕인 후, 로엔에게로 시선을 돌렸다.

"리스나르트 군, 중요 참고인 하산 엘로힘 하타리를 연행하라. 상황에 따라서는 무력을 사용해도 상관없다."

"그러죠."

느긋하게 대답하는 로엔에게 시선을 돌린 하산이 입꼬리를 살짝 치켜 올렸다.

"리스나르트?"

"아아, 뭐, 성은 물론 그렇습니다만……."

로엔이 천천히 하산에게 걸어가자, 네 명의 전사가 뛰어나와 로엔을 둘러쌌다. 북동, 북서, 남동, 남서의 네 방위를 가로막는 병사들을 바라보던 로엔이 코웃음을 쳤다.

"겨우 이 정도로 날 가로막겠다는 것은 아니겠지?"

“백작 각하, 이건…….”

불안한 표정으로 로엔을 바라보던 세겜이 루세츠에게 말을 건넸다. 하지만 루세츠는 여유만만한 미소를 지으며 로엔을 바라보았다.

“걱정 마십시오. 비록 젊은 청년이지만 대륙 최고의 무가, 리스나르트의 자손입니다.”

“리스나르트!?”

세겜의 외침이 신호라도 된 듯, 로엔과 대치하고 있던 네 명의 전사 중 남서의 전사가 창을 질렀다. 그것을 한 걸음 옮기는 것만으로 가볍게 피해낸 로엔은, 한 바퀴 돌며 자신의 등과 가슴을 동시에 노리는 두 자루의 창을 양손으로 잡아챘다.

“헉!?”

내지른 창에 가속도가 붙자 두 명의 전사는 순간 균형을 잃고 비틀거렸다. 그것을 놓치지 않고 로엔이 창을 잡고 있는 손목을 비틀자 두 개의 창은 잠시 집중을 잃은 두 전사의 손에서 어이없을 정도로 쉽게 빠져나왔다. 그 틈을 타고 마지막 북동의 전사가 휘두르는 창을 양손의 창을 휘둘러 튕겨낸 로엔은, 재차 공격을 시도하는 남서의 전사를 향해 창을 내질렀다.

“크윽!”

몸을 틀어 회피하려던 전사는 예상외로 빠른 공격에 어깨를 얻어맞고 답답한 신음을 토했다. 양손에 쥔 창을 놓아버린 로엔은 한줄기 차가운 미소를 흘리며 그에게로 대시했다.

카앙—!

순간 차가운 금속성이 울려 퍼지며 로엔의 주변으로 먼지구름이 피어났다. 그 먼지구름이 걷혔을 때 사람들에게 보인 것은, 서로의 검을 맞대고 있는 로엔과 하산이었다.

"…제법이군."

막으리라고는 생각하지 못했는지, 하산이 놀란 표정으로 입을 열었다. 강렬한 하산의 일격을 막을 힘을 보태기 위해 검날 아래쪽에 건틀릿의 손등을 대고 있던 로엔은, 이를 악무는 와중에서도 미소를 지었다.

"과연 검호란 소문이 헛되진 않았군요… 하앗!"

로엔이 기합을 넣어 하산의 검을 밀어내자, 둘의 사이에는 자연스럽게 간격이 생겼다. 양손으로 검을 고쳐 잡으며 로엔이 그를 노려보았다.

"그 건틀릿, 보통 물건은 아닌 것 같군."

하산이 거리를 잡으면서도 흘낏 로엔의 건틀릿을 바라보자 로엔이 쓴웃음을 지었다.

"뭐, 나쁘지는 않은 물건이죠."

로엔의 대답에 하산이 미소를 지었다. 아까와는 다른, 상대를 인정하는 미소였다.

"아무래도 상관없겠지."

그렇게 말한 하산은 감히 나서지 못하고 자신을 바라보는 병사들에게 말했다.

"너희들은 물러나라. 그리고 지금부터 무슨 일이 있어도 나와 이자의 싸움에 끼어들지 마라. 끼어드는 자는, 누구라 하더라도 베겠다."

"휘익～"

로엔이 길게 휘파람을 불었다. 하산이 한 걸음 앞으로 나서면서 의아한 표정을 짓자, 로엔은 황급히 한 걸음 뒤로 물러나며 말했다.

"호쾌하시군요. 마음에 드는 분입니다."

"칭찬으로 듣지."

빙긋 미소 지은 하산의 얼굴에서 점차 표정이 사라졌다. 그에 비례해 강렬하게 피어오르는 살기를 느끼며, 로엔도 표정을 진지하게 바꿨다.

소름 끼치는 살기의 충돌에, 루세츠의 옆에서 전투를 지켜보는 세겜이 마른침을 삼켰다. 단 한 치의 틈도 보이지 않으려는 듯 로엔과 하산은 미동조차 않고 상대를 노려보았다. 끝없는 대치 상태가 지속된 지 십여 분쯤 지났을까, 문득 하산의 검끝이 아래로 살짝 처졌다.

"핫!"

순간, 짧은 기합성과 함께 로엔의 검이 폭풍처럼 하산을 향해 찔러 들어갔다. 여유있게 그것을 걷어낸 하산이 왼 주먹으로 로엔의 옆구리를 후리려는데, 그 틈을 놓치지 않은 로엔의 무릎이 하산의 사타구니를 노리고 올라왔다.

"어딜……!"

하산이 황급히 왼손을 내려 로엔의 공격을 막아냈다. 그와 약간의 시간 차를 두고, 서로 같은 생각을 했는지 두 검의 힐트끼리 부딪치는 소리가 요란하게 울렸다.

카앙―!

다시 간격을 잡으며 물러난 두 사람의 표정에는 변화가 없었다.

"무슨 박투(搏鬪)라도 하는 기분이군."

하산이 자세를 고쳐 잡으며 혀를 끌끌 차자, 로엔은 검끝을 등 뒤의 지면에 가까이 내린 자세로 빙긋 웃었다.

"먼저 주먹을 쓰신 것은 그쪽이 아니었나요?"

"하긴, 내가 이런 말을 할 처지는 아니로군. 그럼 이번엔 이쪽에서……."

하산은 말꼬리를 흐리며 한 걸음 앞으로 내디뎠다. 쾌속의 돌진을 장기로 삼는 로엔과는 다른 둔중하면서도 압도적인 그 한 걸음에, 로엔은 마른침을 삼키며 한 걸음 뒤로 물러났다.

"과연 레트니아 3대 검호, 하산 엘로힘인가."

"저도 형님이 실제 대결에 임하신 모습은 처음 봅니다만, 상상을 초월하는군요."

하산의 '한 걸음' 에 프란이 기가 질린 얼굴로 중얼거리자, 모하메드가 동의하는 듯 고개를 끄덕였다. 저 둘이 이럴 정도인데 나머지는 말할 필요도 없었다. 아라엘과 체시아는 아예 백지장처럼 하얘진 얼굴로 주춤 한 걸음씩 뒤로 물러날 정도였다. 다만 한 사람, 루세츠만이 태연한 얼굴로 로엔과 하산의 대결을 바라보고 있었다.

다시 하산이 한 걸음을 내디뎠다. 하지만 로엔은 이번엔 물러나지 않았다. 상대방의 검역(劍域) 안, 찰나간에 전신을 무참히 난도질할 듯한 살기를 견디며 로엔은 이번엔 자신이 앞으로 한 걸음 나섰다. 그 모습에 하산이 의외라는 표정을 지었다.

"한 걸음 앞으로? 블릭스를 쓰러뜨렸다는 소문이 허언은 아니었던 모양이군."

"…크윽."

로엔은 대답하지 않았다. 아니, 대답할 수 없었다. 거리가 가까워질수록 점점 더 농밀해지는 상대의 살의가, 로엔으로 하여금 이를 악물게 하고 있었다. 그것을 바라보던 프란은 한 차례 고개를 내저었다.

"안 돼. 저건 로엔이라 하더라도 무리야."

로엔이 양손으로 검을 고쳐 잡았다. 검극(劍極)이 천천히 앞으로 이동하고, 전신의 근육이 긴장하며 힘을 축적한다. 일격필살, 이 한마디가 로엔을 지배하고 있는 전부였다.

하산은 로엔의 자세가 바뀌자 표정을 굳히며 자신도 자세를 바꾸었다. 검극이 로엔을 향한 채 뒤로 물러나고, 왼손이 앞으로 뻗어 나와 로엔의 시야를 가렸다. 노출되는 몸의 면적을 최소화한 채, 시야는 로엔의 검끝에 집중했다. 서로의 간격 안, 단 한 순간이라도 허점을 보였다간 죽음으로 직결된다.

'기회는… 단 한 번!'

로엔은 다시금 이를 악물었다. 하산의 왼편 다리에 보이는 허점. 고의로 보여주는, 끌어들이기 위한 허점이라는 것은 분명하다. 하지만 그곳을 공략하지 않는 이상은 다른 방법을 찾을 수 없을 만큼 하산의 방어는 엄밀했다.

물샐틈없이 촘촘하게 로엔을 둘러싼 살기의 그물을 뚫고 로엔의 투기가 천천히 피어올랐다. 그 투기가 극에 달한 순간, 로엔의 몸이 섬전처럼 쏘아졌다.

카앙—!

검과 검이 부딪치는 금속성이 울렸다. 하산의 왼쪽 허벅지를 노리는 척 검을 내지르던 로엔은, 중간에 검의 방향을 바꿔 내려치는 하산의 검을 막았다. 하산이 빠른 속도로 검을 회수하며 로엔의 오른팔에 드러난 허점을 바라보는 순간, 로엔의 입에서 노호성이 터졌다.

"썬더ㆍ라이트닝 볼트!"

"마법인가!"

하산이 인상을 찌푸리며 황급히 몸을 옆으로 틀었다. 로엔은 한순간에 마법의 구성을 간파해 피해낸 솜씨에 감탄하면서도, 급히 피하느라 드러난 하산의 왼다리의 허점을 놓치지 않았다.

"크윽!"

로엔의 공격에 허벅지를 베인 하산이 살을 주고 뼈를 친다는 심정으로 드러난 로엔의 왼편 어깨를 향해 검을 내려쳤다. 하지만 이미 로엔에게는 그 공격의 대비가 되어 있었다. 미스릴 망토를 말아 쥔 로엔의 팔목이 하산의 검을 막아내자, 하산은 허탈한 표정으로 황급히 두 걸음 물러났다.

"쉽게 제압할 수 있을 거라 생각했건만, 그런 수를 숨겨두고 있던 건가."

"글쎄요. 비장의 수라는 건 누구나 하나씩 가지고 있는 법이니까요."

로엔이 빙긋 웃자 하산은 허벅지의 상처를 힐끗 바라보았다. 다행히 깊은 상처는 아니라 움직이는 데 무리는 없을 것 같았다. 하산은 다시 전투 태세를 취하며 로엔에게로 시선을 돌렸다.

"내 전력을 다한 공격을 막아내고도 흠집조차 없다니, 황당할 정도의 아티팩트로군. 실례가 되지 않는다면 이름을 물어봐도 되겠나?"

"물론. '섀도우 키퍼'라고 합니다."

로엔은 애써 태연한 표정을 가장하며 응수했다. 겉보기엔 아무렇지도 않은 모습이었지만, 로엔 역시 하산 못지않은 타격을 왼팔에 입고 있었다. 찌르르— 저려오는 왼팔에 신경이 쓰이는 것을 애써 무시하며, 로엔은 검을 쥔 손에 힘을 더했다.

다시 대치한 둘의 싸움은 간단히 끝날 기미가 보이지 않았다. 단순 실력에서 하산이 우위를 점하고 있다면, 로엔은 그것을 커버할 수 있는 신체와 아티팩트를 가지고 있었다.

카앙—!

틈을 볼 것도 없이 달려들어 내리찍는 로엔의 검을 하산이 막았다.

"하앗—!"

기합과 함께 로엔의 검을 힘껏 밀어낸 하산이 비스듬히 로엔의 가슴을 베어 내리는 것을 가까스로 뒤로 물러나 피해낸 로엔은, 재차 이어지는 하산의 공격에 검을 갖다 대는 것으로 살짝 비껴내며 그의 복부를 걷어차려 했다. 하지만 그것을 그냥 두고 볼 하산이 아니었다.

"큭—!"

왼발을 한 걸음 내디뎌 로엔의 차기를 원천부터 봉쇄하며, 하산의 주먹이 로엔의 가슴을 강타했다. 로엔이 답답한 신음을 토하며 뒤로 물러나자, 틈을 놓치지 않고 하산의 검이 로엔의 옆구리를 노렸다.

카앙—!

다시금 둘의 검이 경쾌한 금속성을 울리며 맞부딪쳤다. 로엔이 어느 정도 회복된 왼손을 믿고 힘으로 밀어붙이자, 하산 역시 양손으로 검을 잡고 온 힘을 다해 상대의 검을 밀어내기 시작했다. 한 치의 양보도 있을 수 없는 힘과 힘의 대결. 하지만 대결은 로엔에게 불리하게 돌아가고 있었다. 아무리 아버지 제디스틴 리스나르트의 밑에서 단련되었다고는 하지만, 17세 소년의 근력에서 더 발전하지 못한 로엔이 수십 년을 수련해 온 하산의 힘을 당해낼 수 있을 리가 만무했다.

"제길!"

밀리기 시작하자 불리하다고 판단한 로엔은 허점을 내주는 것을 감수하고 몸의 중심을 낮추며 검을 비틀어 힘을 흘렸다. 균형을 잡기 위해 자세를 낮췄음에도 불구하고 힘의 여파를 감당하지 못한 로엔의 몸이 크게 흔들렸고, 그 틈을 놓치지 않고 하산이 로엔의 발목을 걸어찼다. 로엔이 결국 흐트러진 균형을 바로잡지 못하고 쓰러지자, 그 위로 하산의 검이 내리꽂혔다.

"끝이다!"

"이런 빌어먹을—!"

로엔의 당황한 외침이 들리는 것과 동시에, 성대하게 일어난 흙먼지가 둘의 모습을 가렸다.

"끝난… 건가?"

프란이 허탈한 표정으로 중얼거렸다. 자신들 중 가장 강한 로엔이 이렇게 쉽게 무너진다면, 나머지 사람들 역시 이곳에서 살아남기는 힘들 것이었다. 프란은 조용히 검에 손을 가져가며 루세츠를 흘낏 바라보았다. 하지만 루세츠의 표정은 전과 마찬가지로 평온했다. 아니, 평온한 정도가 아니라, 만면에 미소마저 띠고 있었다.

무언가 이상함을 느낀 프란이 다시 전투의 장으로 시선을 돌렸다. 흙먼지가 천천히 가라앉고, 마침내 둘의 모습이 시야에 드러났을 때, 프란의 입에서 탄성이 터져 나왔다.

"아……!"

금빛 건틀릿을 낀 로엔의 왼손이 검신을 매끄럽게 타고 올라 하산의 검 힐트에 닿아 있었다. 로엔의 손에 의해 방향이 빗겨난 듯 하산의 검은 로엔의 왼 어깨 옆 바닥을 찍었고, 동시에 하산의 오른쪽 팔은 검 손잡이로 자신의 목덜미를 찍으려는 로엔의 오른쪽 팔을 가로막고 있었다. 결코 어느 쪽도 유리할 수 없는 대치 상황, 아니, 지금만 놓고 보자면 다리가 자유로운 로엔 쪽이 좀 더 유리했다.

"이, 이런 어이없는… 큭!"

믿기지 않는다는 얼굴로 로엔을 바라보던 하산이 킥을 복부에 얻어맞고 황급히 뒤로 물러났다. 로엔이 자리를 툭툭 털며 일어났지만, 너무나 당황했는지 그 틈을 노려 공격할 생각조차 하지 못하고 있었다.

"젠장, 옷 없는데……."

로엔은 자신의 왼팔 바깥쪽으로 길게 베여 나풀거리는 옷자락을 바라보며 투덜거렸다. 그 안으로 들여다보이는 상처 하나 없는 깨끗한 팔에, 하산이 경악한 얼굴로 로엔을 가리켰다.

"너, 너, 설마……."

로엔은 차가운 미소를 입가에 띠었다.

"예상하시는 대로입니다."

그 대답에, 하산은 불신이 가득한 표정으로 짓씹듯 내뱉었다.

"설마… 블릭스와 같은 몸을 가진 자가 또 있으리라고는……."

"뭐, 한 명이 있다면 두 명째도 있을 수 있는 거죠. 저도 제 몸 상태를 그다지 좋아하고 있진 않으니, 이 이야기는 그만둬 주시겠습니까?"

로엔의 말에 하산은 긴 한숨을 내쉬었다.

"그러지."

그 한마디에 이번에는 로엔이 놀란 표정을 지었다. 방금까지 경악과 불신으로 평정을 잃고 있던 사람이라고는 생각할 수 없는, 놀라울 정도로 냉정한 한마디였다.

"믿을 수 없는 자제력이군요. 경의를 표합니다."

나풀거리는 셔츠 자락이 귀찮았는지, 아예 왼쪽 팔의 소매를 잘라낸 로엔이 다시 검격(劍擊)의 자세를 취하며 찬사를 보냈다. 하산 역시 마주 자세를 잡으며 로엔을 바라보았다.

"아까 전까지는 자네를 얼마 정도 경시하고 있었네만, 지금은 다르네."

"……!"

하산이 검극을 내려 로엔의 하체를 겨냥하는 순간, 기의 폭풍이 로엔을 몰아쳤다. 살의가 말끔히 제거된 순수한 투기의 폭풍에 로엔은 말조차 꺼내지 못하고 하산을 바라보았다.

"나, 하산 엘로힘 하타리는 지금부터 전력을 다하겠다. 내가 전력을 다하는 상대는 '검장' 이스카 폰 블릭스 이후로 그대가 처음이니, 결코 실망하지 말게나."

조금은 남아 있던 한 가닥 여유조차 사라진 얼굴로 하산이 말했다. 상대의 압도적인 투기에 짓눌린 로엔은 그의 말에 겨우 이 한마디만을 꺼낼 수 있었다.

"그거… 영광이군요."

허세를 가득 담은 로엔의 말에 하산이 미소 지었다. 그와 동시에 하산의 오른발이 한 걸음 앞으로 나아갔다.

'피하지 않으면 죽는다!'

순간 이 생각이 로엔의 뇌리를 스치는 것과 동시에, 로엔은 황급히 몸을 좌측으로 틀었다. 싸늘한 검광이 간발의 차이로 로엔의 코앞에 일렁였다. 로엔은 등줄기에 소름이 돋는 것을 느끼며 몸이 반응하는 대로 황급히 검을 내려쳤다.

카앙—!

로엔이 기세를 이기지 못하고 비틀거리며 뒤로 물러났다. 그 틈을 노린 하산의 검이 로엔의 옆구리를 노렸고, 로엔은 짧은 욕지거리를 내뱉으며 찔러오는 검의 진로에 자신의 검을 들이댔다.

"제기랄—!"

카카칵—!

금속과 금속이 마찰하는 기분 나쁜 음향이 모두의 귀를 어지럽혔다. 하산은 로엔의 검에 맞댄 자신의 검을 그대로 로엔의 옆구리로 밀어붙였다. 로엔은 검날 윗부분을 붙잡아 기세를 이겨내려 했지만, 결국 하산의 힘을 이겨내지 못하고 정신없이 몇 걸음 뒤로 물러났다.

'이대로 가다가는 이길 수 없어!'

로엔은 쉴 새 없이 몰아치는 하산의 공격을 겨우겨우 막아내며 초조하게 생각했다. 상대는 아버지 제디스틴 리스나르트와 동급이라 평가받는 대륙 3대 검호, 그 실력은 자신의 그것을 압도적으로 상회하고 있었다.

'살을 주고… 뼈를 칠 수밖에 없나.'

마음을 굳힌 로엔은 온 힘을 다해 자신의 어깨로 내려치는 하산의 공격을 받아냈다. 의외의 강력한 반응에 막힌 하산이 잠시 주춤하는 순간, 로엔은 왼쪽 어깨를 안으로 밀어 넣으며 이를 악물고 외쳤다.

"파이어 · 헬 · 인페르노!"

시그마가 발동하고, 지옥의 보랏빛 화염이 로엔의 전신을 감싸며 화려하게 불타올랐다. 황급히 몸을 비틀던 하산은 설마 스스로의 몸을 대상으로 마법을 쓸 것이라고는 생각하지 못했는지, 안으로 파고든 로엔의 어깨를 미처 피해내지 못했다.

"크아악—!"

"큭—!"

로엔에게서 옮겨 붙은 초고온의 자염(紫炎)이 하산의 몸을 태웠다. 대상이 타 없어질 때까지 절대 꺼지지 않는다는 지옥의 화염에 비할 바는 아니지만, 시그마로 합성된 마법의 불꽃은 결코 무시할 수 없을 정도로 강력했다.

"으윽……."

가슴에 큰 화상을 입은 하산이 비틀거리며 뒤로 물러났다. 옷이 불타 버려 드러난 가슴에선, 살이 녹아 흉하게 일그러진 피부가 그대로 보이고 있었다.

한편 로엔 역시 무사하지는 못했다. 극한 상황에서의 시그마 발동과 전신에서 느껴지는 어마어마한 고통을 견디느라 소모한 정신력은, 로엔으로 하여금 더 이상의 전투를 힘들게 만들고 있었다.

"로엔!"

결국 견디지 못한 로엔이 바닥에 쓰러졌고, 프란이 다급하게 로엔에게로 달려갔다. 망토와 건틀릿을 제외하고 걸치고 있던 모든 것들이 타버린 로엔은, '불변'의 몸답게 어디에도 화상을 입지 않은 매끈한 나신을 드러낸 채 쓰러져 신음하고 있었다.

"로엔! 괜찮나! 로엔!?"

"으으윽……."

프란이 로엔을 흔들며 외쳤지만, 로엔은 고통스러운 신음을 흘릴 뿐 제정신을 찾지 못하고 있었다. 프란이 다시 한 번 로엔을 흔들어 깨워 보려 하는데, 하산이 비틀거리며 그들에게로 다가왔다.

"물러나라!"

하산이 다가오는 기척을 느낀 프란이 검을 뽑으며 외쳤다. 하지만 하산은 그를 아랑곳하지 않은 채 검에 의지해 한 걸음 한 걸음 로엔에 게로 다가왔다.

"물러나!"

프란이 다시 한 번 외쳤지만 하산은 물러나지 않았다. 도리어 하산은 고개를 가로저으며, 투기가 사라진 모습으로 프란을 바라보았다.

"됐네. 대결은 끝났어. 결과가 어찌 됐던 내겐 저 소년을 죽일 능력이 없고, 있다 해도 죽일 생각은 없으니 염려하지 말게."

하지만 프란은 긴장을 풀지 않았다. 비록 큰 부상을 입었다고 하나 상대는 대륙 최강의 검사, 결코 경시할 수 있는 상대가 아니었다. 다른 대륙 3대 검호의 하나, 제디스틴 리스나르트가 얼마나 대단한지 뼛속 까지 알고 있는 프란이기에 더욱 경시할 수 없었다.

하산은 프란이 자신을 향해 검을 겨누든 말든 전혀 상관하지 않고 로엔의 옆으로 다가왔다. 아예 정신을 잃었는지 로엔은 미동조차 없이 축 늘어져 있었다. 하산이 몸을 숙여 로엔을 살피는 것을 경계하며 바 라보던 프란은 하산이 별 행동 없이 일어나자 한 걸음 뒤로 물러나며 검을 내렸다.

"걱정하지 않아도 되겠군. 시간 고정 마법답게 신체가 전투 이전의 시점으로 빠르게 회귀하고 있어."

"로엔의 상태에 대해 알고 계시는 겁니까?"

프란이 의아한 표정으로 물었다. 하산은 침중한 표정으로 고개를 끄덕였다.

"그렇네. 과거 이스카 폰 블릭스에게 패한 후, 그의 신체에 치명적인 타격을 줄 수 있는 방법을 찾아보기 위해 조사를 했었지. 결과는 허탕이었지만."

"아……."

프란은 납득한 듯 고개를 끄덕였다. 하산은 길게 한숨을 내쉰 후, 루세츠에게로 고개를 돌렸다.

"더 이상 저항할 힘도 없으니 이제 마음대로 하시오, 엔트레아 백작."

원하던 결과가 나와서인지 루세츠는 빙긋 웃었다. 하지만 그 입에서 나온 말은 그 자리에 있던 모두가 상상하고 있던 것과는 좀 달랐다.

"그대를 마음대로 할 생각은 없으니, 들어가서 상처를 치료하시기 바랍니다, 하렘의 일곱 번째 아드님."

순간 그 자리에 있던 모두가 망치로 한 대 얻어맞은 듯한 표정으로 루세츠를 바라보았다. 그중 가장 먼저 정신을 차린 세겜이 루세츠에게 물었다.

"일곱째 형님을 연행하는 것이 아니었습니까?"

그 말에 루세츠는 오히려 이해할 수 없다는 표정으로 되물었다.

"우리의 목적은 하렘의 일곱 번째 아드님의 가택 수사가 아니었는지요?"

"그, 그건 그렇습니다만……."

"수단을 통해 길을 열었으니, 목적을 향해 전진하는 것은 당연한 일이 아니겠습니까? 일곱 번째 아드님을 연행할 이유는 어디에도 없습니다."

논리 정연한 루세츠의 말에 세겜은 우물쭈물하다 입을 다물었다. 루세츠는 다시 빙긋 웃으며 프란을 돌아보았다.

"에션트 군, 로엔을 돌봐주게. 그리고 하산 엘로힘 하타리님."

"무슨 용건이신지?"

하산이 쓰게 웃으며 대답하자, 루세츠는 질서있게 도열한 하산의 사병들을 가리켰다.

"저 병사들이 저를 좀 도울 수 있었으면 합니다만……."

"마음대로 하라 하지 않았소."

아무래도 상관없다는 듯한 하산의 대꾸에 루세츠는 난처한 표정을 지었다.

"하지만 하산님의 명 없이 저들이 제게 잘 협력해 줄지……."

"아아, 알았소. 과연 너구리란 말을 들을 만한 치밀함이군."

하산의 말에 루세츠는 미소 지으며 어깨를 으쓱했다. 잠시 숨을 고른 하산은 병사들 쪽을 돌아보지도 않고 큰 소리로 외쳤다.

"'용전(勇傳)의 관(官)'의 모든 전사들은 들으라! 나 하렘의 일곱 번째 아들 하산 엘로힘 하타리가 명하노니, 모든 전사는 토라의 전권대사 루세츠 엔트레아 백작에게 최선을 다해 협력하라! 이것은 곧 나의 의

지이며, 따르지 않는 자는 군율에 따라 처벌할 것이다!"

"예! 알겠습니다!"

순간 수백에 달하는 전사들의 외침이 대기를 찢을 듯 쩌렁쩌렁하게 울렸다. 사병의 기강이 얼마나 엄정하게 관리되는지, 하산 엘로힘 하타리는 단 한 차례의 명령을 통해 그곳에 있는 모두에게 그것을 보였다.

하산은 피곤한 표정으로 루세츠를 돌아보았다.

"이제 되었소?"

"네. 협력에 감사드립니다."

루세츠는 고개 숙여 감사를 표한 후 정문을 향해 몸을 돌렸다. 하지만 몇 걸음 옮기기도 전에, 하산의 나직한 목소리가 루세츠를 붙잡았다.

"엔트레아 백작."

"네."

루세츠가 돌아보자 하산은 잠시 망설이는 표정을 지었다가, 곧 결심한 듯 루세츠에게 말했다.

"부디 너무 거칠게 대하지 말아주게."

"제 이름에 맹세코, 귀하께서 생각하고 계시는 일은 없을 것입니다. 걱정 놓으시길."

루세츠는 진지한 표정으로 답하고는 다시 정문을 향해 걸음을 옮겼다. 그 걸음이 하산의 저택 '용전의 관'의 정문을 넘으려던 찰나, 유스와 에바가 로엔의 옆으로 내려왔다.

"넓은 저택을 수색하는 수고를 덜었군요."

루세츠는 쓴웃음을 지으며 유스와 에바에게로 시선을 돌렸다. 그녀들의 팔에는, 이미 의식을 잃은 듯한 남자가 각각 한 명씩 축 늘어진 채로 매달려 있었다.

[부탁하신 대로, 저택을 나가려던 자들을 붙들어 왔습니다아~]

발랄한 목소리로 유스가 데려온 남자를 바닥에 집어던졌다.

[저도요~]

이어서 에바가 그 위에 자신이 끼고 있던 남자를 착실하게 포개놓으며 방긋 웃었다. 마치 쓸모없는 물건을 버리는 듯한 그 모습에, 루세츠는 다시금 쓴웃음을 지었다.

"수고하셨습니다."

먼저 유스와 에바에게 감사를 전한 루세츠는, 이어 하렘의 스물세 번째 아들, 모하메드 하타리에게로 시선을 돌렸다.

"전하의 저택에서 도망친 자들이 이자들이 맞습니까?"

하지만 모하메드는 루세츠의 말을 듣고 있지 않았다. 어딘가 넋이 빠진 모습으로, 멍하게 앞에 쓰러져 있던 두 명의 남자를 바라보고 있을 뿐이었다.

"모하메드님?"

"아, 네!"

루세츠가 재차 부르자 그제야 모하메드가 정신을 차리고 대답했다. 루세츠는 잠시 고개를 갸웃하고는 쓰러진 두 남자를 가리키며 다시 물었다.

"귀하의 저택에서 도망친 자들이 이자들이 맞습니까?"

"네… 맞습니다."

모하메드의 대답에 루세츠가 빙긋 미소 지었다.

"그럼 이들을 심문하면 배후가 누구인지 알아낼 수 있겠군요. 시엘 홀린스와 리테아스 양, 이 둘을 연행해 주기 바라네."

"자, 잠깐."

병사가 가져온 약으로 화상을 치료하던 하산이 황급히 일어났다. 루세츠가 의아한 표정으로 돌아보자, 그는 믿을 수 없다는 듯 루세츠에게 물었다.

"엔트레아 백작, 그대는 내 일로 온 것이 아니었단 말인가?"

"아닙니다."

간단한 루세츠의 대답에 하산이 허탈한 표정을 지었다.

"정녕 아닌가? 난 그대들이 폐하께 전권을 위임받아 왔다는 말을 듣고, 그녀 때문에 왔으리라 생각하고 있었네만……."

"저희는 단지 저희를 독살하려 들었던 흉수가 이곳에 숨어들었단 말을 듣고 왔을 뿐입니다. 귀하의 연애 문제는 황궁에서 관여하실 일인데 제가 어찌 그것에 관해 왈가왈부하겠습니까?"

루세츠의 대꾸에 하산은 잠시 멍한 얼굴로 그를 바라보다가, 잠시 후 크게 웃기 시작했다.

"하하하… 하하하하! 그래, 그랬단 말이지?"

한참을 크게 웃던 하산은 웃음을 그치고는, 갑자기 루세츠를 향해 길게 읍하며 말했다.

"백작 각하, 지금까지 무례했던 것에 사과드립니다. 이 하산 엘로힘 하타리, 빚이 생겼으니 앞으로 귀하께 필요한 일이 생긴다면 반드시 도와드리도록 하겠습니다."

"아닙니다. 오해에서 빚어진 일이 아닙니까. 어찌 그런 말씀을……."

루세츠가 황급히 마주 고개를 숙였다. 그때였다.

"각하!"

갑자기 뛰어든 프란이 루세츠를 밀치는 것과 동시에, 프란의 검이 루세츠의 등을 노리고 찔러든 검을 쳐냈다. 갑작스레 밀쳐지는 바람에 크게 휘청이던 루세츠는 간신히 균형을 잡고 프란을 돌아보았다.

"이게 무슨……!"

순간 루세츠는 눈을 크게 떴다. 프란이 한 사람과 어지러이 검을 섞고 있었기 때문이다. 한때 '살의의 마검'이라 불리며 나이트 길드 마스터의 자리까지 올랐던 프란과 비등하게 싸우고 있는 자는, 바로 세겜 하타리였다.

"드디어 본색을 드러내시는군요, 세겜 하타……."

카앙—!

루세츠의 정면으로 은빛 섬광이 번쩍 하는가 싶더니, 어느샌가 루세츠의 옆으로 다가온 하산이 모하메드의 검을 받아내고 있었다.

"무슨 짓이냐, 모하메드."

모하메드와 검을 맞댄 자세 그대로 하산이 준엄하게 물었다. 그러나 모하메드는 코웃음을 칠 뿐, 대답하지 않고 검을 한 번 크게 떨쳐 하산의 검을 밀어냈다.

"물러나시오!"

재차 들어오는 모하메드의 공격에 하산이 앞으로 나서며 외쳤다. 현란하게 퍼부어대는 공격을 최소한의 움직임으로 막아낸 하산은, 어깨

와 목을 향해 예리한 검격을 퍼부어 모하메드를 물러나게 하고는 다시
물었다.

"이게 무슨 짓이냐고 물었다!"

"하극상입니다."

하산의 옆에서 느긋한 세겜의 목소리가 들렸다. 한 손에 들린 검을
휘두르는 것만으로 프란의 맹공을 완벽히 봉쇄하면서, 세겜은 여유만
만한 표정을 지으며 하산을 바라보았다.

"원래는 사절단의 살해 기도 혐의를 덮어씌워 실각시키려 했지만,
아쉽게도 '비열한 너구리' 께서 먼저 눈치 채버린 것 같아서 말입니
다."

느긋한 미소를 입가에 띤 채 말하는 세겜을 바라보던 하산은 불신
가득한 얼굴로 그를 바라보았다.

"너희들이… 너희들이 어찌 나를……."

"형님이란 벽이 너무 높으니 저희가 올라갈 수 없지 않습니까. 그러
니 형님을 처리할 수밖에요."

모하메드가 어깨를 으쓱했다. 그는 한편에 기절해 쓰러져 있는 로엔
을 흘깃 바라본 후 웃으며 말을 이었다.

"과연 리스나르트, 형님을 그렇게까지 몰아붙여 줄 줄은 생각도 못
했는데, 이건 또 나름대로 뜻밖의 수확이었죠."

"네놈들……."

조롱조로 대꾸하는 모하메드를 바라보며 하산이 이를 갈았다. 그때,
루세츠가 한 걸음 앞으로 나오며 모하메드에게 말했다.

"과연, 너무 예상 그대로라 당황스럽기까지 하군요. 하지만 아무리

충분히 준비를 하셨다곤 해도, 본색을 드러내기엔 너무 이른 시기가 아니었는지요?"

루세츠의 말이 끝나기가 무섭게 아라엘과 체시아가 세겜과 모하메드에게로 각각 다가갔다. 만족스러운 얼굴로 고개를 끄덕인 루세츠는, 흘낏 정문을 쳐다보고는 말을 이었다.

"두 분의 실력이 저희 사절단의 호위들과 대륙 최강의 검사로 손꼽히는 하산님, 그리고 용전의 관의 전사들 모두를 상대할 수 있을 것이라고는 생각되진 않는군요. 게다가……."

루세츠는 축 늘어진 로엔의 옆에서 옆구리를 쿡쿡 찔러보고 있는 유스와 에바를 돌아보았다.

"비상시를 대비한 히든카드도 있고 말이죠."

세겜은 루세츠의 말에도 별로 동요한 표정이 아니었다. 오히려 여유 있는 미소를 지으며 어깨를 으쓱하는가 싶더니, 곧 왼팔을 하산과 루세츠를 향해 뻗었다. 그 순간—

[피해에에엣—!]

에바의 외침과 동시에 한줄기 거대한 광선이 대기를 갈랐다. 세겜의 손에서 뻗어 나온 은빛의 광선은, 그 앞에 있는 모든 것을 거침없이 무너뜨린 후 거대한 폭발을 일으켰다.

"쳇, 살았군."

세겜이 인상을 찌푸리며 고개를 살짝 돌렸다. 그 시선이 향한 곳에는 루세츠를 안고 쓰러져 있는 하산이 있었다.

"크으윽……."

루세츠의 입에서 고통스런 신음이 새어 나왔다. 하산 덕분에 직격당

하는 것은 피했지만, 완전히 피하지 못한 듯 루세츠의 왼쪽 다리의 정강이 아랫부분이 증발이라도 한 듯 사라져 있었다.

"이, 이건 대체……."

세겜의 공격에 파괴된 도시를 본 하산이 그 위력에 치를 떨며 중얼거렸다. 세겜은 차갑게 웃으며 하산을 내려다보았다.

"뭐, 별거 아닙니다. 누군가에게서 힘을 좀 얻었거든요."

[악마…….]

그 말에 답하듯 들려온 에바의 중얼거림에 세겜이 고개를 돌렸다. 무언가를 참아내려는 듯 부들부들 떠는 에바를 바라보며, 세겜이 고개를 끄덕였다.

"제법 안목이 있는 분이군요. 뭐, 어차피 여기서 죽을 사람들이니 알려 드린다 해도 상관이 없겠죠."

그렇게 말한 세겜은 두 팔을 활짝 펼쳤다. 그 팔이 향하는 곳에 있던 프란과 아라엘이 황급히 옆으로 비켜나자, 세겜은 비웃음 가득한 얼굴로 고개를 저었다.

"그렇게 두려워하실 필요 없습니다. 쉽게 죽여 드리진 않을 테니까요. 그것보다……."

고통스러운 듯 양손으로 무릎을 붙잡은 채 그를 노려보는 루세츠에게로 시선을 돌린 세겜은 광소를 터뜨리며 외쳤다.

"나에게 힘을 주신 그분은, 하하하하, 바로, 이간(離間)의 공작 데이탄 헬마스터입니다!"

'데이탄 헬마스터입니다!' 라는 울림이 강렬한 파동을 타고 멀리 퍼져 나갔다. 세겜의 외침에 체시아는 절망 가득한 표정으로 고개를 떨어뜨렸다. 얼마 전 로엔의 입에서도 나온 적이 있는 그 이름. 로엔과 이스카를 불변의 신체로 만들고, 수백 년이라는 시간의 흐름조차 무시한 채 아직도 존재하고 있다는 대마법사의 이름 앞에, 그들의 존재는 한낱 먼지만큼의 가치도 지니고 있지 않았다. 그런 그가 지옥의 정점에 서 있는 악마대공의 한 명이었다니!

"정말로, 끝인가……."

프란이 빠드득, 이를 갈며 내뱉었다. 세겜의 말이 사실이라면, 평범한 인간인 그들로서는 세겜을 이길 방도가 없었다. 악마에 대응할 수 있다 알려진 유일한 존재들인 천사들의 힘을 실제로 느껴본 적도 있던 그들이었기에, 그 절망의 깊이는 하산이나 다른 전사들보다 더할 수밖에 없었다.

짙은 절망이 천천히 내려앉았다. 언제나 여유를 잃지 않고 있던 루세츠마저도, 세겜의 압도적인 능력에 그저 고개를 떨구고 있을 뿐이었다.

"이제 끝낼 시간이 되었군요. 뒷수습을 해야 할 테니, 꽤나 바빠질 것 같거든요."

세겜이 조롱 가득한 목소리로 흥얼거렸다. 고개를 든 모두가 세겜이 두 손을 하늘로 모으는 것을 절망적으로 바라보고 있을 때였다.

파직―

그 이변을 처음 깨달은 것은, 에바의 어깨를 감싸 안은 채 무표정하게 세겜을 바라보던 유스였다. 뒤에서 들려오는 소리에 무심코 뒤를 돌아본 유스는, 봐서는 안 될 것을 보기라도 한 듯 비틀거리며 한 걸음 뒤로 물러났다.

파지직—

"흐음?"

여유 가득한 웃음을 띤 채 양손에 에너지를 가득 모으고 있던 세겜이, 전기가 방전되는 듯한 소리에 의아한 표정으로 소리가 들려온 곳을 바라보았다.

"뭐지?"

대상 없는 세겜의 물음에 그를 바라보던 모두의 시선이 유스의 뒤, 로엔에게로 향했다.

파지지직—

로엔의 이마 한가운데에서 빛이 새어 나오고 있었다. 이마에 실금이 가기라도 한 것처럼 새어 나오던 빛은, 순간 눈부신 광채를 폭사하며 하늘로 솟구쳐 올랐다.

Sign of Termination

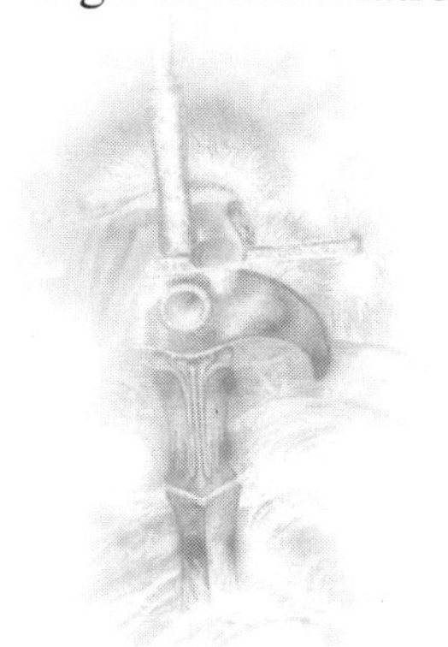

Sign of Termination

로엔의 이마에서 터져 나온 눈부신 광채에, 그 자리에 있던 모두는 눈을 제대로 뜰 수 없었다. 아사신 길드에서 갑작스런 광원에 대한 적응 훈련을 받아 이런 상황에서의 대응이 빠른 체시아마저도 고개를 숙인 채 팔로 눈을 가리고 있었으니 다른 사람이야 더 말할 필요도 없었다.

"이번엔 뭐야 대체!"

눈을 감아도 다 가려지지 않는 광휘에 아예 로엔의 반대편으로 돌아선 채로 프란이 투덜거렸다. 그것은 아마 인간은 평생토록 한 번 만나기도 힘든 상황이 연속적으로 일어나고 있는 데 대한 투덜거림일 것이었다.

이윽고 빛이 사라지고, 사람들의 시선이 조심스럽게 로엔에게로 향했다. 로엔은 두 팔과 고개를 앞으로 축 늘어뜨린 채 서 있었다.

"…로엔?"

프란이 조심스럽게 불러보았지만, 대답은 돌아오지 않았다. 조금의 움직임도 없이 '단지 서 있기만 할 뿐'인 그 모습에, 주춤했던 모습의 세겜이 잔혹한 미소를 지었다.

"과연, 무언가 있나 했더니 아무것도 아니었군요. 하지만 이런 퍼포먼스로 제 행동을 잠시나마 멈추게 한 그 잔머리에는 진심으로 경의를 표하겠습니다."

[아아아…….]

유스가 절망적인 신음을 흘렸다. 그쪽을 바라보지도 않은 채 세겜이 다시 양손에 푸른 빛의 에너지를 모으며 말했다.

"이젠 지겹군요. 더 시간 끌 것도 없이, 고통없이 보내 드리죠."

일어선 로엔에게 한 가닥 희망을 걸고 있던 프란은 그 모습에 다시 힘없이 고개를 떨궜다.

"나 소리 높여 노래하리니……!"

세겜의 손에 맺힌 마나가 고밀도로 집약되면서 점차 그 빛의 강도를 더해갔다. 똑바로 바라보기조차 힘들 정도로 백열하는 빛이 그 위치를 서서히 옮겼고, 그것을 느낀 체시아는 공허한 얼굴로 세겜을 바라보았다. 살아날 희망은 없다. 애초에 인간과는 격이 다른 존재가 하는 일이다. 악마, 그중에서도 정점에 서 있는 7인의 마왕 바로 아래에 위치하는 대공의 사역을, 단지 나약해 빠진 인간의 힘으로 막아낼 수 있을 리가 없었다.

손을 높이 들어 올린 세겜이 잔혹한 미소를 지었다. 그의 손에서 한

계까지 집약된 마나, 그것은 그대로 해방해 버린다 해도 반경 1㎞ 정도
는 가뿐히 날려 버릴 수 있을 정도로 막대한 양이었다. 그 순수한 마나
를 엄숙의 축으로 돌려, 파괴적인 성향을 갖는 무속성의 에너지로 변환
한다. 애초에 속성이 존재하지 않는 파멸의 에너지, '더 강한 에너지'
가 아니면 결코 막아낼 수 없는 그 힘의 변환이 바로 '이간의 대공',
데이탄 헬마스터가 그에게 부여한 권능이었다.

"절망의……."

세겜의 손에 맺힌 빛은 이미 검게 물들어 있었다. 순수한 파괴의 의
지만을 가진 그 검은 마나덩어리는, 우리에 갇힌 야수처럼 난폭하게 날
뛰며 해방을 갈구하고 있었다. 세겜은 이미 무엇을 시도해 볼 생각조
차 하지 못하는 모두를 돌아보며 마지막 해방의 한마디를 읊었다.

"아리아!"

루세츠는 눈을 질끈 감았다. 인간으로서는 상상조차 할 수 없는 막
대한 마나의 해방에 몸은 고통을 느낄 사이도 없이 사라질 것이었다.
이미 많은 날을 살아온 자신은 삶에 대해 큰 미련이 없었다. 하지만 프
란을 비롯한 나머지 사람들이 여기서 목숨을 잃는 것은 아까울 뿐만
아니라 이제 막 다시 일어난 토라에 있어서도 큰 타격이 될 것이다. 그
것을 생각하니 견딜 수 없었다. 가능하다면 구해야 한다. 그것을 생각
한 순간, 루세츠의 눈이 떠졌다.

"아……!"

죽음을 각오하고 몸을 던지려던 루세츠는 순간 헛바람을 삼켜야 했
다. 눈앞에 보인 의외의 상황, 그것은 루세츠의 결심도, 그것을 행동으
로 옮길 것도 잊게 만들어 버리고 있었다.

"너……."

세겜이 진한 살기가 밴 목소리로 입을 열었다. 검은 빛을 내뿜는 마나에 가려진 한 사람의 실루엣. 그것은 주인이 누구일까를 생각할 필요도 없었다.

"로엔!"

경악에 찬 목소리로 체시아가 외쳤다. 어느새 세겜의 앞으로 이동한 로엔은 세겜의 손에 맺힌 검은 마력의 덩어리를 움켜쥐고 있었다.

"한낱 인간 나부랭이가 어떻게……."

세겜은 누가 봐도 당황한 표정으로 로엔을 바라보았다. 로엔의 눈동자에는 초점이 없었다. 다만, 그 이마 한가운데에 정체를 알 수 없는 하나의 문장만이 찬란하게 빛을 내뿜고 있었다.

파직—!

검은 마력의 덩어리를 붙잡은 로엔의 손에서 스파크가 일어났다. 검은 마력이 자신을 침식하는 로엔의 손에 반발해 일으키는 스파크였다.

"비, 비켜!"

무언가 불안이라도 느꼈는지, 양손이 자유롭지 못한 세겜이 로엔을 걷어찼다. 하지만 로엔은 고통을 느끼지 못하는 듯 잠시 움찔하더니 바로 원래의 자세로 돌아갔다. 그사이에 로엔의 손은 검은 마력을 더욱더 침식해 들어가고 있었다.

파직—! 파지직—!

"비켜라! 비키란 말이다!"

아까보다 한층 더 당황한 모습으로 세겜이 다시 로엔을 걷어찼다. 하지만 몇 번을 맞아도, 로엔은 공간 그 자체에 고정된 인형처럼 움직임이 없었다. 다만, 마력을 침식하는 양손만이 더욱 그 힘을 더할 뿐이었다. 로엔의 손이 힘을 가할수록 더 강력한 스파크를 일으키던 그 마력은, 마침내—

파앙—!

작은 폭음을 내며 로엔의 손 안에서 터져 버렸다.

"크아악!"

순간 뒤로 팅겨난 세겜은 몸을 뒤틀며 괴로워했다. 검은 마력이 터지는 순간 역류한 마력은, 루세츠나 프란과 마찬가지로 '일개 인간에 불과한' 세겜이 견딜 수 있을 만한 것이 아니었다.

로엔은 그 자리에 가만히 서 있었다. 축 늘어뜨린 손에서는 터뜨려 버린 검은 마나의 잔류 마력이 공기 중으로 비산하고 있었다. 로엔의 고개가 바닥을 뒹굴며 괴로워하는 세겜을 향한다 싶은 순간,

"……!"

로엔의 몸이 모두의 시야에서 사라졌다. 신속(迅速)이라는 말로 표현할 수 있을 속도가 아니었다. 인간의 눈으로는 방향조차 잡을 수조차 없는 신속(神速)의 이동에 프란은 자신의 눈을 의심해야 했다.

"컥, 컥!"

세겜의 격한 기침 소리에 모두의 시선이 그에게 돌아갔다. 사라진 로엔은 세겜의 앞에 나타나 그의 목을 붙잡아 들어 올리고 있었다. 세겜은 괴로워하며 어떻게든 로엔의 팔을 떼어내려 발버둥 쳤지만, 로엔의 힘은 세겜이 제어할 수 있는 수준이 아니었다. 호흡조차 할 수 없게 된 세겜이 새파랗게 질려 축 늘어지자, 로엔은 그 목을 완전히 꺾어버리려는 듯 나머지 한 손을 들어 세겜의 목을 단단히 붙잡았다.

"거기까지 하죠, 리스나르트님."

조용한, 하지만 묘한 박력을 가진 목소리로 말하며 모하메드가 로엔의 팔을 붙잡았다. 로엔은 흘낏 그를 바라보더니 흥미를 잃은 장난감처럼 세겜을 놓았다. 세겜은 이미 실신한 듯 실 끊어진 인형처럼 바닥에 쓰러져 움직이지 않았다.

"정말 놀랐습니다. 세겜 형님의 마법을 저렇게 봉쇄하리라고는, 저조차 저기까지 가고 나면 손쓸 방법이 없었는데 말이죠."

빙긋 웃으며 모하메드가 어깨를 으쓱했다.

"……."

로엔은 대답하지 않았다. 묵묵히 모하메드를 응시하는 로엔의 표정은 감정과 생각이 전혀 없는, 마치 무표정으로 제작된 인형처럼 보일 정도로 공허했다. 더욱이 그 눈동자에는 초점이 없어, 로엔이 스스로 의지를 갖고 행동하는 것이라고는 전혀 생각되지 않을 정도였다.

하지만 모하메드는 그런 것은 전혀 상관없다는 듯 다시금 어깨를 으쓱했다.

"그렇다고 다 끝났다고 생각하진 말아주시길."

그렇게 말하며 모하메드는 왼손을 로엔에게 내밀며, 반대편 손은 무언가를 잡는 듯한 자세로 뒤로 빼냈다. 검격의 자세, 모하메드가 취한 것은 분명한 검격의 자세였다.

"절 상대하는 일은 결코 쉽지 않을 테니까요."

차가운 미소가 모하메드의 입가에 걸렸다. 그와 동시에 모하메드가 뒤로 뻗은 손에 검은 그림자가 일렁였다. 그것을 바라보는 로엔의 표정은 어디까지나 공허했다. 하지만 그 오른손에는 모하메드의 것과 분명하게 대조되는 유백색의 빛이 머무르기 시작하고 있었다.

"자, 그럼 놀아볼까요?"

모하메드의 말을 신호로 전투는 시작되었다.

고속으로 이동한 로엔과 모하메드의 손에 맺힌 흑백의 빛이 충돌했다. 서로의 손에 맺힌 빛은 이미 검의 형태로 완성되어 실체화되고 있었다. 모하메드의 검이 로엔의 허리를 후리는가 싶으면, 어느새 그것을 튕겨낸 로엔의 검이 모하메드의 목을 찌른다. 점점 가속을 더해가는 둘의 검은 이미 잔상밖에 보이지 않을 정도로 빠르게 변해 있었다. 속도는 대등, 파워도 어느 한쪽이 쉽게 밀릴 정도의 차이는 없었다. 그전투는, 쉽게 결말을 낼 수 있을 성질의 것이 아니었다.

하산은 로엔과 모하메드의 전투를 넋을 잃고 바라보았다. 인간의 수준으로는 감히 넘볼 수조차 없는 영역의 싸움이 둘의 사이에서 벌어지고 있었다. 볼 수 있는 것은 단지 흑과 백의 잔광, 들을 수 있는 것은 수없이 울리는 검과 검의 충격음뿐이었다. 그것은 마치―

"언젠가 읽은 소설에 나온, 천사와 악마의 싸움 같아."

라고 하산은 자신도 모르게 중얼거렸다. 그 뒤에서 난데없이 목소리가 들려왔을 때는, 어지간해서는 결코 평정심을 잃지 않는 하산도 심장이 튀어나올 정도로 놀랐지만.

[그래요, 저건 천사와 악마의 싸움.]

감정을 읽을 수 없는 목소리에 하산은 놀란 가슴을 가까스로 진정시키며 고개를 돌렸다. 그 시선이 향하는 곳에는 그림으로 그려낸 듯한 미녀가 로엔과 모하메드의 싸움을 바라보고 있었다. 하산의 기억으로는 무슨 수를 썼는지 몰라도 용전의 관 상공에서 내려온 정체를 알 수 없는 두 여자 중 하나였다. 그녀는 무표정한 얼굴로 말을 계속했다.

[저기까지 깨어났다면 세 번째의 봉인이 깨어나는 것도 시간의 문제. 그래도 여기서 멈춰주지 않으면, 분명 돌이킬 수 없는 상태로까지 폭주하겠지요.]

그녀의 말은 하산으로서는 이해할 수 없는 범주에 있었다. 하지만 단 한 가지만은 이해할 수 있었다. 그녀는 이 싸움을 끝내려 한다. 그녀의 손에 들린 회색의 검이 분명하게 그것을 말하고 있었다. 거기에 생각이 미치는 순간 하산은 다급하게 외쳤다.

"잠깐, 저것은 인간의 능력으로 끝낼 수 있는 싸움이……."

[아마 성천계 최강의 투천사라 하더라도 저 싸움의 끝을 내는 것은 힘들겠지요. 하지만 저는 할 수 있습니다. 아니, 환영(幻影)을 다루는 저이기 때문에 가능합니다.]

"……!"

하산은 직감으로 이해했다. 자신의 앞에 있는 이 미녀는 결코 인간이 아니다. 그녀는 인간 이상의 존재, 자신 같은 하계의 존재가 함부로 바라볼 수 있는 자가 아니다라고. 그것을 읽었는지, 그녀는 하산을 바라보며 웃었다.

[이해하신 것 같군요. 게다가 리스나르트의 후계는 일단은 저의 주인이신 분, 할 수 없다는 이유로 손놓고 볼 수만은 없겠지요.]

하산은 눈을 크게 떴다. 눈앞의 존재가 보인 웃음이 너무나 아름다워서가 아니었다. 그녀의 말, '저의 주인이기도 한 분'이라는 말이 너무나도 의외였기 때문이다. 간신히 정신을 차린 그가 무언가 말하려던 찰나, 그녀의 말이 하산을 가로막았다.

[더 지체할 수 없겠군요. 에바, 시작하자.]

[알았어.]

그녀의 뒤에서, 흑발을 허리까지 늘어뜨린 또 한 명의 미녀가 고개를 끄덕였다. 그녀 유스는 고개를 마주 끄덕인 후 멍한 표정의 하산을 남긴 채 에바와 크게 도약했다. 그녀들이 향하는 곳은 물을 것도 없이 '인간의 한계를 넘은' 두 존재가 싸우고 있는 전장이었다.

일렁이는 참격을 받는다. 그와 동시에 내지른 주먹이 상대의 손바닥에 가로막히는 것과 동시에, 힘에 밀려 떨어지는 검의 궤적에서 살짝 몸을 비튼다.

가장 효율적인 전투 행동. 로엔의 몸은 그 전투 행동 원리에 따라 치고, 후리고, 막고, 베어내는 행동을 무한히 계속하고 있었다. 이미 사라진 의식이 아닌, 몸이 기억한 만큼의 행동. 하지만 단지 그것만으로도 모하메드의 공격을 막아내기엔 부족함이 없었다.

"체—!"

모하메드가 혀를 차며 번개같이 찔러오는 로엔의 일격을 쳐냈다. 그 데이탄 헬마스터가 말한 대로라면 이 전투는 결코 그에게 불리하지 않을 터였다. 하지만 지금의 상황은 확실하게 모하메드에게 불리하게 돌아가고 있었다.

"어째서, 어째서냐!"

로엔의 어깨로 검을 내려치며 모하메드가 외쳤다. 완력도 스피드도 분명 자신이 위다. 비록 압도할 정도는 아니지만, 상대보다 우위에 있다는 사실만큼은 확실할 터였다. 그런데도 정작 수세에 몰려 있는 쪽은 모하메드 자신이었다.

"하아앗—!"

그 사실을 부정하기라도 하듯 모하메드는 기합성과 함께 로엔의 검을 쳐올렸다. 그 순간 드러나는 가슴의 허점에 모하메드는 혼신의 힘을 쏟아 검을 내질렀다.

퍽!

하지만 돌아오는 것은 둔탁한 소리와 모하메드의 전진을 방해하는 무릎의 고통뿐이었다. 로엔은 중심이 무너지는 상태에서도 모하메드의 일격이 치명적이라는 사실을 감지해 왼발로 모하메드의 오른 무릎을 밟아 밀었다. 예상치 못한 일격에 모하메드는 검을 내지르긴커녕 바닥에 거꾸러지지 않으려 안간힘을 써야 했다. 그 순간—

"크악!"

모하메드의 오른 다리를 발판 삼아, 도약한 로엔의 오른발이 그의 턱에 꽂혔다. 한순간에 이성을 날려 버릴 듯한 강렬한 일격에 모하메드의 고개가 크게 돌아가는 순간, 도약한 로엔의 검이 깨끗한 직선을 그리며 모하메드의 정수리로 떨어졌다.

카앙—!

날카로운 쇳소리가 퍼지며 모하메드의 무릎이 꺾였다. 분명 필살이었을 로엔의 일격은, 강렬한 충격에 정신이 날아가는 와중에서도 끌어올린 모하메드의 검에 가로막혀 있었다.

"…완전히……."

더 말을 잇지 못하며 모하메드가 빠득, 이를 악물었다. 비록 로엔의 일격을 막아내긴 했지만 그 일격을 막아낸 모하메드의 검은 그 주인의 왼쪽 어깨에 파고들어 있었다. 상처에서 몰려오는 고통에 모하메드의 얼굴이 살짝 일그러졌다. 모하메드는 검을 쥔 손에 힘을 넣어 조금씩, 조금씩 눌러오는 로엔의 검을 밀어냈다. 어깨의 부상이 신경 쓰였지만 전투를 계속할 수 없을 정도는 아니었다.

맞대어진 두 개의 검이 조금씩 위로 올라가고, 꺾인 무릎이 세워졌다. 그 순간, 로엔이 검에 밀어 넣은 힘을 단숨에 풀어버리며 모하메드를 걷어찼다. 순간적인 상황의 변화에 대응하지 못한 모하메드는 그대로 로엔의 킥을 가슴에 얻어맞고 답답한 신음을 토했다.

"커억!"

기세를 이기지 못한 모하메드가 세 걸음 정도 뒤로 물러났다. 그와 동시에, 모하메드의 시야에 있던 로엔이 사라졌다. 세겜을 제압할 때 보인 신속(神速)의 움직임에 모하메드가 급히 몸을 비틀었다.

"허튼수작을—!"

크게 도약해 내리찍는 로엔의 검을 종이 한 장 차이로 피해낸 모하메드의 검이 번개같이 쏘아졌다. 필살의 기세로 쏘아진 일격은 찰나의 틈조차 주지 않고 로엔의 오른쪽 어깨에 꽂혔다.

쨍그랑—

요란한 금속성과 함께 로엔의 검이 바닥에 떨어졌다. 모하메드가 내지른 일격의 기세를 감당하지 못해 크게 휘청이는 로엔의 오른팔은 이미 힘없이 늘어져 있었다. 그 순간을 놓치지 않고, 모하메드가 양손으로 움켜쥔 검을 전력을 다해 내리찍었다.

"끝이다, 전설과 함께, 나락으로 떨어져라!"

"로엔—!"

초조한 심정으로 바라보던 체시아의 비명이 용전의 관을 울렸다. 인간이라면 누구라 해도 받을 수 없을 강력한 일격이 무방비로 노출된 로엔에게 떨어졌다.

카아앙―!

철과 철이 부딪치는 날카로운 소음에 모하메드가 눈을 크게 떴다. 로엔에게 짓쳐드는 순간 끼어든 회색의 섬광이, 그의 검을 가로막고 있었다.

"칫!"

모하메드가 분한 듯 신음을 흘리며 뒤로 물러났다. 눈앞에 보이는 회색의 흉기와 검을 맞댄 그의 양팔이, 심한 충격을 견디지 못하고 미미하게 떨렸다.

[안 돼요, 안 돼. 더 이상은 위험 수위라고요.]

윤기있는 흑발을 허리까지 찰랑이는 미녀가, 그를 바라보며 살짝 윙크했다. 그 모습에 모하메드가 쓰게 웃었다.

"단순한 노예 따위라고는 전혀 생각하지 않았지만… 이건 이거대로 의외로군요."

[글쎄요?]

그녀 에바가 고개를 갸웃하자 모하메드는 속으로 이를 갈았다. 싱글싱글 웃고 있는 주제에, 그 몸에서 뿜어내는 위압감은 그가 이를 악물어도 버티기 힘든 수준이었다.

"진짜 너구리는 루세츠 따위가 아니었군."

[어머, 숙녀에게 너구리라니, 실례예요!]

애써 태연을 가장하며 모하메드가 훌쩍 뒤로 물러났다. 회색의 검을 가볍게 털어내며 에바가 대꾸하자, 모하메드는 이를 바드득 갈면서 검을 고쳐 잡았다.

"누가 숙녀라는 건가. 나나 저기 리스나르트의 인간과는 비교조차 할 수 없을 투귀가."

[투귀?]

순간 에바의 눈에 진한 살기가 배였다. 등골이 오싹할 정도의 살기에 모하메드가 움찔하며 한 발짝 뒤로 물러났다.

[아직 진짜 투귀를 보지 못하신 모양이군요.]

"젠장."

에바가 앞으로 한 걸음 나서자 거기에 호응하듯 모하메드가 한 걸음 뒤로 물러났다. 긴장이 최고에 달한 듯 그의 이마에서 식은땀이 한 방울 주르륵― 흘러내렸다.

[어라, 아직 시작도 하지 않았는데 물러나는 건가요?]

"까불지 마―!"

느긋하게 웃는 에바의 도발에 모하메드가 악을 쓰며 앞으로 튕겨 나갔다. 화살처럼 튕겨간 모하메드의 몸이 에바에게 도착한 순간, 회색의 섬광과 검은색 섬광이 잔상을 남기며 충돌을 시작했다.

에바와 모하메드가 충돌을 시작할 무렵 유스는 로엔의 몸을 살피고 있었다. 로엔의 상태는 생각보다 심각해서, 모하메드에게 당한 오른쪽 어깨는 탈골돼 전혀 움직일 수가 없었다. 그럼에도 무표정한, 정확히 말하면 이지(理智)를 상실한 로엔의 얼굴엔 조금의 변화도 없었다. 그 얼굴을 흘깃 살펴본 유스는 살짝 인상을 찌푸리며 억지로 로엔의 어깨

뼈를 맞췄다.

우드득―

소름 끼치는 소리와 함께 로엔의 어깨뼈가 원상태로 돌아갔다.

[좋아. 나머지는 몸이 알아서 해결하겠지.]

빙긋 웃으며 중얼거린 유스는 로엔의 얼굴을 바라보았다. 무표정한 얼굴과 초점을 상실한 눈. 그럼에도 그 이마의 문장만큼은 아직도 약하게 빛을 발하고 있었다. 그것을 바라보던 유스는 심각한 얼굴로 로엔의 이마에 오른손을 가져갔다.

[아직은 때가 아니라고요, 주인님.]

"누구 마음대로 때가 아니라는 건가요?"

갑작스럽게 들려온 목소리에 유스의 손이 흠칫 멈췄다.

"이야~ 오래간만이네요, 알미사엘."

[당신은!]

유스가 굳은 얼굴로 목소리의 주인공에게 답했다. 진한 금발과 여자라고 해도 믿을 선이 가는 아름다운 얼굴, 그리고 검은색 로브. 그가 누군지 확인한 유스의 몸에서 천천히 살기가 피어오르기 시작했다.

[어떻게 여기에 있는 겁니까! 데이탄 헬마스터!]

검을 쥔 유스의 손에 힘이 들어갔다. 지옥의 일곱 군주를 대행하는 일곱의 대공 중 하나이자, 인간의 몸으로 수많은 마물들을 복속시킨 이간의 대공이 그녀의 앞에 있었다. 아무리 성천계를 호령하는 디바인 나이트의 일원이었던 유스 알미사엘이라 할지라도, 이간의 대공 데이탄 헬마스터는 결코 만만하게 볼 상대가 아니었다.

유스의 외침에 데이탄은 빙긋 웃었다. 너무 아름다운, 그래서 더 악마 같은 웃음이었다.

"당연한 거 아닌가요? 일이 계획대로 잘되고 있는가 확인하러 온 겁니다."

[그렇다면.]

유스는 딱딱하게 굳은 얼굴로 신음을 흘렸다. 라비니어스에서 있었던 일련의 사건들 모두가 그의 계획 하에서 진행되었다는 이야기였다. 전쟁은 인간과 인간 사이에서 벌어지는 일이라며 신경 쓰지 않았던 그녀의 실책이었다.

"별로 기대하진 않고 있었는데 의외로 잘해줬군요. 여기까지 해줄 줄은 생각도 못했습니다."

데이탄이 우아하게 웃으며 에바와 격전을 벌이고 있는 모하메드를 바라보았다. 하지만 둘의 싸움은 겉으로 보기에만 격전일 뿐, 사실 에바가 모하메드를 가지고 노는 것과 마찬가지였다. 그것을 잠시 지켜보던 데이탄은 다시 유스, 정확히 유스의 옆에 서 있는 로엔에게 시선을 돌렸다.

[무슨 짓을 하려는 겁니까.]

데이탄의 시선에 움찔한 유스가 로엔의 앞으로 나서며 물었다. 데이탄은 빙긋 웃더니 하늘로 시선을 올리며 말했다.

"무슨 짓을 할 생각은 없어요. 단지, 오딘이 무슨 생각을 하는지가 궁금할 뿐."

[…생각?]

"네. 저 빌어 처먹을 주신의 대갈통 안에 들어앉은 의념(意念)의 파편 말이죠."

유스는 기이한 얼굴로 데이탄을 바라보았다. 일곱 악마 대공의 한 명으로 수없이 많은 전장에서 적으로 마주쳐 온 데이탄이지만, 그녀는 데이탄이 어떤 상황에서도 욕을 하는 것을 들어본 적이 없었다. 그런데 그는 지금 손가락 하나 까닥하는 것으로도 자신을 소멸시킬 수 있을 전능신, 주신 오딘에게 거침없이 욕을 퍼붓고 있었다.

잠시 하늘을 바라보던 데이탄이 유스에게 시선을 돌렸다.

"뭐, 여기서 욕을 해봐야 주신은 발할라에 들어앉아 귀만 후비고 있을 테니 별 쓸모도 없는 일입니다. 아무튼 무슨 짓을 할 생각은 없습니다. 단지 마지막 봉인이 열리면 무엇이 벌어지는지가 궁금했을 뿐."

데이탄의 말에 유스는 잠시 늦췄던 긴장의 끈을 바싹 조였다. 그 모습에 데이탄이 피식 웃으며 앞으로 한 걸음 나섰다.

"최초의 리스나르트인 레온 리스나르트의 첫 번째 봉인이 열리면서 최초의 전쟁은 막이 올랐고, 제크리스=라미엘의 두 번째 봉인이 열린 결과로 부흥을 노리던 드래곤 일족은 멸족했습니다. 그리고 마지막 봉인, 여기에 있는 로엔 리스나르트의 세 번째 봉인이 지금 열리려 하고 있습니다."

유스에게 다가오는 데이탄의 어조는 담담했다. 하지만 그것을 듣는 유스의 등에는 긴장으로 한줄기 식은땀이 차갑게 흐르고 있었다.

"사실 도박이었습니다. 로엔 리스나르트가 세 번째 봉인이라는 확신이 없었고, 오딘이 무엇을 안배했는지도 알 수 없으니까요. 하지만 궁금했습니다."

[더 이상 다가오면 베겠습니다.]

평정을 유지하려 노력하며 유스가 차갑게 대꾸했다. 하지만 그럴 수 없으리라는 것은 그녀 자신이 더 잘 알고 있었다. 그녀가 모든 힘을 개방해도 겨우 맞서 싸울 수 있을까 한 상대였다. 대부분의 힘이 금제되어 있는 지금, 데이탄에게 있어 유스는 단지 거치적거릴 뿐인 길가의 돌멩이나 다름없었다.

유스를 바라보던 데이탄의 입꼬리가 비죽이 올라갔다.

"막고 싶다면 막아도 좋습니다. 하지만 그건 능력이 받쳐 줄 때의 이야기겠지요?"

한 걸음, 한 걸음 다가오는 데이탄을 바라보면서 유스는 이를 악물었다. 유스는 가망없는 희망을 하나 가슴에 품으며, 검을 고쳐 쥐고 데이탄을 정면으로 노려보았다.

"빌어먹을!"

모하메드는 거친 숨과 함께 욕지거리를 내뱉으며 검을 휘둘렀다. 각각 필살의 위력을 담은 일격이 쉼없이 에바를 몰아쳤다. 그러나 에바는 단지 손에 든 검을 가볍게 휘두르는 것만으로 그의 일격을 간단히 쳐내 버렸다.

모하메드가 절망적인 얼굴로 뒤로 훌쩍 뛰어 물러났다. 가빠진 숨을 고르는 모하메드를 바라보며 에바는 빙긋 웃었다.

[해보고 싶은 것은 전부 다 해봤나요?]

"칫─!"

아이를 어르는 듯한 에바의 어조에 모하메드가 신음을 흘렸다. 말 그대로 에바와 모하메드의 실력은 어른과 아이, 아니, 그 이상의 차이가 있었다. 모하메드가 일그러진 얼굴로 에바를 노려보는데, 여유있게 그를 바라보던 에바의 얼굴이 갑자기 굳어졌다.

"……?"

갑작스런 변화에 모하메드는 조심스럽게 공격받을 태세를 갖췄다. 하지만 에바는 모하메드를 보고 있지 않았다. 그녀의 시선은, 그녀의 주인 앞에서 유스와 대치하고 있는 검은 로브의 남자에게 못 박혀 있었다. 그 순간, 남은 힘을 모두 끌어 모은 모하메드의 일격이 에바를 향해 쏟아져 나갔다.

[같잖은 짓을—!]

에바가 코웃음을 치며 몸을 살짝 비틀었다. 거의 종이 한 장 차이로 모하메드의 검을 빗겨낸 에바가 왼손으로 그의 손목을 잡아채는 것과 동시에, 검을 쥔 오른 주먹이 모하메드의 등을 강타했다.

"…컥!"

모하메드는 답답한 신음을 토하며 날아오던 기세 그대로, 아니, 에바의 정권에 얻어맞은 기세까지 더해져 방향을 바꿔 날아가기 시작했다. 그 검끝이 향하는 곳은 바로 그에게 힘을 부여한 자, 데이탄 헬마스터였다.

"안 돼—!"

섬전보다 빠른 속도로 데이탄에게 쏟아진 모하메드가 고함을 질렀다. 그 소리에 데이탄이 그를 돌아보는 순간, 모하메드의 검이 데이탄의 가슴을 찔렀다.

카앙!

"크아악—!"

순간 강력한 힘의 파장이 데이탄의 몸 앞에서 퍼져 나가는 것과 동시에 모하메드는 입에서 피분수를 뿜으며 뒤로 팅겨 나갔다. 모하메드의 손에 들려 있던 흑색의 검은 그의 손에서 힘이 풀리는 순간 산산이 흩어져 나갔다.

데이탄이 불쾌한 듯 모하메드를 돌아보며 인상을 찌푸렸다.

"기르던 개가 문다는 말이 있긴 하지만, 설마 당신이 제게 검을 들이 댈 줄은 몰랐습니다."

"쿨럭, 쿨럭!"

모하메드는 입에서 끊임없이 피를 토해내며 기침을 해댔다. 그 모습을 잠시 지켜보던 데이탄은 입가에 잔인한 미소를 띠며 오른손을 들어 올렸다.

"그 과정이 어쨌든 제게 검을 들이댄 것만은 사실, 이미 이용 가치도 없어진 개에겐 더 먹이를 줄 필요도 없겠지요. 그러니 그 불경은—"

"크아아악—!"

데이탄이 활짝 편 오른손을 콱 움켜쥐는 순간 모하메드의 몸이 활처럼 튕기며 경련을 일으켰다.

"죽음으로 다스리겠습니다."

"아아아아악—!!!"

양손으로 가슴을 부여잡고 단발마의 비명을 지르던 모하메드의 몸이 실 끊어진 인형처럼 축 늘어졌다. 죽는 그 순간까지도 부릅뜨고 있던 핏발선 눈이, 그가 죽는 순간 겪은 고통을 말해 주고 있었다.

모하메드가 죽은 것을 확인한 데이탄은 만족한 얼굴로 다시 유스에게 고개를 돌렸다.

"이제 비켜주실 때도 되지 않았습니까? 그대의 주인에게 해를 끼치진 않을 겁니다. 단지, 그 봉인이 완전히 풀리는 순간 무엇이 일어날지가 궁금할 뿐입니다.”

“…….”

데이탄의 말에도 유스는 굳은 얼굴로 데이탄을 노려볼 뿐 조금도 움직이지 않았다. 그 모습에 데이탄은 가볍게 한숨을 쉬며 고개를 절레절레 저었다.

“말이 통하지 않는 분이로군요. 그렇다면 역시— 이크!”

데이탄이 황급히 옆으로 몸을 옮기며 손을 들어 올렸다. 그 순간, 한 줄기 벼락이 데이탄의 손과 충돌하며 거대한 폭음을 일으켰다.

“이런, 이런, 큰일 날 뻔했군요.”

[칫—!]

데이탄이 굳은 얼굴로 입을 열자 에바가 아깝다는 듯 혀를 찼다. 그녀의 손에는 어느새 바뀌었는지, 회색의 검 대신 거대한 트라이던트가 쥐어져 있었다.

“제2종 제마병기, 아무리 저라도 만만히 볼 수 없는 물건이긴 합니다만… 글쎄, 능력의 대부분이 금제된 지금 제마병기의 모든 능력을 끌어낼 수 있을까요?”

다시 여유를 찾은 데이탄의 입가에 미소가 걸렸다. 그리고 그에 반비례하듯 유스와 에바의 얼굴은 점점 더 굳은 표정으로 바뀌고 있었다. 그의 말대로, 그녀들이 힘을 합한다 해도 승산은 없었다. 하지만 그녀들에겐 지켜야 할 것이 있었다. 그렇기 때문에 유스와 에바는 무기를 쥔 손에 더욱 힘을 넣고 데이탄을 노려보았다.

미소 지은 채 그녀들을 바라보던 데이탄이 다시 입을 열었다.

“믿지 못하시는 모양이군요. 당신들을 쓰러뜨리는 정도야 개미 밟는 것만큼 쉽지만, 레이디를 폭행하는 건 그다지 달가운 일이 아니라 참고 있는 겁니다. 게다가, 제가 이런 상황을 대비하지 않았다고 생각하시는 겁니까?"

[서, 설마―!]

데이탄의 말이 무엇을 의미하는지 깨달은 유스와 에바의 얼굴이 하얗게 질렸다. 그 표정을 즐기듯 쿡쿡 웃은 데이탄이 오른손을 들어 엄지와 중지를 맞댔다.

"굳이 당신들을 쓰러뜨리지 않더라도 세 번째 봉인체에 손을 대는 정도는 쉽게 할 수 있습니다."

[안 돼―!]

딱―

데이탄의 손가락을 튕기는 소리가 유스의 비명을 가르며 울려 퍼졌다.

"……."

하지만 로엔의 몸에는 아무런 변화도 일어나지 않았다. 무표정한 얼굴 그대로 허공을 응시하는 로엔을 본 데이탄이 당혹한 어조로 중얼거렸다.

"어, 어째서지!?"

황급히 로엔을 돌아본 유스가 데이탄의 중얼거림에 안도의 한숨을 쉬었다. 그녀가 여기에 있는 단 하나의 목적, 그것을 잃지 않았다는 것에 대한 안도의 한숨이었다.

"할 수 없군요."

당황한 얼굴로 로엔을 바라보던 데이탄이 문득 음산한 어조로 유스를 노려보았다. 그 섬뜩한 표정에 유스는 다시금 검을 쥔 손에 힘을 넣는데, 데이탄이 양팔을 벌리며 앞으로 한 걸음 나섰다.

"말했듯 레이디를 폭행하는 건 제 취향이 아닙니다만 이렇게 된 이상 어쩔 수 없군요. 순순히 비켜주신다면 소멸만은 면하게 해드리겠습니다."

잔혹한 미소와 함께 데이탄이 말하는 것과 동시에, 그의 양손에 마나가 맺히며 백열하기 시작했다. 세겜 하타리가 한 번 선보였던 순수한 에너지로서의 마나, 그것이 세겜과는 비교도 할 수 없을 정도의 밀도로 데이탄의 양손에 집약되고 있었다. 그 강력한 에너지의 집약에, 보통 사람이라면 서 있기도 힘들 정도의 폭풍이 데이탄을 중심으로 몰아치기 시작했다.

"꺄악—!"

몸을 낮춰 어떻게든 폭풍을 견뎌보려던 체시아가 결국 엉덩방아를 찧었다. 이미 빌레펠트에서 한 번 겪어본 에너지의 폭풍이었지만, 지금의 폭풍은 그것과 비교할 수 없을 정도로 강력했다.

"젠장, 무슨 이런 터무니없는 존재들이—!"

가까스로 균형을 유지한 채 프란이 악을 썼다. 이미 자신들의 수준으로는 어떻게 할 수 없는 레벨의 전투, 거기에 휩쓸려 새우 등 터지듯 희생되는 것만큼은 절대로 사양이었다. 하지만 저 검은 마법사—데이탄 헬마스터의 양손에서 백열하는 에너지 집약탄이 하나라도 해방되는 날이면, 여기 있는 모두는 먼지 한 점 남기지 못하고 소멸될 것이다.

데이탄은 입가의 미소를 더욱 진하게 하며 이야기를 계속했다.

"아시겠지만, 제 인내심은 그리 강한 편이 못 됩니다. 결정하십시오.

그냥 비켜날 것인지, 아니면 그냥 소멸될 것인지.”

[대답이 필요없는 질문을 해주시는군요.]

유스가 비아냥 섞인 대답을 데이탄에게 돌려주었다. 그녀의 이마에
는, 극한까지 고조된 긴장감으로 연신 식은땀이 흘러내리고 있었다.

“그렇습니까. 그렇다면—!”

데이탄이 눈을 부릅뜨며 양손을 앞으로 내뻗는 것을 본 프란이 눈을
질끈 감았다.

“빌어먹을—!”

그 순간, 몰아치던 폭풍이 거짓말처럼 멎었다.

“……!?”

저항할 수 없는 죽음을 기다리던 프란이 이상한 기분에 눈을 떠보니,
거기엔 놀라운 일이 벌어지고 있었다.

“네놈……!”

데이탄이 일그러진 얼굴로 자신의 앞을 가로막은 자를 노려보았다.
아름답게 흩날리는 금발과 눈부시게 빛나는 이마의 문장, 그 아래의 붉
은 눈은 어느새 초점이 돌아온 듯 힘주어 데이탄을 노려보고 있었다.

“데이탄 헬—마스터—!”

분노가 담긴 로엔의 포효가 지금, 용전의 관을 떨어 울렸다.

데이탄은 믿을 수 없는 얼굴로 자신을 가로막은 자를 바라보았다.
흩날리는 금발과 그 이마에서 백열하는 주신의 문장, 자신의 양손에 모
인 마력의 집약체를 가로막고 있는 양손, 그리고 순수한 분노가 담긴
타오르는 듯한 붉은 눈동자.

"네놈……!"

데이탄의 얼굴이 분노로 한껏 일그러졌다. 아무리 주신의 봉인을 지니고 있다 하나 인간, 고작 자신이 힘을 내린 인간 한 명조차 제대로 쓰러뜨리지 못하는 애송이에 불과했다. 하지만 그의 앞에 있는 자는 분명 그 애송이에 불과한 로엔 리스나르트였다.

"데이탄 헬―마스터―!"

로엔의 입에서 벽력같은 외침이 터지는 것과 동시에 데이탄의 양손에 맺힌 마력탄이 로엔의 손에 침식되기 시작했다. 점차 불균일해지는 마력의 흐름에서 그것을 느낀 데이탄이 분노에 찬 외침을 터뜨리며 양손의 마력을 일시에 해방했다.

"어림없다!"

직시하는 순간 눈이 멀어버릴 듯한 섬광이 로엔과 데이탄 사이에서 터져 나왔다. 수많은 전투를 거치며 이런 상황에 익숙해진 유스와 에바조차 한순간 눈을 돌려 버릴 정도의 강렬한 섬광이었다. 하지만 그것도 잠시, 순간 잃어버린 시력을 간신히 되찾은 모두는 눈앞에 벌어진 믿을 수 없는 상황에 입을 다물지 못했다.

"크윽―!"

데이탄 헬마스터, 이간의 대공이라 불리며 수많은 악마 중에서도 정점에 위치한 악마, 그가 그를 아는 자라면 상상할 수 없을 정도로 낭패한 모습으로 아무런 타격도 입지 않은 듯한 로엔을 노려보고 있었다. 넝마가 된 옷 사이로 간간이 보이는 자잘한 상처에서는 손상된 그의 프라이드를 대변하듯 붉은 피가 천천히 배어 나오고 있었다.

"마력… 무효와 소멸인가."

"그런 것 같군."

하늘에서 들려온 목소리에 데이탄의 시선이 급히 치켜 올라갔다. 거기엔 보라색 로브를 입은 남자가 차가운 시선으로 그를 노려보고 있었다.

[이프론!]

"결국 나타났는가, 아스나트 이프론."

놀람에 가득 찬 유스의 외침이 터져 나오는 것과 동시에 데이탄이 이를 악물고 그를 노려보았다.

"인계에 간섭할 수 없다며 게헨나에 처박혀 있던 네놈이 여기엔 무슨 일이냐?"

데이탄의 물음에 이프론은 조용한, 하지만 박력있는 어조로 대꾸했다.

"그건 너도 마찬가지일 터, 성마 협약에 의해 인계에 직접적인 간섭은 금지되어 있을 네가 현신했다는 것은, 협약의 파기로 봐도 괜찮겠지?"

"닥쳐―!"

데이탄의 절규가 대기를 갈랐다.

"다 네놈이 부린 수작의 결과물이 아니더냐! 게다가 주신의 세 번째 봉인에 관한 일이다! 네놈이 그걸 모른다고 말하진 않겠지!"

그곳에 있는 모두의 시선이 이프론을 향했다. 다만 조용히 그를 내려다보고 있던 이프론은, 엷은 미소를 지으며 입을 열었다.

"그게 어쨌다는 거냐?"

"뭐―!"

의외의 대답이었는지 데이탄의 눈이 크게 떠졌다. 이프론은 미소 짓는 표정 그대로 담담하게 말을 이었다.

"그게 어쨌냐고 물었다, 데이탄 헬마스터. 주신의 마지막 봉인이 열리든 말든 난 아무런 관심도 없다. 열리고 나뉘며 부서진다. 이것이 지성을 가진 모든 집단, 아니, 개인의 숙명이 아니던가. 열리고 나뉘었으니, 이제 부서질 뿐이다. 예정된 숙명을 향해 달려가는 것이 그렇게 두려운가, 데이탄 헬마스터?"

"네놈……."

데이탄이 흉하게 일그러진 얼굴로 이프론을 노려보았다. 그것도 잠시, 데이탄은 믿을 수 없다는 듯 다시금 노성을 터뜨렸다.

"네놈이 바라는 것이 무엇인지 내가 모를 줄 아는가! 네놈의 성인 양 당당하게 말하고 다니는 이프론, 그것이 무엇을 의미하는지—!"

"데이탄 헬마스터."

순간 이프론의 담담한 목소리가 데이탄의 절규를 뚫고 울려 퍼졌다. 그 목소리가 가진 무거운 울림에 데이탄은 움찔하며 한 걸음 뒤로 물러났다.

"더 이야기하면 나도 가만히 있지 않겠다. 숙명의 마지막을 기다릴 것도 없이, 지금 여기서 소멸되고 싶은가?"

무겁게 이야기하는 이프론의 몸에선 은은한 투기가 뿜어 나오고 있었다. 명백히 데이탄의 그것을 압도하는 투기의 압박에, 데이탄은 다시 한 걸음 거리를 두며 이프론을 노려보았다.

"오늘의 빚은 절대 잊지 않을 것이다!"

데이탄은 으름장을 놓으며 대기에 녹아들 듯 사라져 갔다. 그 모습을 어두운 얼굴로 바라보던 이프론은 서서히 지상으로 내려오기 시작했다.

[이프론.]

"아니, 괜찮다."

이프론만큼이나 어두운 얼굴로 에바가 불렀지만, 이프론은 가볍게 손을 내저어 막았다. 그 모습에 더욱 어두워진 얼굴로 에바가 물러나자, 이프론은 가만히 자신을 바라보는 로엔에게 다가갔다.

"다시 만나게 되어 반갑군. 이번이 세 번째인가?"

"그런 것 같군요."

이전에 보인 덜떨어진 모습과는 완전히 다른 이프론의 태도에 로엔이 떨떠름한 얼굴로 대꾸했다. 이프론은 피식 웃더니, 이내 어두워진 표정으로 곳곳에 쓰러져 신음하는 사람들을 바라보았다.

"심한 짓을 저질러 버렸군. 진심으로 사과하네."

"……?"

이유를 알 수 없는 이프론의 사과에 로엔이 고개를 갸웃했다. 그때, 이프론이 로엔의 이마에 손을 가져가며 나직하게 말했다.

"그리고 지금은 좀 쉴 시간이라네, 로엔 리스나르트 군."

순간, 로엔의 의식은 퓨즈가 끊어지듯 아득한 저편으로 멀어져 갔다.

『레트니아 사가』 5권에 계속…

The Second, But Sidestory

Leviathan

난 고아였다. 어디서 태어났는지, 부모가 날 버렸는지, 죽었는지도 모른다. 다만 어렸을 때부터 죽 살아온 곳이 부산이어서 아마도 난 부산에서 태어났을 것이라는 것 정도는 예상할 수 있었다.

혼자 지냈다. 난 말이 거의 없는 편이었고, 그 때문에 고아원에서도 나와 친한 녀석은 없었다. 나와 친하게 지내보려 시도한 녀석들은 있었지만, 내가 그들을 조용히 한 번 응시하면 왜인지 이내 울음을 터뜨려 버렸다. 덕분에 난 조용하게 사색할 시간을 많이 가질 수 있었다.

초등학교에 입학했다. 낯선 존재들, 내게 없는 것들을 가진 자들이 그곳에 있었다. 이곳에서도 난 외톨이었다. 하지만 외롭다는 생각을 해본 적은 없었다. 이곳 역시 고아원에서와 마찬가지로 내가 한번 시선을 주면 울지는 않았지만 다들 슬금슬금 시선을 피했고, 난 금방 선생들 사이에서 위험 인물로 치부되어 버렸다.

다만 일단 학교에서 배우는 것들은 나중에 유용하리라 여겼기 때문에 성적은 최상위권이었다. 그 때문인지 선생들은 그런 것을 드러내 놓고 날 대하지는 않았다.

하교하면 난 곧바로 바다로 향했다. 이유는 없지만 난 바다가 좋았다. 바다를 보고 있으면 막혀 있던 마음이 탁 트이는 것을 느낄 수 있었고, 또 웃음도 나왔다. 기분이 좋았다. 만약 내륙으로 이사를 가게 된다면 난 절대로 오래 살아가지 못할 것 같았다.

아이를 입양하러 온 사람들이 왔다. 얼핏 아이들이 하는 이야기를 듣기로, 그들은 굉장한 부자들인 모양이었다. 다른 아이들은 들떠서 자기가 될 거라는 둥 뭐라는 둥 지껄여 댔지만 난 관심없었다. 이제 와서 부모가 생긴다고 내게 별로 달라질 것은 없었다. 난 처음부터 줄곧 혼자였으니까.

몇 안 되는, 내게 말을 걸면 대답해 주는 사람 중 한 명인 이 보육원의 원장님이 두 사람을 데리고 들어왔다. 주위는 일시에 조용해졌지만, 그들에게 별 관심이 없는 난 언제나처럼 구석에 대충 앉아서 눈을 감고 학교에서 배운 것들을 다시 떠올렸다.

그렇게 생각에 잠겨 있을 때 누가 내 턱을 가볍게 만지는 것이 느껴졌다. 기분이 나빠져 눈을 뜨고 내 턱을 만진 사람을 바라보니, 아까 들어온 사람 중 나이가 지긋해 보이는 남자가 부드러운 얼굴로 날 바라보고 있는 것이 눈에 들어왔다.

그는 잠시 날 주시했고, 나 역시 아무 말 없이 그의 눈을 바라보았다. 그렇게 서로를 주시하다가 내 쪽에서 오래 견디지 못하고 먼저 눈을 감아버렸고, 그는 어떤 표정을 지었는지 모르겠지만 내 턱을 놓아주었다.

어느샌가 잠들어 버렸던 것 같다. 잠에서 깨어나 씻고 옷을 갈아입는데, 내가 깨어나길 기다렸던 듯 원장님이 날 불렀다. 가까이 가서 이야기를 들어보니 그때의 그 두 사람은 날 데려가기로 결정을 했고, 이제 내 결정만 남았다는 말이었다.

아무래도 상관은 없었기에 난 승낙할 것을 권하는 원장님의 말에 고개를 끄덕였다. 원장님은 기뻐하며 날 그들에게 데려갔고, 그들 역시 기뻐했다. 그것을 보며 난 곧바로 한 가지 문제를 생각해 냈다. 바다. 왠지 바다 근처에 살지 않으면 난 미쳐 버릴 것만 같이 느껴졌다. 하지만 그 문제는 곧 해결되었다. 그들 역시 바다에 가까운, 그것도 이곳에서 가까운 마산에 살고 있었던 것이다. 나중에 알게 된 것이지만, 더욱이 남자 쪽은 '해양왕'이라 불릴 정도로 바다 쪽의 산업 운송 등지에 있어서는 타의 추종을 불허하는 대기업을 조금도 무리없이 이끌고 있다고 했다.

그들은 나, 그리고 나와 잘 알긴 하지만 관심을 가진 적은 없는 여자아이 한 명을 그들의 집으로 데려왔다. 그리고 당장 필요한 것들—가방, 옷가지 등—을 사주며 잘 대해주었다. 나에게 잘 대해주었기에 나역시 그들이 나에 대해서 무엇을 물어보거나 하면 적당히 대답해 주었고, 간간이 미소도 보여주었다. 나와 함께 온 그 여자 아이—이름은 혜연이다—는 평소 날 무서워하던 아이지만, 이런 내 모습을 보자 오빠라고 곧잘 부르며 나에게 친하게 굴었다.

며칠이 지나서 그들은 내게 무언가가 적힌 종이를 하나 가지고 와서는 내게 보여주었다. 무엇인지 물어보니 그것은 호적의 사본이라는 것으로서 이제 내가 그들의 자식으로 정식 입양되었고, 그러니 그들을 부모님으로 불러달라는 것이었다. 그들로서는 당연한 요구였고, 난 그것을 승낙했다. 그리해서 성이 없었던 나에게 '강' 이라는 성이 생겼다.

중학교에 입학했다. 여전히 친구는 없었다. 다만 변한 것은 날 조금이라도 이용해 보기 위해 접근하는 녀석이나 여자들이 많았다는 것이다. 난 그들을 조용히 주시해 주었고, 그들은 뒤로는 날 씹으면서도 정작 날 어떻게 하지는 못했다. 한 녀석이 딴엔 자기가 싸움을 잘한다고 나에게 건방지게 굴었다 묵사발이 난 까닭이다. 그 녀석은 덩치가 아깝게 복부와 턱, 그리고 등에 단 세 방을 맞고 뻗어버렸고, 그 다음부터는 나에게 건방지게 구는 녀석은 없었다.

또 한 가지 변한 것이 있었다. 선생들이 날 위험 인물로 보지 않는다는 것이었다. 난 평소에 착실하게 행동하려 했고, 성적도 항상 최상위권이라 선생들은 날 좋게 봤으면 좋게 봤지 나쁘게 보지는 않았다.

2학년으로 진급했다. 다시 하나가 변했다. 그다지 마음에 들지는 않지만, 날 친구로 보는 녀석이 생겼다. 이해인이라는 녀석이었는데, 다른 건 몰라도 그의 이름이 무척 마음에 들었다. 바다의 사람. 이 얼마나 멋진 이름인가. 다른 녀석들은 그걸 보고 '뭐든지 이해할 수 있을 녀석' 이라고 놀려댔지만, 난 진심으로 그의 이름을 좋아했다. 그리고 우리는 약간의 친분을 가질 수 있었다. 첫 번째 친구였다.

다시 진급했다. 그리고 하나가 변했다. 나와 해인이는 곧잘 함께 다녔는데, 그전부터 해인이 녀석은 내가 보기에도 상당한 미남인데다 성격도 좋아서 인기가 많았다. 학교 내에서 있었던 인기 투표에서 1등을 했을 정도다. 자랑은 아니지만, 나도 5등을 했다. 어쨌거나 해인이와 함께 다니면서 간간이 미소도 비치고 하니, 내게도 '하트 모양의 스티커가 붙은 네모난 편지' 란 게 왔다. 그 평범하기 짝이 없으면서도 조악한 디자인에 내가 잠시 굳어 있을 때, 해인이가 와서 그걸 보더니 씨익 웃었다. '왠지 불길하다' 라는 예감이 머리 속을 스쳐 지나갔고, 아니나 다를까, 다음날 그 소문은 전교에 퍼져 버렸다. 난 해인이를 추궁했고, 해인이는 어깨를 으쓱하며 '아아, 난 단지 딱 한 명에게 그 이야기를 했을 뿐이라고' 라 말했다. 왠지 기운이 빠져 버려서, 난 더 이상 해인을 추궁하는 것을 그만두었다. 그리고 그 후로도 간간이 러브레터라는 것이 왔지만, 난 더 이상 신경 쓰지 않고 모조리 소각로에 집어넣어 태워 버렸다. 그 후로 내 별명은 '얼음의 마왕' 이 되어버렸다고 나중에 해인이가 살짝 귀띔해 주었다.

고등학교에 진학했다. 친구가 하나 더 생겼다. 해인이와는 학교가 갈려 약간은 섭섭해하던 차에, 새로운 친구가 생겼다는 것은 나에게는 좋은 일이었다. 현상연이라는 녀석이었는데, 녀석은 멀쑥하게 생긴 것답지 않게 판타지에 빠져들어 있었다. 나도 판타지라는 것을 읽어보기는 했지만 삼류 영웅주의나 개그에만 치중한 것들이 많아서 요즘은 쓰레기라고 생각하여 상연이 녀석이 명작이라고 추천해 줘도 앞부분만을 약간 읽어보고는 다 관뒀다. 재미가 없었기 때문이다.

그렇게 1년을 보내고 고등학교 2학년이 되었다. 지금부터 시작이었

다. 항상 같아서 권태롭기만 하던 내 삶이 변화하기 시작하는 것
은······.

2

　"자, 보자. 한용운 시의 위대함은 이 '역설법'에 있다. '논개의 애인
이 되어서 그의 묘에'와 '님의 침묵'에서 극명하게 나타나 있는 이 역
설법은······."
　수업이 계속 진행되고 있었다. 난 수업을 듣다 옆에서 상연이 작게
킥킥거리는 소리에 왼쪽으로 고개를 돌렸다. 상연이 녀석은 국어책 위
에 판타지 소설책을 하나 펴놓고 킥킥거리며 그것을 보고 있는 중이었
다. 왠지 한심해 보여서 난 그 녀석에게 작게 한마디 했다.
　"그러다 걸리겠다. 적당히 자제할 수는 없는 거냐."
　내가 옆에서 소곤거리자 그 녀석은 날 바라보고는 계속 웃으며 말했
다.
　"어쩌냐, 재미있는걸. 하지만 웃는 걸 자제하라고 말한다면, 난 네가
아니라 힘들겠지만 노력은 해보지."
　후우. 난 가볍게 한숨을 내쉬고 말하는 것을 그만두었다. 말한다고
들을 녀석도 아니거니와 다시 말해 봤자 어디 쓸 데도 없는 헛소리라
는 것을 알고 있는 까닭이다.
　그렇게 다시 수업에 집중하려는 때에 선생님의 목소리가 벼락같이

상연이의 머리 위로 떨어져 내렸다.

"현상연! 지금 열심히 킥킥거리며 보고 있는 책 가지고 나와!"

"네, 네!"

"하하하하하~!"

상연이는 깜짝 놀라 벌떡 일어서며 큰 소리로 대답했고, 좌중은 폭소의 도가니로 빠져들었다. 상연이는 주위를 둘러보고는 어쩔 줄 몰라 하며 책을 들고 앞으로 나갔고, 난 다시 한숨을 내쉬며 생각했다.

'내 이럴 줄 알았다니까……'

"아아… 정말 싫다, 국어 녀석. 몰라준다니까, 판타지의 가치를……."

"내가 봐도 별로던데 뭘……."

상연이 녀석의 투덜거림에 난 이렇게 대답해 주었고, 상연이는 뜨악한 표정으로 날 바라보더니 이내 고개를 폭 숙이며 말했다.

"아아… 너마저 그렇게 생각할 줄은……."

한심한 녀석. 고작 그런 걸로 그렇게 고민하냐. 난 가볍게 한숨을 내쉬다가 녀석의 공책에 쓰여 있는 것을 보게 되었다.

『Penrir』

왠지 익숙한 단어였다. 난 그 단어에서 시선을 떼지 못하고 아직도 고개를 폭 숙이고 있던 상연이 녀석의 어깨를 툭툭 치면서 물었다.

"야, 저건 뭐냐?"

“…뭐가?”

내가 툭툭 치자 그제야 상연이는 고개를 들며 반문했고, 난 상연의 공책에 쓰여져 있던 단어를 손가락으로 짚으며 다시 물었다.

“이거 말야, 이거. 펜… 릴? 이게 뭐냐고.”

“아… 그거 말이지?”

내가 무엇을 묻는 것인지 알아챈 듯 녀석은 고개를 끄덕이고는 나에게 설명하기 시작했다.

“펜릴이라고, 북유럽 신화에 나오는 상상 속의 괴수야. 북유럽 신화에서 주신인 오딘의 한쪽 팔을 먹어치웠다고 하는 모습은… 그래, 늑대 정도가 좋겠다. 늑대같이 생겼다고 하는 이른바 신수라는 거지.”

“흐음…….”

난 가볍게 턱을 괴고는 그 단어를 바라보았고, 상연이 녀석은 그런 내 모습을 유심히 바라보더니 피식피식 웃기 시작했다.

“헤에…….”

그 웃음소리에 난 시선을 돌려 상연이를 바라보았다가, 말로는 형용할 수 없는 상연의 얼굴에 곧 못 볼 것을 봤다는 걸 표정으로 시위하며 녀석에게 물었다.

“뭐야? 그 재수없기 짝이 없는 웃음은?”

“아니… 그냥…….”

왠지 녀석이 저렇게 재수없게 웃는 게 마음에 걸리긴 했지만, 녀석의 성격이 원래 그랬기에 난 별 생각 없이 넘어가 버렸다.

딩동─

수업이 끝나는 차임벨이 울리자, 그새를 견디지 못하고 온몸을 비비 꼬던 상연이 녀석은 힘껏 기지개를 켜며 말했다.

"아아… 이제야 끝났네. 지겨운 하루가 말이지."

내가 매번 이상하게 느끼는 것 중의 하나는, 거의 모든 문장에 걸쳐 도치법을 사용한다는 것이다. 이건 이해인과 현상연, 이 두 녀석을 제외한 다른 애들과는 필요 이상의 대화를 나누지 않는 나로서도 상당히 생소한 어투였다. 어쨌거나 그게 이 녀석과 내가 대화를 나누는 데는 아무런 지장도 초래하지 않았기에, 난 녀석의 말투에 그다지 신경 쓰지 않고 있었다.

"그다지 지겹다고 생각하지는 않는데."

"뭐? 넌 지겹지 않다는 거냐, 매일 똑같고 단순일변도인 이 생활이?"

상연이는 특유의 뜨악한 표정으로 날 바라보며 물었고, 난 가방을 챙기며 상연의 물음에 고개를 끄덕여 주었다.

"존경하고 싶군, 정말로……."

상연이는 내가 고개를 끄덕거리자 그 역시 가방을 챙기면서 투덜거리듯 말했고, 난 가볍게 미소를 지어준 후 가방을 메고 일어났다.

"아, 강진현. 잠깐만."

등 뒤에서 누군가가 부르는 소리에 난 고개를 돌려 그쪽을 바라보았다.

"반장이군. 무슨 일이지?"

반장. 얼굴도 꽤 예쁜 편이고 성격도 좋아 다른 아이들에게 인기가 많았지만 그녀와 몇 번 대화를 나눠본 적도 없고, 그다지 친한 편도 아니어서 난 공적인 일이리라 생각하고 반장에게 물었다.

"담임이 수업 끝나고 너 데려오라고 했거든. 같이 가자."

혹시나 했더니 역시나였군. 그렇다면 오늘은 상연이 녀석, 혼자 가야 하는 건가?

"그래? 하는 수 없지. 상연아, 오늘은 너 먼저 가야겠다."

"이거 서운한데, 함께 가지 못하게 되다니. 알았어. 먼저 갈게, 오늘은."

상연이는 그렇게 말하고는 서둘러 나가 버렸고, 난 반장을 바라보며 말했다.

"그럼, 가자."

"담임이 어디에 있기에 이쪽으로 가자는 거지? 이쪽은 후정원이잖아?"

학교 내에서도 상당히 후미진 곳에 위치한 후정원 쪽으로 가는 반장에게 내가 의아한 표정으로 물었고, 반장은 약간은 차가운 표정으로 말했다.

"이쪽이 맞으니까, 어서 따라와."

"이상하군. 반장, 약간 분위기가 변한 것 같은데?"

말 그대로였다. 평소의 그 온화한 분위기 대신에 잘 벼려진 칼날의 서슬 퍼런 반사광처럼 차디찬 분위기가 반장의 주위를 감돌고 있었다. 난 이상하다 생각하면서도, 저 반장에 한해서 남에게 해를 끼치는 일은 하지 않을 것이라 생각하고 있었기 때문에 더 이상 말하지 않고 반장의 뒤를 따라갔다.

이윽고 우리 둘은 후정원에 도착했다. 후정원에는 아무도 없었기에, 난 이상하다는 표정으로 다시 반장에게 물었다.

"반장, 여기가 맞는 거야? 여기는 아무도 없잖아?"

"맞아, 여기엔 아무도 없지."

내게 등을 보이고 있던 반장이 천천히 돌아서며 나에게 말했다. 반장의 표정은 내가 지금껏 한 번도 본 적이 없던, 아까 전의 차가운 분위기보다 더한 한밤중의 음습한 공동묘지의 시체가 하고 있으면 딱 맞을 정도의 표정이었기에 난 그만 놀라고 말았다.

"바, 반장?"

"그 반장이라는 호칭, 그만둬 주었으면 좋겠군."

반장은 그렇게 싸늘한 목소리로 내뱉으면서 손을 내 쪽으로 뻗었고, 그와 동시에 나에게 있어서는 정말로 믿을 수 없는, 황당한 일이 그녀의 손에서 일어났다.

"대… 대체 반장은……?"

난 당황한 목소리로 사람을 따스하게 감싸줄 듯한 은은한 빛으로 이루어진, 하지만 그 용도는 정반대인 검으로 추정되는 것의 끝 부분을 내 쪽으로 놓고 날 바라보고 있는 그녀에게 말했고, 그녀는 여전히 싸늘한 목소리로 나에게 천천히 말했다.

"성천계에서 널 죽이라는 명령이 떨어졌다. 그럼 이만 죽어줘야겠어, 리바이어선."

리바이어선?

언젠가 들어본 듯한 단어가 내 귓가에 울려 퍼졌다. 그래, 맞아. 신화에 나오는 바다의 왕이었던가… 그게 리바이어선이라고 언젠가 상연이 녀석에게 들은 기억이 있다. 그런데 그게 나와 무슨 상관이라는 거지?

"무슨 말을 하고 있는 거야? 리바이어선이라니?"

"넌 모르겠지. 봉인되어 지금은 단지 하찮은 인간일 뿐이니까."

그녀는 코웃음 치며 내게 말했고, 난 현실이 아닌 것 같은 이 상황에 머리가 혼란스러워져 아무 말도 못하고 단지 멍하게 그녀만을 바라보고 있었다.

"그럼 이만 무의 세계로 보내주지. 하아앗!"

그녀는 손에 들고 있던 검 비슷하게 생긴 것을 내 목을 향해 내려쳤고, 난 엉겁결에 뒤로 자빠지면서 그녀의 검을 피해냈다. 아니, 피해내지는 못했다. 그녀의 검이 내 목을 약간 깊게 베어내면서 많은 양의 피가 흘러내리기 시작했으니까.

난 엄청나게 쓰라려 오는 내 목을 두 손으로 맞잡으면서 당황한 표정으로 주춤주춤 뒤로 물러나기 시작했다. 머리 속이 혼란스러웠다. 어제까지만 해도 같은 것들의 반복인, 아주 당연한 일상일 뿐이었다. 그런데 오늘은 그 일상에서 벗어나 난 지금 말도 안 되는, 비현실적인 이유로 생명의 위협을 받고 있었다. 특별한 일이 없는 이상은 이 자리에서 죽을 게 거의 확실할 것이라는 생각이 들었다.

피를 많이 흘러서인가. 난 목의 고통과 동시에 현기증을 느끼고는 고개를 좌우로 저었다. 자꾸만 눈이 감겨왔다. 그런 날 보며 그녀가 다시 검을 치켜들고는 말했다.

"고통스러운 모양이군. 그럼 더 이상 고통을 느끼지 않도록, 편안하게 해주지."

"편안하게 해준다니, 누가 누구를?"

이… 이 목소리는?

"누구냐!"

반장이 예상외의 상황에 당황한 듯 고개를 돌리는 것이 내 눈에 들어왔다. 상황을 더 지켜보고 싶었지만, 자꾸만 감겨오는 내 눈이 그것을 허락하지 않았다. 난 반장이 뭐라고 외치는 것을 보는 걸 마지막으로 의식을 잃었다.

눈을 떴을 때, 가장 먼저 들어온 것은 낯선 하얀 천장과 날 걱정스레 바라보고 있는 부모님의 얼굴이었다. 내가 눈을 뜨자 어머니는 만면에 희색을 띠며 나에게 말했다.

"이제야 일어났구나. 삼 일 동안 의식이 없어서 걱정했단다."

"삼… 일?"

의아한 표정의 내 물음에 어머니가 고개를 끄덕였다. 그렇지, 그때 피를 너무 흘려서인지는 모르겠지만 의식을 잃었는데, 어떻게 살아 있기는 한 모양이군. 그런 생각을 하고 있을 때 아버지가 나에게 말했다.

"널 데려온 친구의 말로는 네가 학교 뒤편의 정원에서 목에 피를 흘리며 쓰러져 있었다는구나. 무슨 일이라도 있었던 게냐?"

무슨 일… 있기는 있었지. 너무나 비현실적이라 말해 봤자 아무도 믿어주지 않을 그런 일이……. 난 아버지의 물음에 고개를 저어주었고, 아버지는 내 대답 아닌 대답에 턱을 쓰다듬으며 잠시 생각에 잠겼다가 나에게 말했다.

"그래… 뭔가 말할 수 없는 사정이라도 있겠지. 하지만 이것만은 알아다오. 네가 무슨 짓을 하든, 이 아버지는 네가 나쁜 짓은 하지 않으리라 믿을 거라는 것을 말이다."

아버지의 말에 가슴 한구석이 울려왔다. 막 뭐라 말하려는 차에, 이 눈치없는 내 배에서 소리가 들려왔다.

꼬르르륵—

"아……."

난 당황하기도 했고 또 부끄럽기도 해서 이내 얼굴을 붉혔고, 잠시 잔잔하게 웃으며 바라보던 어머니는 이렇게 될 줄 알았다는 듯 유동식 타입의, 간단히 배를 채울 만한 것들을 꺼내놓으며 나에게 말했다.

"삼 일 동안이나 아무것도 먹지 못했으니 배가 고플 만도 하지. 자, 먹거라."

"잘 먹을게요."

그래, 돌아가는 거야. 그 이상한 일들은 잊어버리고, 다시 일상 속으로… 말이지.

3

병원의 한밤중은 고요하다. 그게 병실을 함께 쓰는 사람도, 문병 와 있는 사람도 없는 텅 빈 개인실일 경우에는 더 더욱 그러하다. 중환자가 아닌 사람에게는 간호사들도 돌아보지 않기 때문에 내가 숨 쉬는 소리 이외에는 아무것도 들리지 않아 사위는 고즈넉했다.

그동안의 수업을 빠졌기에, 난 하는 수 없이 별로 믿음은 가지 않지만 상연이 녀석의 노트를 반 강제로 빌려와 이미 진도가 나가 있을 부분을 공부하고 있었다.

"흐음, 그러니까 여기서 자연로그 ln x를 미분하면… 그러면, 그러니까… 망할."

난 녀석의 공책을 덮어버렸다. 도대체가 알아먹을 수가 없는 글씨다. 더 이상 보려고 하다가는 진도를 따라잡기도 전에 내 머리가 깨질 것 같았기에, 난 녀석의 노트로 공부하는 것을 포기하고 녀석에게 들은 말을 생각해 보았다.

나중에 경찰이 와서 수사를 했는데, 반장은 그때 일을 전혀 기억하지 못한다고 했다. 하지만 그녀가 날 불러가는 것은 상연이 녀석을 포함한 몇 명이 분명히 보고 있었기에 경찰이 그녀를 서까지 연행해 수사를 했지만, 증거도 없는 데다 그녀도 그 당시 상황에 대해서 기억하는 것이 하나도 없어 결국 경찰은 더 이상의 수사를 포기하고 상황을 종료했다고 했다.

'역시 경찰은 무능하다고 열변을 토했었지, 그 녀석.'

나에게 침을 튀겨가며 경찰의 무능에 대해 역설하던 상연이를 생각하며 피식 웃었다.

그때, 노크도 없이 문이 열리더니 간호사가 들어오며 무감정한 목소리로 말했다.

"강진현 군, 주사 맞을 시간입니다."

주사 맞을 시간? 난 시계를 바라보았다. 새벽 1시 반. 요즘 주사는 이런 늦은 시간에 놓아주는 게 유행인가? 난 뜨악한 표정으로 그녀를 바라보며 물었다.

"저 낮에 주사 맞았는데요? 거기다 지금 시간이 새벽 1시인데, 이 늦은 시간에 주사를 놓다니. 중환자가 아니면 보통은 낮에 놓는 게 정상 아닌가요?"

내 물음에 그녀는 다시 무감정한 목소리로 말했다.

"주사 맞을 시간입니다."

무감정한 목소리. 난 갑자기 불안해졌다. 문득 반장의 그 싸늘한 얼굴과 말투가 생각났다. 감정이 최대한도로 억제되어 있는 듯한 말투. 난 더럭 겁이 나는 것을 느끼며 그녀에게 친절한 목소리로 말했다.

"내, 내일 아침에 맞으면 안 될까요? 의사 선생님보고 직접 놔달라고 할 테니까… 영 불안해서 말이죠."

"주사 맞을 시간입니다."

추측이 확신으로 변했다. 아무리 형편없는 간호사라도 자신의 실력을 업신여기거나 믿지 못한다는 말을 들으면 화를 내기 마련이다. 하지만 앞에 있는 저 간호사는 내 말에 아무런 반응도 감정 표현도 없이, 단지 태엽 인형처럼 같은 말만을 반복하고 있었다.

"이, 이거 아무래도 곤란하겠는데요? 주사는 사양하고 싶은데……."

"주사 맞을 시간입니다."

그녀는 내가 무슨 말을 해도 그 말만을 반복하며 내가 앉아 있는 침상으로 다가왔고, 난 겁을 잔뜩 집어먹은 표정으로 링거 바늘이 움직여

서 팔목을 헤집어 피가 나는 것도 느끼지 못하고 주춤주춤 뒤로 물러 났다.

"주사 맞을 시간입니다."

"으아아아악—!"

그녀가 다섯 번째로 그 말을 했을 때, 어둠이 빛을 조금씩 침식해 가 듯 공포가 내 몸에 엄습해 오는 것을 견디다 못한 나는 비명을 지르며 왼팔에 꽂힌 링거 바늘을 거칠게 잡아 빼고서는 문 쪽으로 도망쳤다. 아니, 도망치려 했다.

하지만 내 앞으로 하얀 실루엣이 스멀거린다 싶더니, 그 간호사가 어느새 내 앞에 나타나서는 앞서와 마찬가지의 목소리로 주사기를 들 며 말했다.

"주사 맞을 시간입니다."

"으아아아—! 아아아아아—! 으아아아아—!"

난 뒤로 털썩 자빠지며 내게로 다가오는 그녀에게서 어떻게든 조금 이라도 멀어져 보기 위해서, 또 내 비명을 들은 누군가가 와서 날 도와 줄지도 모른다는 일말의 희망에 기대를 걸고서 내가 생각해도 놀랄 만 한 성량으로 비명을 지르며 필사적으로 뒤로 기어갔다. 하지만 내 비 명을 듣지 못한 건지 아무도 없는 건지 이곳으로 와보는 사람은 한 명 도 없었다.

"주사 맞을 시간입니다."

그녀는 그렇게 말하고는 내 팔을 잡고 주사기를 들었다. 그리고 완 전히 공포에 절어버린 채 그녀를 바라보는 내 얼굴을 힐끗 바라보더니 익숙한 손놀림으로 내 팔에 주삿바늘을 꽂으며 말했다.

"그럼 안녕히 주무시길, 리바이어선."

주삿바늘이 내 팔에 꽂히는 따끔한 느낌을 느낄 겨를도, 정신도 없었다. 리바이어선이라니, 그게 대체 무엇이기에 날 이렇게 괴롭게 하는 것인지. 난 멍하게 풀어진 얼굴로 그녀의 얼굴을 바라보았다. 그리고 막 그녀가 주사기를 눌러 주사기의 내용물을 나에게 투여하려는 찰나, 녀석이 나타났다.

"거기까지로 하지, 호러물 촬영은. 내가 원치 않으니까 말야, 리바이어선이 죽는 건."

이 순도 99%의 도치법 마니아를 방불케 하는 말투는……?

"상연이?"

난 놀라서 목소리가 들려온 병실 입구 쪽을 바라보았고, 나와 마찬가지로 그쪽을 바라보던 간호사가 당황한 표정으로 급히 주사기를 누르려 했다. 아, 안 돼!

난 살이 헤집히는 고통이 느껴지는 것에도 굴하지 않고 황급히 팔을 이리저리 비틀어 주삿바늘을 내 팔에서 빼내는 데 성공했고, 주사기 안의 약품은 병실 바닥에 뿌려졌다. 팔에서 고통과 함께 피가 흘러내렸지만, 그 정도는 죽는 것이나 며칠 전의 목의 출혈에 비하면 아무것도 아니었기에 난 이를 악물고 고통을 참아내며 그녀를 밀쳐 내고 상연이 쪽으로 도망갔다.

츠팟—!

그녀가 아까 전의 그 방법으로 내 앞으로 이동했다. 그리고는 손을 갈고리 모양으로 만들어 내 머리 위로 치켜들었다. 맙소사, 저게 인간의 손톱이 맞는 거야?

언젠가 불법 복사판을 구해서 해인이 녀석과 한 적이 있었던 격투 게임, 퀸 오브 하트라는 게임에 나오는 치즈루라는 캐릭터의 손톱에 비견할 수 있을 정도로 그 손톱은 길고 날카롭게 삐져 나와 있었다.

하지만 그 날카로운 손톱은 내 살을 찢어발기지 못했다. 상연이가 싱글거리며 그녀의 팔을 뒤에서부터 잡았기 때문이다. 그녀가 사나운 표정으로 뒤를 돌아보았고, 상연이 녀석은 난처한 표정을 지으며 그녀에게 말했다.

"곤란해, 곤란해. 이런 짓을 하면 안 되지, 누나. 이런 예쁜 얼굴을 하고."

그러고는 나머지 손을 수도로 만들어서 그녀의 목을 가볍게 내리쳤다. 어이없게도, 상연이의 그 간단한 동작에 그녀는 끈 떨어진 인형처럼 힘없이 털썩 바닥에 쓰러져 버렸다. 놀라운 실력이었다.

상연이 녀석이 합기도, 공수도, 검도, 택견의 단증을 각각 2단까지 가지고 있다는 것은 알고 있었지만, 그래도 이렇게까지 대단한 줄은 모르고 있었다. 언제나 녀석은 실실거리는 표정으로 촐랑거리며 다니기만 했기 때문에 우리 반의 누구도 녀석을 대단하게 보지 않고 있었다. 하지만 녀석의 진짜 실력은 이 정도였던 것이다. 아니, 진짜 실력은 아직 시작조차 하지 않은 것일지도 몰랐다.

"후… 힘들었어, 늦지 않게 달려오느라. 야, 말 안 하냐? 고맙다고?"

"아, 그래… 고마워."

그러고 보니 늦지 않게 달려오다니, 그럼 이 녀석은 내가 이렇게 될 줄 알고 있었다는 말인가? 맞아, 생각났어. 며칠 전, 그때에도 마지막에 녀석의 목소리가 들렸었지.

"현상연."

"응? 왜?"

녀석은 어지럽혀진 내 병실을 정리하다가 웃는 얼굴로 내 쪽을 바라보며 반문했고, 난 녀석에게 물었다.

"너… 혹시 이렇게 될 줄 알고 있었던 거 아니야? 내가 이렇게 습격받을 것이란걸?"

"오, 그 도치법. 마음에 드는데?"

"그렇게 말 돌린다고 해서 넘어갈 내가 아니란 것 정도는 너도 알 텐데?"

내 말에 녀석의 표정이 굳어졌다. 상연이는 한숨을 내쉬고는 자리에서 일어나며 나에게 말했다.

"그대로야. 네 말. 단, 난 미리 알고 있던 건 아니고, 네가 위험에 처한 그 시점에서 알 수 있을 뿐이지. 진현아, 기다려 줄 수 없겠니? 나중에 다 말해 줄 테니까……."

"기다려 달라… 라. 그럼 난 이렇게 아무것도 모르는 채로, 그렇게 언제 누가 또 생명을 위협할지 모르는 상태로 하루하루를 공포에 떨며 지내라는 거야? 너 같으면 그게 가능할 거라고 생각하는 거냐?"

며칠 사이에 두 번이나 생사 기로에 올라갔다 내려온 때문인지, 내 목소리는 날카로워져 있었다. 상연이 녀석은 내 말에 우울한 표정을 짓더니 작은 목소리로 말했다.

"미안하다. 정말로 말할 수 없어, 지금은… 하지만 알아주겠니? 이것만은… 절대 널 해롭게 하는 게 아니란 걸 말야. 지금 말해 주지 않는 것은 말이지……."

난 멍해졌다. 아무것도 생각하고 싶지 않았다. 녀석이 녀석답지 않게 저렇게 고개를 숙이는 것도, 요 며칠간 두 번이나 생명이 왔다 갔다 했던 것도, 내가 모르는 무언가가 나를 중심으로 펼쳐지고 있다는 것도 말이다. 갑자기 아까 주삿바늘이 꽂혔던 팔이 쓰라려 왔다. 그 아래의 링거를 맞았던 자리도 마찬가지로 쓰라려 왔다.

"지… 진현아?"

점차 고통이 강해지는 팔을 부여잡고 내가 바닥에 털썩 주저앉자 상연이가 당황한 표정으로 내 이름을 불렀다. 하지만 그 부름에 대답해 주고 싶은 생각은 눈곱만치도 없었다.

"어째서, 어째서 내가 이런 일을 당해야 하는 거지? 어째서 내가… 난 단지 평범하게 살아가고 싶을 뿐인데… 어째서… 내가… 크흐흑."

눈물이 나왔다. 내 자신이 한없이 비참하게 느껴져서 견딜 수가 없었다. 상연이가 다시 내 이름을 불렀지만 난 그것에 대답하지 않았다. 아니, 대답할 수 없었다. 또 무슨 일이 일어나서 이번에는 나뿐만 아니라 내 주위까지 위협하게 될까 두려웠기 때문이다. 이 차가운 현실에서 도망가고만 싶었다. 얼마 전의 일상으로 돌아가고 싶었다. 차라리 죽어서 이 악몽 같은 현실을 더 이상 보지 않게 되었으면 좋겠다는 생각도 들었다. 난 그렇게 비참한 기분으로 하염없이 울었고, 상연은 그런 나를 굳어 있는 표정으로 내려다보았다.

4

두 번째의 습격이 있은 지 며칠이 지나서 난 퇴원할 수 있었다. 병원 측에서는 간호사의 잘못이 명백하게 드러나 있는 까닭에, 이 사실에 관해서는 간호사 핑계만을 대며 책임 회피에만 급급해했다. 혹시나 이런 사실이 매스컴에 알려지기라도 해서 자기네 병원의 이미지가 나빠질 것이 두려웠는지 내 입원비를 포함한 모든 병원비를 받지 않겠다고 했고, 퇴원하는 날에는 원장이 직접 나와서 우리 가족을 배웅하기까지 했다.

병원에서의 며칠간, 나는 공포에 떨어야만 했다. 언제 또 어떤 방식으로 그 알 수 없는 존재가 내 목숨을 노릴지 몰랐기 때문이다. 병원에서는 청원경찰을 불러준다고 했지만, 내 쪽에서 거절했다. 청원경찰조차도 믿을 수 없었다.

오직 믿을 수 있는 건 소식을 듣고 문병 온 해인이 녀석과 상연이 녀석, 그리고 가족밖에는 없었다. 아니, 솔직히 말해서 난 상연이 녀석도 믿을 수 없었다. 말로는 내 편이라고 하고 또 두 번이나 내 목숨을 구해주기도 했지만, 믿음이 가지 않았다.

그렇게 며칠간을 신경 쇠약에 걸릴 정도로 공포에 떨며 지내다 이윽고 퇴원하는 날이 되자 왠지 허탈한 느낌이 들었다. 오지 않는 습격자를 두려워하며 전전긍긍하고 지냈던 내가 한심해진 까닭이었다. 하지만 그게 또 다른 압박감이 되어 날 짓눌렀다. 분명히 다음에는 더욱 치밀한 계획을 세워 날 죽이려 들 것이다. 그런 생각이 내 가슴을 짓눌러 왔다. 답답했다. 말해 봤자 누구 하나 믿어주지도 않을 이 현실 같지도 않은 현실 때문에 죽음에 대한 공포와 압박감, 이 두 가지 속에서 살아야 한다고 생각하니 한숨밖에 나오는 게 없었다.

운 좋게 다음에도 위기를 넘길 수 있을지 모른다는 실낱같은 희망과 가족, 이 두 가지가 내 유일한 삶의 원동력이었다. 상황이 이렇게 되자 난 나날이 무기력해져 갔고, 최상위권에서 맴돌던 내 성적은 1학기 중간고사에서 급격히 추락해 버렸다.

내 성적표를 받아본 부모님은 어이없어했지만, 요즘의 내 상태를 알고 있었기 때문에 성적에 대해 크게 나무라지는 않았다. 날 잔잔한 표정으로 바라보는 부모님의 시선에 난 부끄러움을 느끼고 마음을 다잡았다. 이래서는 안 된다. 이까짓 일들을 가지고 이렇게 무기력하게 있을 수만은 없다.

성적이 크게 떨어진 것이 전화위복이 되었다. 난 공부에 전념했고, 성적은 천천히 오르기 시작해 2학기 기말 고사가 끝난 시점에서는 다시 예전의 내 위치로 돌아가 있었다.

그리고 내 머리 속에서 악몽과도 같은 그 일이 잊혀져 가던 겨울 방학이 시작될 무렵, 다시 변화가 시작되었다. 그것도 내 상상을 초월하는 방식으로……

5

겨울 방학이다. 보충 수업이 있고, 덤으로 야자도 있는 겨울 방학이
아니다. 마음대로 놀 수도 있고, 그동안의 지친 심신에 새로운 활력을
불어넣을 수도 있고, 때로는 너무 놀아 무기력해지기도 하는 진짜 겨울
방학이다.

이번 겨울 방학에, 난 유이무삼한 친구들인 상연이 녀석과 해인이
녀석, 이 둘과 함께 바다에 가기로 했다. 겨울에 바다라니 뭔가 매치가
되지 않기는 했지만, 우리 셋 모두 바다를 좋아하는 데다 마침 부산에
아버지 소유로 되어 있는 꽤 괜찮은 시설의 콘도가 있어서 난 명쾌하
게 이번 겨울의 휴양지로 바다를 선택했다.

해인이야 방학 때마다 나와 함께 지내니까 별문제가 없었지만, 상연
이 녀석을 데려가기로 하는 데는 나로서도 약간의 고민이 필요했다.
그동안 소원하게 지냈다가 최근에야 겨우 예전의 관계를 회복한 정도
였기 때문이다. 하지만 상연이 녀석이,

"뭐? 겨울 낚시? 날 빼놓는단 말야, 그런 재미있는 일에?"

라며 참가 의사를 밝혀서 난 결정을 내릴 수 있었다.

보충 수업 마지막 날, 나와 상연은 수업이 끝나자마자 가방을 챙겨
해인이와의 접선 장소이자 우리 셋이 가끔 만나는 자리이기도 한 클로
버 PC방으로 향했다.

"부산에 있다고 했지? 너희 아버지 콘도."

"응."

난 고개를 끄덕였고, 상연이는 잠시 습관적으로 턱을 쓰다듬다가 내
게 물었다.

"그런데 용케도 허가를 얻어냈구나. 너희 아버지한테."

"아, 이번에 나만 빼놓고 우리 가족 모두가 아버지 일 때문에 해외여행을 가게 되었거든. 그래서 그런 거야."

무심결에 한 대답에 상연의 눈이 휘둥그레졌다.

"해, 해외여행? 어디로?"

"스페인… 이라고 들었던 것 같은데……."

기억 속을 뒤지며 그렇게 대답하자 상연의 눈은 더욱 커졌다. 안 그래도 큰 눈이 더욱 커지자 정말로 괴기스럽게 보여 나로서는 상당히 보기 괴로웠다.

"그런데 넌 왜 안 가는 거야? 해외여행을 해볼 좋은 기회잖아?"

이해할 수가 없다는 듯 상연이 다시 물었고, 난 가볍게 고개를 젓고는 대답하지 않았다. 분명 이유를 말했다간 귀찮을 정도로 설교 비슷한 말들을 늘어놓을 게 뻔했기 때문이었다. 난 잠시 그때의 상황을 회상했다.

"귀찮아요."

단호하게 잘라서 한 내 말에 아버지가 절반은 당황한, 나머지 절반은 어이없는 표정으로 나에게 다시 물었다.

"단지 그 이유뿐이냐?"

난 가볍게 고개를 끄덕였고, 입을 딱 벌린 채 말을 잇지 못하는 아버지 다음으로 이번에는 어머니가 걱정스러운 표정으로 나에게 물었다.

"그래, 이유는 그렇다 치더라도 너 혼자 한 달가량 집에서 혼자 잘

지낼 수 있겠니? 이 엄마는 걱정이 되는구나."

난 어머니를 안심시켜 드리기 위해서라도 고개를 끄덕이고는 말했다.

"걱정하지 않으셔도 돼요. 저도 이제 조금만 지나면 고 3인데다가, 이번 겨울 방학에 해인이하고 상연이, 이 둘하고 같이 지내기로 약속했거든요."

그렇게 말하고는 난 곧 한 가지 실수를 저질렀다는 것을 깨달았다. 아차, 싶어서 얼른 고개를 돌려 아버지를 바라보니, 아니나 다를까, 아버지가 쓴웃음을 지으면서 나에게 말했다.

"그 약속 때문에 가지 않겠다는 거로구나. 알았다. 남자라면 약속을 지켜야지. 너 좋을 대로 하려무나."

아버지의 반응이 내 예상과는 다르게 나왔기에, 난 안도의 한숨을 내쉬었다. 아직 다음 목표가 남아 있었기 때문이다.

"아버지, 내친김에 드리는 말씀인데 부산에 있는 아버지 콘도, 쓸 수 있을까요?"

난 조심스럽게 아버지에게 물었고, 아버지는 이왕 남기로 한 거 잘 놀 수 있게 배려해 주겠다는 생각에선지 별다른 말 없이 승낙을 해주었다.

"야, 강진현!"

불유쾌한 목소리가 내 귓속으로 파고든 건 그때였다. 난 고개를 돌려 상연이 녀석을 바라보았고, 녀석은 자신의 뒤쪽을 가리키면서 황당한 목소리로 말했다.

"어디까지 가려는 거냐? 다 왔잖아, 클로버 PC방."

"에……."

녀석의 말에 난 약간은 당황했다. 설마 이렇게 회상에 몰두하고 있었던 건가. 난 자조적으로 웃었고, 녀석은 날 이상하다는 눈으로 바라보다가 말했다.

"어서 들어가자. 별로 보고 싶지 않은 녀석이지만, 약속은 약속이니까."

꼭 아버지 같은 소리를 하는군. 난 그런 생각이 들자 왠지 우스워서 앞장서서 게임방에 들어가는 상연의 뒤를 따라 들어가며 피식 웃어버렸다.

게임방 안은 혼잡했다. 게임방이 넓기도 하거니와 주변 학교에서 끝난 녀석들이 일제히 게임방을 점령하기 위해 빨리 오기 때문에 자리를 차지한 놈, 못 차지한 놈 등등 여러 녀석이 게임방 안에 나름대로 자리를 잡고 있었기 때문이다.

"아, 너희들 오는구나."

올해로 26살이 되는 게임방 주인인 경일 형이 아는 체하며 우리를 맞아주었다. 예전에 이 게임방에서 거의 살다시피 했던 적이 있기 때문에, 이 형과 우리는 상당히 친한 편이었다. 난 주위를 둘러보며 형에게 물었다.

"네, 안녕하세요. 그런데 해인이, 와 있나요?"

"아아, 해인이 말이지. 저쪽 44번에서 디아블로 하고 있다."

경일 형은 형 특유의 만 점짜리 미소를 지으며 나에게 말했고, 난 형에게 고맙다는 인사를 하고는 44번 자리로 걸어갔다.

경일 형 말대로 해인이 녀석은 열심히 디아블로를 하고 있었다. 음… 86이라… 그동안 많이도 키웠군. 하지만 내 목적은 해인이 녀석 레벨을 보는 게 아니었고, 그래서 난 녀석의 어깨를 가볍게 두드렸다.

"응? 누구… 아, 진현이 왔구나."

녀석은 열심히 마우스를 놀리면서도 나에게 인사를 건네왔다가, 내 옆에 있는 상연이 녀석을 보고는 얼굴을 찌푸렸다.

이 둘은 내가 생각하기에 별로 사이가 나쁠 일이 없었는데도 이상하게 사이가 나빴다. 성격이 맞지 않아서일까. 어쨌거나 이 둘은 만나면 으르렁대는 사이였고, 난 그 가운데에서 중재자가 되어주는 게 고작으로 결국 이 둘의 사이를 가깝게 만드는 데에는 실패했다.

아무튼 녀석 역시 상연이가 오는 것을 알고 있었기에 표정만 가볍게 찌푸렸을 뿐 별말은 하지 않고 자리에서 일어났다.

해인이 녀석이 계산을 하는 동안 상연이가 나에게 투덜거렸다.

"언제 봐도 마음에 안 들어, 저 녀석."

상연이 녀석의 투덜거림에 난 쓴웃음을 지었다. 요즘 들어 쓴웃음을 짓게 만드는 일이 많군. 어쨌거나 이대로 놔두었다간 계속 불평을 들어야 할 처지가 될 것이 분명했기에 난 미리 녀석의 입을 막아버리기 위해 상연이에게 말했다.

"마음에 안 들어도 해인이가 가는 걸 알면서 함께 간다고 한 건 너잖아. 자꾸 불평하면 안 데려갈 거야."

상연이 녀석은 내 말에 뭔가 불만을 털어놓으려다가, 뒤이어진 데려가지 않겠다는 말에 입을 다물었다. 그리고 타이밍 좋게도 해인이 녀석이 나타났다.

"계산 다 끝났어. 가자."

택시를 타고, 지금은 텅 비어 있는 집에 도착했다. 해인이와 상연이는 우리 집에 자주 놀러 왔었기 때문에 익숙한 걸음걸이로 집 안으로 들어왔다. 내 방에는 컴퓨터가 두 대 있다. 그래서 친구들―상연이와 해인이밖에는 없지만―이 오는 날에는 내 방에서 IPX로 네트워크 플레이를 즐기기도 했다.

그것을 보자 녀석들은 예전의 그 처절한 레인보우 혈투가 생각났는지 서로를 힐끗 노려보고는 거의 동시에 컴퓨터를 켰고, 난 어이없는 표정으로 두 녀석을 바라보다가 간단한 먹을거리라도 내오기 위해 주방으로 나갔다.

주방에서 몇 가지 과자와 음료수를 꺼내 가지고 내 방으로 돌아왔을 때, 이미 로그 스피어의 혈전은 끝나고 2차전인 스타로 넘어가는 중이었다. 난 둘이 앉아 있는 컴퓨터에 음료수를 따른 컵을 놓아주면서 물었다.

"누가 이겼어? 로그 스피어."

내 물음에 해인이 녀석의 고개가 숙여졌고, 상연이는 의기양양한 표정으로 나에게 말했다.

"당연히 내가 이겼지. 이걸로 43승 7패. 내 압도적인 우세다. 핫핫핫!"

상연이 녀석이 크게 웃자 해인이가 고개를 들더니 발끈하면서 외쳤다.

"로그 스피어에서는 졌지만, 스타에서는 절대로 지지 않는다!"

"오오… 어디 한번 해보시지!"

한심하군. 난 두 컴퓨터의 전원을 양손을 뻗어서 꺼버렸고, 약간은 당황한 표정으로 날 바라보는 둘에게 말했다. 물론 약간의 협박을 섞는 것도 잊지 않았다.

"오늘 우리 집에 온 건 놀기 위해서가 아니라 이번 여행의 계획을 짜기 위해서잖아. 설마 너희들, 놀러 가기 싫은 건 아니겠지?"

내 말의 효과는 즉시 나타났다. 녀석들은 내 말에 반박하지 못했고, 난 승리자의 미소로 들고 있던 쟁반을 바닥에 내려놓으며 말했다. 아니, 말하려 했다. 그러나 그전에 나온 상연의 조용한 목소리가 내 몸을 굳어버리게 만들었다.

"온다. 위험한 무언가가……."

"온다니… 뭐가……?"

난 내 머리 속에 떠오르는 악몽 같은 기억을 애써 떨쳐 버리며 상연이에게 물었고, 그 대답은 해인이가 해주었다. 해인이 역시 상연이처럼 무언가 분위기가 달라져 있었다.

"네게 위험한 것이지. 수는… 제기랄!"

집 안의 유리창이 깨지는 소리와 함께 하얀 그림자들이 내 방 안으로 난입했고, 어느샌가 상연이가 내 앞으로 나서 그 그림자 하나를 잡아채며 외쳤다.

"어째서 건드리는 거야, 단지 봉인체일 뿐인데!"

"캑… 캑……!"

상연이 손에 붙잡힌 그 하얀 그림자는 캑캑거리며 버둥대기 시작했다. 자세히 보니, 믿겨지지는 않지만 그것은 뒤에 거대한 날개 두 장을 달고 하얀색 갑옷을 입은 천사였다. 아니, 천사인지는 확실치 않지만 적어도 내 머리 속의 이미지에서는 천사였다. 그리고 그 생각은 어느샌가 내 뒤에서 중얼거린 해인이의 중얼거림으로 더욱 확실해졌다.

"성천계에서 급해진 모양이군. 투천사단을 파견할 정도면……."

투천사? 그건 뭐지? 천사의 일종인가? 아니, 그런 건 둘째 치더라도, 어째서 천사라는 것들이 아무 잘못도 저지른 적이 없는 우리 집으로 쳐들어오는 거지? 난 지옥에 갈 만큼 많은 죄를 지은 기억이 없다고!

그런 생각들로 말미암아 내 머리 속은 이윽고 패닉 상태로 빠져들었고, 상연이는 머리가 혼란스러워진 내 허리를 안아 들고는 해인이와 뭔가 대화를 주고받았다.

그리고 난 뒷목에 강한 충격을 받으며 정신을 잃었다.

6

내가 정신을 차린 곳은 어딘지 모를 산속이었다. 눈을 떠보니, 해인이와 상연이가 나를 근심스러운 눈으로 바라보고 있었다.

"아, 이제 일어났구나. 늦게까지 일어나지 않아서 걱정했어."

해인이가 안색을 밝게 바꾸며 상체를 일으키는 나에게 말했다. 나는 주위를 둘러보고는 해인이에게 물었다.

"여기는……?"

"너희 집 뒷산. 거의 반파되었다, 너희 집은. 그래서 잠시 피난 온 거다, 이곳으로."

"반… 파?"

반파라구? 거의 박살났다는 이야기잖아? 그건……?

상연의 말을 들은 내 중얼거림에, 해인이가 자책하듯 말했다.

"설마 녀석들이 위성 궤도에서 '뇌신의 단죄'를 사용할 줄은… 미안하다."

위성 궤도에서 '뇌신의 단죄'? 그건 뭐지? 혹시 커맨드 앤 퀀커의 이온 캐논하고 비슷한 건가? 그게 왜 우리 집에 떨어져? 내가… 무슨 잘못을 했길래?

머리 속이 혼란스러워 견딜 수가 없었다. 난 머리를 감싸 안고 고개를 푹 숙여 버렸다. 그렇게 괴로워하는 내 귓속으로 상연이의 목소리가 들려왔다.

"여기 있으면 얼마 안 있어 추격해 올 것이다, 녀석들이. 그러니 옮겼으면 좋겠는데. 이곳에서 다른 곳으로."

"진현이 아버지의 콘도는 어떨까? 그곳은 부산이라 사람도 많아서 녀석들이 공격해 오기에도 수월치 않을 텐데."

아마도 해인이의 반응으로 보아, 상연이는 거부하듯 고개를 저었던 것 같다. 해인이가 상연이에게 반문했다.

"어째서?"

"혈안이 된 녀석들이다, 리바이어선을 죽이기 위해 주택 밀집 지구에 '뇌신의 단죄'를 떨어뜨릴 정도로. 더 커지는 것은 피해뿐이다. 인구 밀집 지역에 가봤자."

다시 들려온 '리바이어선'이라는 단어가 혼란스럽던 내 머리 속을 하얗게 만들었다. 난 앉아 있던 자리에서 벌떡 일어났고, 날 바라보는 해인이와 상연이에게 물었다.

"그 리바이어선이라는 거, 대체 뭐지? 그리고 너희들은 정체가 뭐야? 그리고 어째서, 내 주변에 이런 비상식적인 일들이 일어나야 하는 거지? 어째서 그런 건지 대답 좀 해주지 않겠어?"

내 목소리는 미칠 듯 흥분되어 날카로워져 있었다. 상연이와 해인이는 서로를 잠시 바라보고는, 마음을 정한 듯 해인이가 날 바라보며 말했다.

"알았어. 말해 줄게. 리바이어선이 뭔지, 그리고 그게 너와 어떤 관련이 있는지도."

난 해인이의 입에서 다음 말이 나오기를 기다렸다. 하지만 그전에 나온 상연이의 말이 해인이의 입에서 더 이상 말이 이어지지 못하게 만들었다.

"오는군. 녀석들이."

상연이 녀석이 하늘을 바라보며 말하자 모두의 시선은 하늘을 향했고, 나뭇잎과 가지 사이로, 검은 하늘을 배경으로 하얀 실루엣이 하나 둘 눈에 들어오기 시작했다.

"하나, 둘, 셋… 모두 일곱이군. 형평성의 원칙에 어긋나는데."

해인이 녀석이 농담을 했고, 난 질린 표정으로 녀석을 바라보았다. 친구의 목숨이 왔다 갔다 하는 판에, 농담이 나오나?

어쨌거나 상연이는 날 바라보며 약간은 여유있는 목소리로 말했
다.

"여기서 기다려, 금방 돌아올 테니."

"뭐… 뭐라구?"

하지만 상연이 녀석은 내 말을 듣고 있지 않았다. 상연이가 크게 도
약하자, 녀석은 단숨에 저 천사들인가 뭔가 하는 녀석들이 떠 있는 곳
까지 뛰어올랐다.

난 멍해졌다. 여기가 무협지 세계던가? 그리고 그 황당함은, 해인이
가 내 어깨를 툭 치면서 날아오름으로써 더욱 강해졌다. 해인이는,

"나도 갔다 올게."

라며 어느새 생겨났는지, 거대한 날개 두 장을 펼치며 날아올랐던
것이다. 중간에 나뭇가지에 걸려 추락의 위기를 겪기는 했지만, 그런
개그를 즐길 만한 여유는 나에게 없었다.

아무튼 두 녀석과 그 투천사인가 뭔가 하는 녀석들의 스카이 쇼 겸
불꽃놀이가 벌어지는 걸 난 멍하니 바라보고 있어야만 했다. 현실감이
없었다. 이건 다 꿈이라는 생각이 들었다. 내 앞에 한 투천사가 내려설
때까지도, 난 꿈속을 헤매듯 멍한 표정으로 그를 바라보고 있었다. 해
인이의 당황한 듯한 목소리가 들렸다.

"진현아! 어서 피해!"

괜찮아, 이건 꿈이라구. 멍하게 서 있는 내 가슴에, 은빛의 무언가가
박혔다. 이물질이 몸속으로 파고드는 고통이 느껴졌다. 고통……? 난
내 가슴에 꽂힌 물건과 내 앞의 천사를 번갈아 한 번씩 바라보고는, 다
리에 힘이 풀리는 것을 느끼며 그대로 자리에 쓰러졌다. 무언가 말을

하고 싶었지만 입이 열리지 않았다. 가슴의 고통이 내 전신을 지배하고 있었다.

꿈이 아니었다. 이 빌어먹을 상황은, 꿈이 아니었던 거다. 현실을 부정하고 꿈일 거라 도피하고 있던 건, 어리석은 나였던 것이다.

고통과 더불어 끈적끈적한 감각이 전신을 지배하기 시작했다. 손을 움직여 그 끈적끈적한 것들을 닦아내고 싶었지만 손은커녕 손가락 하나조차 마음대로 움직이지 않았다.

이게 죽음이라는 것인가. 조금씩 의식이 희미해지고 있었다. 딱 한 번 겪어본 적이 있었던 술에 취했을 때처럼 이성이 마비되는 것 같았다. 그리고 잠시 후, 난 결국 의식의 끈을 놓아버리고 말았다.

어둠이 걷혔다.

한 남자가 서 있었다. 그리고 그 뒤로 다시 세 명의 남자가 서 있었다. 그리고 그 뒤로 셀 수도 없을 만큼 엄청난 수의 괴물들이 늘어서 있었다.

그들의 맞은편이 보였다.

천사가 있었다.

악마도 있었다.

절대 섞일 리가 없는, 아니, 섞일 수가 없는 존재들이 섞여 그들과 대치하고 있었다.

남자가 손을 들었다. 남자의 손에서 엄청날 정도의 거대한 빛이 생겨났다. 그 빛은 이내 수십, 수백 갈래로 나뉘어 빛의 격랑이 되어 노도와 같이 앞으로 쏟아져 나아갔고, 그 빛은 그들과 대치하고 있는 천사, 악마들을 도륙했다.

뒤에 서 있는 세 명의 남자 중 가운데에서 오른손에 트라이던트를 들고 있던 남자가 왼손을 앞으로 뻗었다. 푸른색 오라가 그의 손에 맺혔고, 그 오라는 곧 남자의 손을 떠나서 천사와 악마들이 섞여 있는 곳에 도착했다. 그와 동시에, 거대한 폭발이 천사와 악마들을 휩쓸었다.

오른쪽에 서 있던 남자가 쏘아지듯 앞으로 달려갔다. 그의 손에는 언제 잡았는지 거대한 날 달린 창이 하나 쥐어져 있었고, 그 도끼창을 가볍게 휘둘러 그는 천사와 악마들을 도륙했다.

왼쪽에 있는 남자가 그의 등에 있는 회색 날개를 펼치며 날아올랐다. 그의 양손에는 아까 앞에 서 있던 남자의 손에 맺힌 것과 같은, 하지만 핏빛의 구체가 생겨났다. 그 핏빛의 구체 역시 수십 갈래로 나뉘며 천사, 악마들이 있는 곳을 폭격이라도 하듯 내리꽂혔고, 천사와 악마들의 진형은 아비규환을 연상케 할 정도로 쑥대밭이 되었다.

그리고 다시 어둠이 모든 것을 덮어버렸다.

7

“처음부터 진실을 말해 주었어야 하는 거 아닌가? 이제 와서 말하기는 뭣하지만.”

팔에 수혈용 팩과 영양 공급용 포도당 링거를 꽂고 침대 위에 죽은 듯이 누워 있는 진현을 바라보며 해인이 말했고, 상연은 냉정한 목소리로 잘라 말했다.

"혼란만 가중되었겠지, 그렇게 했다면."

"그런가… 하지만 이번 일로 문책을 피하기는 힘들게 되었군."

해인은 한숨을 내쉬었고, 상연 역시 동감인 듯 약간 고개를 까닥하며 말했다.

"위안으로 삼아야겠지, 목숨이 붙어 있다는 것을. 어쨌거나……."

해인이 상연을 바라보았고, 상연은 턱을 쓰다듬으며 말을 이었다.

"이런 상황에서 쳐들어온다면 문제가 되겠군. 성천계의 머저리 자식들이……."

상연이 이를 빠드득 소리가 나도록 갈자 해인이 뚱한 표정으로 말했다.

"그렇게 성질내 봤자 에너지 낭비일 뿐이니 진정하라고. 우선은 리바이어선을 좀 더 안전한 곳으로 옮기는 것이 중요해. 이를테면 게헤나라든가……."

해인의 말에 상연이 갑자기 버럭 소리를 질렀다.

"미쳤어!? 벌써 잊었단 말야? 저번 신수대전에서 타천사들이 무슨 짓을 했는지?"

상연의 고함에도 해인은 침착했다. 그렇게 소리 지를 것이라는 것을 예상했는지 놀란 기색을 보이지 않고 담담한 목소리로 상연에게 말했다.

"내 이야기는 타천사들에게 가자는 것이 아니다. 여기 물질계와 환

상계에서는 신수대전 직후 맺은 성마 협약으로 우리들에 대해서는 성천계, 악마계가 공동으로 대응하게 되어 있어. 그런 까닭에 이곳에서는 위성 궤도에 무수히 떠 있는 성천계와 악마계가 보유한 첩보 공격용 위성들의 감시망을 피하기가 어렵다. 하지만 게헤나라면 어떨까? 그쪽이라면 성천계와 악마계도 쉽게 손을 뻗을 수 없는 데다가, 게헤나 자체에서의 감시는 그다지 심하지 않으니 타천사들만 잘 피해 다닌다면 숨어 있는 데 별문제가 없으리라 생각하는데.”

해인의 논리 정연한 말에 상연은 납득한 듯 고개를 끄덕였다.

“듣고 보니 맞는 듯하군. 하지만 아직도 남아 있어, 한 가지 문제가.”

해인은 상연의 얼굴을 물끄러미 쳐다보았다. 상연이 무슨 말을 할지 짐작하고 있었던 모양이다.

“어떻게 게헤나까지 가느냐는 거지. 이렇게 찾아온 손님들을 접대하면서 말야.”

그렇게 말하는 상연의 얼굴에는 섬뜩하리만치 순수한 분노가 가득 깃들어져 있었다.

“언제까지 쫓아올 셈이냐, 이 빌어먹을 악마 녀석들!”

상연이 아직도 의식 불명인 진현을 들쳐 멘 채로 산속을 달리며 낮게 불평했다. 인간의 속도라고는 믿을 수 없을 정도로 빠른 속도였다. 그 옆으로 함께 달리며, 아니, 날아가며 해인이 입술을 깨물었다.

“하다못해 부하 녀석들이라도 몇 명 있었으면… 아니, 원래 힘의 절반만 되찾아도!"

그게 지금 상황에서는 조금의 도움도 되지 않는 쓸데없는 불평이라는 것은 해인도 잘 알고 있었다. 하지만 이런 상황이었기에 해인의 말은 더 절실하게 다가왔다.

"지금의 힘으로는 귀족급 악마 하나도 제대로 상대할 수 없어. 어서 진현이 정신을 차리고 각성을 해줘야……."

자신들의 뒤를 쫓아오는 수십여 명의 사람을 흘끗 바라보며 해인이 중얼거렸고, 그런 해인을 책하듯 상연이 속도를 높이며 말했다.

"어떻게 녀석들을 따돌릴까나 더 생각해, 그렇게 투덜거릴 시간이 있으면. 지껄이는 것도 체력의 낭비이니까."

확실히 상연의 말대로, 해인과 상연은 거의 체력이 바닥나기 직전의 상태였다.

더욱이 상연의 경우에는 비만이 아니라고는 해도 결코 가볍지 않은 몸무게의 진현을 들쳐 메고 여기까지 달려왔다는 것이 신기할 정도로 체력의 소모가 컸다.

그때, 자신들 주위의 공기가 달라진 것을 눈치 챈 해인이 흘끗 하늘을 바라보았다. 하늘을 바라본 해인의 안색이 급변했고, 그는 급히 옆으로 방향을 급선회하며 외쳤다.

"망할! 다차원간 위성 공격 '뇌신의 단죄' 다! 어서 방향을 틀어!"

그 순간 하늘에서 두꺼운 푸른색 빛의 기둥이 벼락같이 지상을 강타했고, 해인의 외침에 방향을 급히 틀어서 달린 상연은 다행히 직격은 피했지만 결국 폭발과 후폭풍에 휩쓸려 진현과 함께 멀리 나가떨어지고 말았다.

"크으윽!"

나가떨어지면서 진현을 억지로 자기 몸 위로 들어 올린 탓에 더욱 큰 타격을 입은 상연이 ,등 쪽에서부터 오는 강렬한 충격에 온몸을 비틀면서 괴로워했다. 자신도 후폭풍에 휩쓸리긴 했지만 그다지 타격은 입지 않은 해인은 상연이 쓰러져 있는 쪽으로 날아오면서 외쳤다.

"상연, 어서 일어나! '뇌신의 단죄'는……!"

"콜록…! 아… 알고 있어. 다차원간에서 들어오는 연속 공격이라는 거. 첫 공격 후로 차원 간 워프 게이트가 열리고 다음 공격이 발사되는 데 걸리는 시간이 2분여. 어서 피하는 게 상책이겠지. 커헉!"

폐가 손상당한 듯, 상연이 말을 마치고는 많은 양의 피를 기침과 함께 토해냈다. 안 되겠다 생각했는지 해인이 그렇게 심하게 부상당한 상황에서도 진현을 놓치지 않는 상연을 부축해 일어나면서 하늘을 향해 절규했다.

"정말 너무하잖아! 우리는 그날 이후로 조용히 살아가고 있었는데! 그렇게 우리를 말살하고 싶은 건가, 역천사장 미카엘이여!"

"커헉! 미… 미카엘을 원망하는 것보다는, 이… 곳을 탈출하는 게 우선이다. 어서 이곳을 벗어나자, 다음 공격이 이어지기 전에."

상연이 처음에는 각혈과 기침을 계속하다가 많이 진정되었는지 침착한 목소리로 말했고, 그 침착한 목소리가 해인의 이성을 되찾아주었다.

"그래, 그게 먼저겠군. 마침 추격해 오던 녀석들까지 '뇌신의 단죄'가 처리해 주었으니, 좌표를 우리가 있는 쪽으로 수정하기 어렵

다는 쪽이 이쪽으로선 그나마 다행이로군. 자, 그럼 이곳을 벗어나
자."

　그들이 그곳을 벗어난 직후, 다시 거대한 빛의 기둥이 아까와 같은
자리를 강타했고 그 빛의 기둥, 다차원간 위성 공격 '뇌신의 단죄'의
폭발 반경에 존재하던 생명은 하나도 남김없이 깨끗하게 소멸하고 말
았다.

8

　"함안군 함안면 남쪽 여함단 북사면 4㎞ 지점에서 원인을 알 수 없는 폭
발이 일어났습니다. 다행히 인명 피해는 없었으나 목격자들이 하나같이 하
늘에서 빛이 쏘아져 내려와 폭발했다고 증언함으로서 경찰은 수사에 난항
을 겪고 있으며……."

　해인은 거칠게 리모컨을 눌러 TV를 꺼버렸다. 수사가 될 리가 없지.
저런 공격이 가능한 군사 위성이 있을 리도 없고, 설사 있다 해도 어떤
미친놈이 함부로 몇 번이나 발사하겠는가. 그러니 미스테리로 남게 되
는 건 당연한 거지.

　해인이 진현을 들쳐 멘 채로 거의 인사불성이 된 상연을 데리고 이
병원으로 온 시간이 어제저녁 6시 반이었다. 그 이후로 상연과 진현,
이 둘은 아직까지 의식을 회복하지 못했다. 어제 응급실에서 들은 의
사의 말이 생각났다.

"좌측 상완부에서부터 배 부분에 걸친 화상에 늑골 골절 2개, 왼쪽 쇄골의 복합 골절, 설상가상으로 부러진 늑골이 폐를 찔러 흉강에 피가 고여서 호흡 곤란까지 일으켰군. 대체 무슨 일을 당했기에 이 정도로 처참하게 몸이 망가진 건가?"

여함단에 떨어진 다차원간 위성 공격에 당했수다. 해인은 뭔가 나쁜 짓이라도 저질렀다고 단정하는 듯한 말투로 말하는 의사에게 이렇게 쏘아붙여 주고 싶은 마음을 꾹 눌러 참았다. 치료비와 입원비는 자신과 상연이 가지고 있던 돈과 진현의 옷 속에 있던 돈, 원래대로라면 여행 자금으로 이용되었어야 할 돈으로 어떻게 때울 수 있었지만, 그것보다 더욱 걱정인 것은 깨어나지 않는 상연과 진현이었다.

"후우."

해인은 크게 한숨을 내쉬다가 격심한 배고픔을 느꼈다. 생각해 보니, 어제저녁부터 자신은 아무것도 먹지 못하고 있었다. 그것은 상연도 마찬가지였지만 상연은 그래도 지금 영양제 링거를 맞고 있으니 자신보다는 나은 셈이었다.

일단은 먹고 바닥난 체력이나 보충하자는 생각에, 해인은 벽에 붙어 있는 중국집 전화번호를 보고 전화를 걸어 간단히 먹을 것을 주문했다.

해인이 전화를 끊을 즈음해서, 상연이 약간 몸을 뒤척이며 신음 소리를 냈다.

"으윽."

그 소리에 해인은 급히 전화를 내려놓고 상연의 침대로 다가갔다.

살펴보니, 아직 의식을 회복한 상태가 아니라 무의식적으로 몸을 뒤척이다 고통에 신음 소리를 낸 것 같았다. 상연의 의식이 아직 돌아오지 않았다는 것을 확인한 해인은 다시 깊은 한숨을 내쉬며 창밖으로 시선을 돌리고는 상념에 잠겼다.

상연과 진현을 입원시킨 지 사흘째 되는 날까지, 천사나 악마들이 습격해 오는 일은 없었다. 해인의 생각으로는 사람들이 많은 곳에서 일이 벌어지는 걸 원치 않는 것 같았다.

"자기들 먹을 것이 떨어지지 않는다는 거지. 사람들이 많이 죽으면."

그렇게 독설을 내뱉기도 했지만, 지금 그 말을 들어줄 사람들은 침대에서 의식을 회복하지 못하고 있기에 해인 스스로도 쓸데없다는 생각을 하고 있었다.

"망할 녀석들, 나만 남겨두고 너희들끼리 사이좋게 잘도 자는구나."

다시 습격이 있을까 두려워 어젯밤에 잠을 자지 못했기 때문에 해인은 피로가 몰려오는 것을 느끼며 투덜거렸다. 잠시나마 눈을 붙일 생각으로 해인은 의자에 앉은 채로 상연이 누워 있는 침대에 몸을 기대었다.

9

손끝 하나 움직이지 못할 정도로 내 몸을 지배하던, 죽음과도 같은 잠이 내 몸에서 떠나갔을 때, 난 힘겹게 눈을 떴다. 아직 전신에 힘이 들어가지 않았고, 간신히 눈만 깜빡일 수 있을 정도였다. 곧이어 느껴지는 격심한 배고픔에 얼굴을 찡그리고 싶었지만, 그마저도 마음대로 되지 않았다.

그렇게 얼마나 누워 있었을까. 몸에 서서히 감각이 돌아오고, 몸을 조금씩 움직일 수 있는 게 느껴졌다. 시간이 조금 더 지나자 상체를 일으켜 세울 수 있었고, 난 이곳이 어디인지 파악하기 위해 고개를 돌려 주위를 바라보았다.

내 옆의 침대에 상연이 환자복을 입은 채 누워 있는 것이 보였고, 그 옆에서 해인이가 죽은 듯이 엎드려 자고 있는 것이 눈에 들어왔다.

여긴… 병원인 듯했다. 그래, 멍청하게 꿈과 현실도 구분하지 못하고 가슴에 검이 박혀 쓰러졌었지. 그런 생각이 들자 웃음이 나왔다. 자조의 웃음이었다.

"그런데… 상연은 왜 입원을……?"

한 가지 의문이 떠올랐다. 내가 의식을 잃기 전까지만 해도 그렇게 자신만만하고, 냉소적이던 상연이 녀석이 어째서 저렇게 몸 여기저기에 붕대를 감은 채로 쓰러져 있는 걸까. 궁금했지만 현재로서는 알 방법이 없었다. 상연과 해인, 둘 다 잠들어 있었으니까.

난 다시 자리에 누웠다. 링거 바늘이 꽂힌 곳이 약간 따끔했지만, 그렇게 아픈 것도 아니어서 난 쉽게 다시 잠을 청할 수 있었다.

얼마나 잤을까. 다시 잠에서 깨어났다. 눈을 뜨자마자 내 몸을 지배하는 것은, 저번에 깨어났을 때처럼 격심한 공복감이었다. 천천히 몸을 일으키자, 내가 깨어난 걸 그제야 알았는지 해인이 녀석의 목소리가 들려왔다.

"아, 진현. 일어났구나. 오랫동안 깨어나지 않아서 걱정했어."

날 진심으로 걱정해 주는 목소리였다. 난 해인이 쪽을 약간은 감격한 눈으로 바라보다가 녀석의 손에 들려 있는 수저 쪽으로 시선이 향했다. 녀석은 근처 중국집에서 시킨 걸로 추정되는 볶음밥을—양으로 봐서 곱배기 같았다—먹고 있다가 내가 깨어난 것을 알아차린 것 같았다. 그것을 보니 다시 배가 고파졌다.

"배고파."

이것이 깨어나자마자 내뱉은 나의 첫 단어였고, 그 말을 들은 해인이는 황당한 표정을 지었다. 뭔가 감동적인 수식어가 들어간, 그런 멋진 단어들을 기대한 듯했다. 어쨌거나 녀석은 배고프다는 내 말에 피식 웃고는 나에게 말했다.

"알았어. 조금 기다려 봐. 몸에 부담이 가지 않을 걸로, 그러니까… 그다지 기름지지 않은 유동식 타입의 음식이 좋겠군. 어쨌거나 음식을 시켜줄 테니까."

그러더니 녀석은 어딘가에 전화를 걸어 된장찌개와 백반을 주문했다. 황당했다. 된장찌개와 백반의 어디가 대체 유동식이라는 건지. 한숨이 나왔지만 일단 주문한 거라 바꿀 수도 없고 해서, 난 녀석에게 문득 떠오른 것에 대해 물었다.

"이 녀석, 왜 이 모양으로 뻗어 있는 거야?"

내 물음에 해인이 녀석의 표정이 어두워졌다. 뭔가 안 좋은 일이 있었던 건가. 잠시 어두운 표정을 지은 채 입을 다물고 있던 해인이가 나에게 말했다.

"천사와 악마의 연합 공격을 받았어. 너무 수가 많아서 대항조차 불가능했지."

"천사와 악마의… 연합 공격? 그거 나보고 믿으라고 하는 소리야?"

천사들이 공격을 해온다는 사실은 실제 겪어본 게 있기 때문에 믿을 수 있었다. 아니, 믿기는 싫지만 현실이었기 때문에 믿어야 했다. 하지만 천사와 악마의 연합 공격이라니, 이거야말로 진정한 코미디 아닌가.

하지만 내 말에도 해인이 녀석의 어두운 표정은 바뀌지 않았다. 차분하게 가라앉은 녀석의 목소리가, 안 그래도 어두운 분위기를 더 가라앉게 만드는 데 한몫을 했다.

"아니, 난 사실을 말하는 거야. 어떻게 악마들의 포위망을 뚫고 도망칠 수 있었지만, 곧 천사들이 소유한 다차원간 위성 공격 '뇌신의 단죄' 의 공격을 받았지. 간신히 직격은 피했만, 널 데리고 도망치던 상연이는 네가 보다시피 저렇게 되었어. 부상당한 지 4일째 되는 오늘까지도 의식 불명의 상태지."

녀석의 목소리는 말이 계속될수록 점점 떨리기 시작하더니, 말을 마칠 즈음해서는 상당히 목소리가 격해져 있었다. 평소에는 서로 으르렁대는 사이였지만, 막상 상연이가 저렇게 되고 나니 상연이를 저렇게 만든 녀석들에 대한 분노가 끓어오르는 모양이었다.

해인이의 말을 들으면서, 나 역시 솟아오르는 분노를 금할 수 없었다. 대체 우리가 무슨 잘못을 했기에 이런 꼴을 당해야 하는가. 상연이와 해인이는 이 상황에 대해서 무언가 알고 있는 것 같았지만, 아무것도 모른 채 목숨을 위협받는 난 도대체 뭐가 된다는 말인가. 새삼 날 현실과 동떨어진 존재로 만든, 그 천사와 악마들이라는 존재들에 분노가 치밀어 올랐다. 빌어먹을 세상이다. 암, 그렇고말고.

그렇게 분노를 곱씹고 있을 때 아까 주문했던 백반이 도착했고, 난 분노의 에너지를 밥으로 향하고는 거칠게, 그리고 허겁지겁 식사를 했다. 그렇게 식사를 하다가, 갑자기 의문점이 하나 더 떠올랐다.

"그러고 보니 예전에 날 공격하던 놈들, 날 보고 '리바이어선'이라고 했었어. 그 '리바이어선'이라는 거, 대체 뭐지?"

해인이는 날 물끄러미 바라보았다. 그리고는 조용히 말했다.

"왼쪽 뺨에 밥풀 붙었어."

"아, 고마워… 이게 아니잖아! 말 돌리지 마!"

내가 발끈해서 외치자 해인이는 잔잔하게 웃고는 나에게 말했다.

"알았어. 말해 줄게. '리바이어선'이라는 것은, 외경창세기에도 나오는 거대한 바다 괴물이야. 흔히들 해왕 포세이돈처럼 바다의 왕으로 지칭되는 경우가 많은데, 그건 틀린 말이고 '리바이어선'은 단지 바다의 난폭자일 뿐이지."

그때 내 뒤에서 익숙한, 냉소적인 목소리가 들려왔다.

"바보 녀석, 거짓말하지 마."

나와 해인이는 급히 내 뒤를 바라보았고, 우리의 시선이 향해 있는 곳에는 상연이가 찡그린 얼굴을 하고는 상체를 일으키고 있었다. 해인이가 놀라운 얼굴로 외쳤다.

"상연아, 일어났구나!"

"그렇게 놀라지 않아도 돼. 그러나저러나 나도 상당히 괴롭게 당했군. 망할 '뇌신의 단죄'."

그렇게 말하면서 상연이는 완전히 상체를 일으켜 앉았고, 놀라서 말도 하지 못하고 있는 나에게 말했다.

"말해 주지. '리바이어선'은 단지 봉인체일 뿐인 네 몸속에 잠자고 있는 것으로, 아까 언급한 해왕 포세이돈 따위는 한 손으로도 눌러 버릴 수 있는 신수다. 17년 전 신수대전 때 나와 해인이 녀석, 그리고 신수장 아담, 정식 명칭은 아드네 사데지만, 어쨌든 그와 함께 수만의 신수를 거느리고 성천계, 악마계를 위협한 장본인이지. 네 몸의 봉인을 풀 수만 있다면 우리도 이따위로 도망치는 짓 따위는 하고 있지 않겠지만, 우리 몸에 걸린 봉인을 푸는 것도 하지 못하는 이 상황에 네 봉인을 푼다는 건 꿈같은 소리고… 아, 이야기가 빗나갔군. 어쨌든 신수대전에서 패한 우리는 이 모양으로 원래 힘의 10%도 사용하지 못하는 꼴이 되어버린 거지."

뭐… 라는 거지? 알 수 없는 이야기들로, 머리 속이 다시 복잡해졌다. 그러니까, 그 '리바이어선'인가 뭔가가 나라는 이야긴데, 그 '리바이어선'은 무지 강하지만 무슨 전쟁인가에 대판 깨져서 내 몸속에 봉인되었다. 그리고 상연이와 해인이는 그 봉인을 풀고 싶다. 대충 이런 이야기인 것 같은데.

내가 멍한 표정을 짓고 있자, 해인이가 나에게 말했다.

"우리들도, 그 전쟁 이후로 무언가를 지배한다는 것에 환멸을 느껴서 조용히 살고 싶었다. 그래서 지금까지 아무런 행동도 취하지 않고 조용히 살고 있었는데, 녀석들이 쳐들어왔다. 그 뒤의 상황은, 네가 알고 있는 대로지."

그런… 것인가. 단지, 뒷날의 화근이 될지도 모를 싹을 도려내기 위해서, 다 처단해 버린다는 거로군. 천사라고… 선함을 수호하는 건 아니었어.

"쿡쿡쿡쿡."

"진현아……?"

웃음이 나왔다. 진정으로 즐겁게 웃었다. 고정관념이라는 허상에게 보내는 비웃음이었다. 그리고 그 고정관념을 진실이라 믿었던 나에게 보내는 비웃음이었다. 해인이가 당황한 표정으로 날 불렀지만, 상관하지 않고 계속 웃었다.

"하하하하… 빌어먹을!"

난 들고 있던 수저를 바닥에 팽개쳐 버렸고, 그것은 쨍강 하는 소리를 내며 바닥에 팅겨져 한 번 튀어 올랐다가 굴러갔다.

고개를 돌려 창밖의 하늘을 노려보았다. 눈이 부실 정도로 맑은 하늘이었다. 고개가 천천히 숙여졌다. 두 손으로 머리를 쥐어뜯으며, 난 절규했다.

"어째서… 어째서!"

너무나 분했다. 너무나, 너무나 분했다. 아무것도 모르고, 아무 잘못도 저지른 기억이 없는 날 죽이려 하는 하늘이 원망스러웠고, 더불어 내 몸 정도는 지킬 수 있는 힘을 갖추지 못한 내 자신도 원망스러웠다. 눈물이 나왔다.

"……."

처참한 기분에 고개를 숙이고 흐느끼는 내 모습을 침울한 표정으로 상연과 해인이 묵묵히 바라보고 있었다.